10|18
12, avenue d'Italie — Paris XIIIe

Du même auteur
dans la collection 10/18

MISS SEETON ENTRE EN SCÈNE, n° 2805
MISS SEETON JETTE UN SORT, n° 2847
MISS SEETON FAIT DES VOCALISES, n° 2915

MISS SEETON PERSISTE ET SIGNE

PAR

HERON CARVIC

Traduit de l'anglais
par Dominique Dupont-Viau

1018

INÉDIT

« Grands Détectives »
dirigé par Jean-Claude Zylberstein

Si vous désirez être régulièrement tenu au courant
de nos publications, écrivez-nous :

Éditions 10/18
c/o 01 Consultants (titre n° 2806)
35, rue du Sergent Bauchat
75012 Paris

Titre original :
Miss Seeton Draws the Line

ISBN 2-264-02396-1

Pour Viola et Phoebe

CHAPITRE PREMIER

— Attention !

La petite fille fit mine de ne pas entendre et s'engagea sur la route. Miss Seeton s'élança, accrocha le bras de l'enfant imprudente avec la poignée de son parapluie et tira d'un coup sec. La gamine tomba brutalement sur les fesses sur la bordure en ciment de l'accotement. La voiture s'arrêta en cahotant à quelques centimètres de ses pieds. D'un mouvement d'épaules, la fillette se débarrassa du parapluie et leva les yeux vers son sauveteur.

— Sale vieille bique ! s'exclama-t-elle.

— Effie ! hurla une femme de l'autre côté de la route. Viens ici tout de suite ! Si jamais je t'attrape encore à essayer de te jeter sous une bagnole, je t'en file une, tu peux me croire !

La petite accroupie se remit debout et se dirigea vers la maison en tapant des pieds.

— Et sois polie ! la réprimanda sa mère. Dis merci et excuse-toi.

La gamine se retourna, regarda la voiture, Miss Seeton, tira la langue, puis tourna le dos et rentra chez elle.

— Hé ! merci ! cria la mère. Je suis désolée de vous avoir causé des ennuis, mais j'arrive à rien avec elle.

Elle entra à son tour dans la maison. La porte d'entrée claqua derrière elle.

Miss Seeton se tourna vers le conducteur en souriant.

— Les enfants sont si étourdis, soupira-t-elle. Bien sûr, pas tous, certains font très attention. On le leur apprend à l'école. Ils ont des cours avec des contractuels. Vous savez, ces hommes en ciré blanc avec un long bâton et un disque au-dessus pour les guider, comme des légionnaires romains. Seulement parfois ils oublient. Les enfants, je veux dire. C'est extraordinaire que vous ayez pu vous arrêter si vite. Sinon il y aurait eu un accident.

Deux visages imperturbables se tournèrent vers elle. Le conducteur était un jeune garçon avec des cheveux propres et un catogan, la mèche en bataille sur le front, le teint pâle et la mine boudeuse, l'œil attentif et aux aguets. Sa passagère, une jeune fille, les cheveux bien peignés et libres, affichait un air indifférent mais son regard était craintif. Ni l'un ni l'autre ne prononcèrent un seul mot. Miss Seeton sourit à nouveau et s'écarta. Le garçon passa en première et la voiture redémarra.

Miss Seeton les regarda s'éloigner. « Ces jeunes !... Tellement timides. »

Puis elle jeta un regard du côté de la rangée de logements sociaux avant de descendre la Rue pour rentrer chez elle. Effie Goffer. Il fallait reconnaître que cette enfant n'était pas un sujet très attirant. Elle n'était pas très bien élevée non plus. Mais elle allait essayer encore, ne serait-ce que pour Mrs. Goffer. Oui, c'était décidé : elle sortirait son matériel à dessin après déjeuner. Le fait qu'elle ait lamentablement raté son premier essai n'était pas une raison suffisante. Après tout... Miss Seeton fit un effort d'imagination pour se représenter Effie sous les traits d'un cygne, mais là aussi elle échoua. Le vilain petit canard peut-être. Mais cela posait un problème de sexe. Sauf dans les contes de fées. Quel dommage, vraiment, qu'elle ne soit pas bonne pour faire ce genre de portrait où on trace juste un cube auquel on colle deux yeux. Miss Seeton sourit, puis se sentit coupable. Un cube avec deux yeux : c'était tout à fait Effie, dut-elle s'avouer.

Le temps d'arriver devant son portail, Miss Seeton avait résolu son problème. Le portrait n'aurait rien de conventionnel. Une allégorie, plutôt. Quelque chose de joli qui évoquerait Effie. C'était ça, la solution.

Voilà qui était bien ennuyeux.

Miss Seeton examina le dessin sur son bureau.

Il n'était ni allégorique ni joli. Il était absolument horrible et... et épouvantable ! Ses épaules se contractèrent et elle sentit un frisson parcourir sa colonne vertébrale. Elle jeta son crayon. C'était vraiment trop idiot. Elle serait plus inspirée la prochaine fois. Il fallait qu'elle fasse le vide pendant quelques instants et pense à autre chose. Quelque chose d'agréable. Elle repoussa le bloc à dessin de côté, tourna sa chaise et regarda par la porte-fenêtre.

Quel bonheur, ces bourgeons en train d'éclore et ce halo vert tendre qui se formait comme de la brume sur les branches dénudées ! Les crocus, les primevères, les jonquilles... Vert et jaune, les couleurs de la jeunesse, le cri douloureux de l'innocence. Le printemps avait rendu tant d'écrivains lyriques. C'est vrai, songea Miss Seeton, c'était facile d'aimer un agneau, mais que cette douceur attirante sombrait vite dans la plate stupidité de son devenir : difficile d'aimer un mouton.

A l'été trop lourd et à sa trop forte lumière, elle préférait la fin de l'automne, le retour à la ligne pure, avec un mélange de couleurs et de maturité plus riche et plus subtil... tous les espoirs comblés, ou disparus. Ce devait être l'âge.

Elle avait devant les yeux une image paisible. Le jardin descendait en pente douce jusqu'au Royal Military Canal qui, en dépit de son appellation imposante, n'était guère plus qu'un fossé prétentieux sur presque toute sa longueur. Au-delà des arbres qui longeaient le canal, les champs du Kent s'étendaient, immenses et plats, vers la mer, avec Rye à l'ouest et New Romney à l'est.

Miss Seeton retourna à son bloc à dessin, enleva la feuille du dessus et la mit de côté. Puis elle prit un crayon gras et disposa ses pastels.

Elle allait faire une nouvelle tentative. C'était ridicule de penser que quelque chose n'allait pas. Il s'agissait tout simplement d'un manque de concentration. Elle devait se concentrer. Elle se concentra.

Elle regarda le résultat.

Mon Dieu ! C'était vraiment très ennuyeux. Elle en était à son troisième essai et il ne valait guère mieux.

Elle prit les deux premiers dessins et les étala tous les trois sur l'abattant du secrétaire. A l'aide de feuilles vierges, elle masqua le côté droit de chaque esquisse, ce qui donnait trois demi-portraits de la même petite fille, les mêmes cheveux ternes, la même grosse joue, le même œil en bouton de bottine, le même rictus sournois à la commissure de la lèvre, le même teint olivâtre. Elle déplaça les feuilles pour regarder l'autre moitié du visage : le même contour flou et hésitant, le même œil bridé à peine entrouvert, la même commissure de la lèvre tombante, le même teint verdâtre tirant sur le bleu. Le même masque mortuaire. Miss Seeton enleva les feuilles et regarda les trois dessins en entier. Pris un à un, ils étaient dérangeants. Vus en triple exemplaire, ils étaient macabres.

Que faire ? Elle s'était quand même bien dans un certain sens engagée à faire un croquis de la petite Effie pour Mrs. Goffer. Pas de vive voix, bien entendu, mais Miss Seeton commençait à comprendre que de telles transactions ne se faisaient jamais de vive voix dans un petit village comme Plummergen. En fait, c'était Martha qui le lui avait plus ou moins suggéré. La semaine dernière, une fois le ménage chez Miss Seeton terminé et sur le point de partir, Martha avait mentionné qu'elle avait rencontré Mrs. Goffer alors qu'elle faisait ses courses et que Mrs. Goffer lui avait dit que ça ne la dérangerait pas, mais alors pas du tout, si quelqu'un faisait un portrait d'Effie, et qu'elle n'y verrait aucun mal, et à son avis, enfin, celui de Martha, eh bien, pourquoi ne pas en faire un ?

Trois bonnes raisons pour ne pas en faire un reposaient maintenant sur son bureau.

Elle ne pouvait absolument en montrer aucun à Mrs. Goffer. Ils étaient... enfin ils étaient hideux ! Elle dut admettre qu'il y avait une ressemblance, mais d'une certaine façon c'était un inconvénient, parce qu'une fois de plus, il fallait reconnaître que la petite Effie Goffer était une enfant d'une laideur affligeante. Mais Miss Seeton se sentait redevable envers Mrs. Goffer. Alors qu'il était pratiquement impossible de trouver une femme de ménage aujourd'hui, elle avait eu l'extrême gentillesse de venir deux fois par semaine pendant les quinze jours où Martha s'était absentée. Elle faisait peut-être le travail un peu à la va-vite, mais elle était quand même gentille. Et puis les trois jours où Miss Seeton avait souffert de ce mauvais rhume, bien que beaucoup plus jeune, Mrs. Goffer s'était montrée si maternelle que cela en avait été presque gênant. Et d'insister pour qu'elle reste au lit, et de faire les courses et de venir tous les soirs pour préparer le dîner dont Miss Seeton n'avait guère envie, et de changer la bouillotte, ce qu'elle appréciait. Tant d'attentions, même si c'était agaçant, partaient d'une bonne intention, mais ç'avait été gênant, parce que Mrs. Goffer avait refusé un supplément pour ces services, en disant que ce serait quand même pas normal si on pouvait pas s'entraider entre voisins quand on était malade. Et Mrs. Goffer n'était même pas une voisine, puisqu'elle vivait à l'autre bout du village. En fin de compte, Miss Seeton eut le sentiment qu'elle devrait plutôt être reconnaissante d'avoir l'occasion de faire quelque chose en échange puisqu'elle se sentait redevable. Mais à coup sûr quelque chose de mieux que ça, songea-t-elle en contemplant les trois croquis. A chaque tentative, le côté gauche du visage, en fait le côté droit d'Effie, bien sûr, était venu facilement, sans aucun problème. Mais dès qu'elle abordait le côté droit, le gauche d'Effie... Pourtant, la première fois, lorsque Effie était venue poser ici — sa mère lui avait fait des frisettes et l'avait habillée comme une poupée dans des vêtements amidonnés, au point de la rendre méconnaissable et complètement hors de propos —, Miss Seeton n'avait pas remarqué que quelque chose n'allait pas. Ce n'est qu'après, quand Effie avait demandé à voir le dessin. Heureusement, Miss Seeton s'était instinctivement adossée à sa chaise pour juger de l'effet et elle avait juste eu le temps de le cacher en lui expliquant que ce n'était qu'un début et qu'elle devrait y retravailler avant qu'on puisse le voir. Effie avait insisté et s'était montrée assez insolente, et il avait fallu que Miss Seeton refuse fermement. Et qu'elle refuse tout aussi fermement d'autres séances de pose. En voyant le résultat, elle avait senti que ce serait plus sûr, lorsqu'elle essaierait à nouveau, de dessiner d'après mémoire. Elle s'était particulièrement concentrée lors de ses deuxième et troisième essais. Sa main avait semblé ralentir, ses doigts étaient devenus presque gourds et son bras pesant et mou. Elle s'était sentie poussée, oui, littéralement poussée à choisir les mauvaises couleurs parmi ses pastels. Elle se demandait si cela avait quelque chose à voir avec elle. Ça irait tellement mieux si, dans son malaise, elle pouvait affronter les faits et de les exprimer avec des mots.

Miss Seeton se redressa sur sa chaise et se mit en condition.

Avait-elle eu une... ? Peut-être devrait-elle demander au Dr. Knight ? Il pourrait la conseiller ou lui proposer un traitement si elle avait vraiment eu une... Non, c'était ridicule !

Elle prit un crayon et inscrivit courageusement en majuscules sur une feuille de papier : ATTAQUE.

Là. Ça allait mieux, maintenant que c'était sorti et qu'elle pouvait y faire face normalement. Parce que si elle en avait eu une — elle fixa le mot écrit devant elle et lui fit un petit signe de tête —, même une petite, et à son âge, c'était parfaitement compréhensible, elle aurait alors d'autres symptômes, comme de ne plus pouvoir accomplir ce qu'elle avait l'habitude de faire. Pour ce qui est de ses mains et de ses bras, elle n'avait réussi que depuis une ou deux semaines la position de la Vache — quel nom bizarre ! — d'après ce livre ingénieux qui l'avait tant aidée : *Rajeunissez de jour en jour grâce au yoga*. Parce que s'il y avait le moindre manque de coordination entre son cerveau et son bras droit, elle ne voyait pas comment elle avait pu mettre un bras derrière son dos et l'autre par-dessus sa tête, agripper ses mains à mi-dos et rester ainsi en respirant profondément. Non, décidément, maintenant qu'elle envisageait les choses clairement, elle ne voyait pas comment elle aurait pu avoir... ce qu'elle avait écrit. Mais quelque chose n'allait pas, se dit-elle en examinant à nouveau les dessins. Elle décida de téléphoner au Dr. Knight pour lui demander s'il aurait la gentillesse de la recevoir, puis rassembla ses croquis et les mit dans une chemise. Avant de la refermer, elle regarda une fois de plus le dessin du dessus et secoua la tête.

Tout cela était vraiment bien ennuyeux.

Le commissaire Delphick termina son inspection à genoux dans l'herbe humide et se releva.

— Bien. Emmenez-le.

Il sortit de la zone éclairée et rejoignit la route, à travers le crépuscule brumeux et la faible lumière des réverbères. Les ambulanciers se penchèrent sous les lampes à arc. Derrière le cordon de police, le grondement de la foule enflait. Une femme cria :

— Pourquoi vous faites rien ? Pourquoi vous arrêtez pas ça ? Combien de... ?

Mais elle s'interrompit. Delphick la toisait, le regard vague. La foule se tut. Un photographe de presse abaissa son appareil. Ce n'était visiblement pas le moment. L'inspecteur de la division de Lewisham chargé de l'affaire s'était approché pour parler, mais il s'arrêta net sans prononcer un seul mot. Le silence dura jusqu'à ce que le commissaire monte en voiture.

Le sergent Ranger, qui arrivait de l'angle du terrain de jeux, s'arrêta pour regarder les hommes enlever le corps du petit garçon de douze ans. Ils étendirent une couverture sur la civière et recouvrirent les chaussures éraflées, les genoux et le short maculés de terre, le tricot plein d'accrocs dus aux brindilles mortes du buisson sous lequel on l'avait retrouvé, le visage gonflé.

— C'est un coup dur pour l'Oracle, hein ? dit l'inspecteur de Lewisham.

Le sergent acquiesça.

— Bien sûr, nous, c'est notre premier, mais pour lui ça en fait un de plus à ajouter à la collection.

Le sergent acquiesça de nouveau.

— Ouais. Il y a quelque chose qui le chiffonne. Bon, je vous laisse faire votre boulot, inspecteur. On reste en contact.

Le sergent rejoignit la voiture de police, se plia en deux pour tasser sa grande carcasse sur le siège du conducteur et claqua la portière.

— Au Yard, dit Delphick.

De retour à leur bureau, le sergent mit ses notes au propre.

Il n'avait pas eu le temps de rassembler beaucoup d'éléments : « Lawrence Massyn, douze ans et trois mois. Corps découvert à quatre heures et quart environ par des enfants qui s'amusaient sur le terrain de jeux. Apparemment tiré sous un... » Le sergent regarda ses notes prises en sténo. Hypodermique ? Non. Hypérique ? Hystérique ? Ça pouvait être n'importe quoi. Peut-être que l'Oracle... Le sergent jeta un coup d'œil furtif vers le bureau du commissaire.

Delphick était assis, immobile, le regard fixé sur une vitrine vissée au mur. C'était le genre de vitrine où un pêcheur aurait très bien pu exposer sa plus belle prise. Les visiteurs peu observateurs qui s'étaient succédé ces derniers mois avaient eu l'impression que le commissaire passait ses loisirs à pêcher le poisson, comme complément à sa tâche journalière qui consistait à prendre des bandits au piège. En fait, la vitrine contenait un parapluie cassé. Mais elle contenait aussi un souvenir pour Delphick : pas celui d'une prise, mais le rappel d'un échec et, bien qu'il y ait finalement eu une arrestation, elle avait été due à la bonne fortune de quelqu'un d'autre, pas à son bon sens.

Le sergent revint à ses hiéroglyphes. Pas le moment de demander à l'Oracle des précisions d'ordre botanique. « Sous un... buisson », décida-t-il. « Avec des feuilles », ajouta-t-il. D'autres buissons sur le terrain de jeux avaient à peine des feuilles alors peut-être que hyper-machin-chose c'était le nom botanique pour feuillu. Il termina son travail et nota : « Vérifier heure brouillard. » Ici, le temps avait commencé à s'éclaircir peu après deux heures. Le meurtre avait donc probablement eu lieu avant. Mais c'était peut-être différent à Lewisham. Il vérifierait quand ils y retourneraient. Y retourner ? Ils n'auraient jamais dû en partir, oui. Il n'avait jamais vu l'Oracle faire ça : laisser tomber une affaire sans un mot. Est-ce qu'il devait le lui rappeler ? Non. On ne rappelait pas les choses à l'Oracle. Et certainement pas quand il était de cette humeur. C'était même plutôt le contraire. En général, c'était lui qui vous rappelait les choses. Lewisham... Il y avait un truc avec Lewisham.

Le sergent sursauta quand le commissaire s'empara du téléphone.

— Le commissaire principal Gosslin, s'il vous plaît... Patron ? Delphick à l'appareil... Oui... Oui... Et je devrais y être mais... Je vous en prie... Bien. Tout de suite.

Le commissaire raccrocha et quitta le bureau.

Le sergent le regarda partir. L'Oracle ne pouvait pas laisser tomber ! Il ne pouvait pas demander à être déchargé de l'affaire ! Enfin, pensa le sergent, ça ne se faisait pas. Même quand une affaire était pourrie et mal barrée comme celle-là, ça... enfin, ça ne se faisait pas. Il se pencha, tira le dernier tiroir de son bureau et en retira un tas de dossiers.

Il en prit quatre. L'Oracle avait tout l'air de prendre le nouveau dossier — celui de Lewisham — comme une affaire personnelle. Mais qu'est-ce que les gens avaient donc dans la tête ? Bon, d'accord, les crimes venaient par vagues et suivant les modes — comme ça avait toujours été le cas —, mais cette affaire de gosses assassinés dépassait vraiment les limites ! Et où était l'intérêt ? Rien à gagner. Strictement rien ! Combien il y en avait ? Quinze... seize avec celui d'aujourd'hui, en deux ans environ. Et seulement la moitié des crimes avaient été résolus. Beaucoup d'entre eux étaient bien sûr des crimes sexuels et les victimes des gamins. C'était vraiment moche. Le sergent fit la grimace. Enfin, qu'est-ce qu'on pouvait bien... ? « Oh ! et puis laisse tomber ! » se dit-il.

Il étala devant lui les quatre dossiers dont les cas présentaient des similitudes dans la méthode employée. Des dossiers qui donnaient la migraine au commissaire Delphick. Une migraine qui ne le quittait pas. Le sergent prit un dossier vide et y inscrivit LEWISHAM. Il fronça les sourcils. Lewisham... Ça le turlupinait. Il regarda le titre des autres dossiers : Brentwood, Richmond, Wimbledon, West Malling. Trois à Londres ou dans les alentours et un dans le Kent près de Maidstone. Pourquoi le meurtrier était-il descendu jusque-là tout d'un coup ? Et maintenant le type était remonté à Lewisham. Quelque chose continuait à le titiller avec Lewisham. Quelque chose qu'il avait lu ou que quelqu'un avait dit. Ah, oui ! Bien sûr, c'était à la cantine ! Quelqu'un avait parlé d'un casse dans un petit bureau de poste de Lewisham. Bon sang, ça aidait vachement ! Aujourd'hui, les jeunes se faisaient les dents sur les petits bureaux de poste avant de passer à la vitesse supérieure et de s'attaquer à de vrais boulots d'hommes, comme les banques ou les trains. Trois garçons et une fille. Au moins, il ne faisait pas de favoritisme. Les âges variaient entre dix et quatorze ans. Et maintenant, un autre garçon à Lewisham. Le prochain serait peut-être une fille. Tous étranglés. Sans raison apparente. Le mec leur tombait dessus et se taillait. Dur. Pas étonnant que les journaux s'excitent et crient au scandale. Plusieurs d'entre eux avaient fait paraître des articles rédigés par des psychiatres qui disaient à la police quel type de meurtrier rechercher. Ça aussi, ça aidait vachement. Comme ça, la police avait plusieurs types de meurtriers à chercher. Comme s'ils ne savaient pas que c'était un mec qui avait complètement perdu la boussole. Ce dont personne ne semblait s'apercevoir, c'est que ça ne se voyait pas, quand un gars était fêlé. Pas avant qu'on lui mette le grappin dessus.

Le sergent ramassa les dossiers en vrac et les posa brutalement sur le côté de son bureau.

Qu'est-ce qu'on pouvait faire quand on se battait contre un fou ? Comment obtenir un indice contre quelqu'un qui avait perdu la boule, à moins de l'attraper sur le fait ? Mais il n'y avait rien pour lui mettre la main dessus : ni sexe, ni vol, aucun mobile, rien ! Qu'est-ce qu'on pouvait faire ? Mais qu'est-ce qu'on pouvait bien faire ?

— Que pourrait-elle faire ? demanda sir Hubert Everleigh, directeur adjoint du CID[1]. Si nous devons réfléchir à votre proposition et en peser le pour et le

1. *Criminal Investigation Department* : équivalent de la police judiciaire. (*N.d.T.*)

contre, enchaîna-t-il avant que Delphick ne puisse répondre, proposition qui, si je puis dire, est unique dans toute ma carrière... si, pour résumer, la police doit avouer son échec et livrer l'affaire au public... ou pour être plus précis, poursuivit sir Hubert comme Delphick ouvrait la bouche pour protester, à un individu en particulier, je me sens contraint de demander, bien que je sois d'accord avec Euripide qui dit que la Providence peut prendre des visages différents, je me sens contraint de vous demander : que pouvons-nous attendre précisément d'une vieille demoiselle professeur de dessin ? Et pour être clair, je répète ma question : que pourrait-elle faire ?

Le commissaire principal Gosslin, toujours présent à ce genre de réunion pour jouer le tampon pour ses subordonnés, tenta de donner à Delphick le temps de se concentrer et émit un grognement.

Le directeur adjoint l'ignora et continua à regarder Delphick, l'air interrogateur.

Comment diable expliquer au directeur adjoint des pensées et des sentiments si vagues qu'il avait du mal à les formuler ne serait-ce que pour lui-même ? Son patron le connaissait bien. Ils travaillaient ensemble depuis assez longtemps, se faisaient confiance, et le vieux Gosslin l'avait toujours laissé faire à son idée, dans la mesure du raisonnable, sans lui mettre les points sur les *i* ou les barres sur le moindre *t*. Mais là, ça ne marcherait pas. Le DA était résolu à aller jusqu'au bout.

— Je suis désolé, sir, tout cela est très flou... commença Delphick.

— Les sentiments le sont toujours, acquiesça le directeur adjoint. Aussi flou que dans le travail de Gérard Croiset ?

Delphick fut si abasourdi qu'il en eut souffle coupé.

Ça dépassait tout ! Se rendant compte qu'il était resté bouche bée comme une morue échouée, il se mit à rire.

— Vous trouvez l'analogie drôle ?

— Non, sir, loin de là. J'ai été simplement surpris de vous voir à cent pieds au-dessus de moi alors que j'étais encore en train de tâtonner à la recherche de mots pour vous expliquer les choses.

Gosslin s'éclaircit la voix.

— Euh... en ce qui me concerne, je suis largué. Qui est ce Gérard Machin, sir ? Jamais entendu parler.

— Cela ne m'étonne pas, répliqua sir Hubert. C'est un voyant hollandais, un médium, appelez cela comme vous voulez, et la police du Continent l'a beaucoup consulté sur des affaires délicates. Bien entendu, poursuivit sir Hubert en regardant Gosslin qui s'étranglait de rire, nous ne donnons pas dans ce genre de choses chez nous, enfin, pas officiellement. Nous n'y croyons pas, ou du moins, nous faisons comme si. Mais dites-moi, Delphick, d'après ce que j'ai compris, ce sont des dessins qu'elle a faits lors d'une affaire à laquelle elle s'est trouvée mêlée par hasard l'année dernière qui vous ont donné cette idée ?

— Oui, sir. Mais, contrairement à Croiset, chez Miss Seeton, à mon avis, c'est plus ou moins inconscient. Je crois qu'elle serait choquée si vous insinuiez qu'elle puisse être médium. Elle penserait que ce n'est pas très gentil. Au mieux, elle vous dirait qu'en faisant le portrait des gens, ça l'aide à les comprendre.

— Bien. D'après les rapports que j'ai lus à l'époque, si ma mémoire est bonne, tous ses croquis dénotaient une rare perspicacité en ce qui concerne la nature humaine. C'est vraisemblablement plus une façon de traduire avec sa propre technique l'impact de la personnalité que la manifestation d'un réel pouvoir de médium. Non, poursuivit-il en balayant toute tentative de la part de Delphick, c'est un commentaire, pas une critique. Pour l'instant. Si le commissaire principal Gosslin est d'accord... ? ajouta-t-il en regardant le supérieur de Delphick.

Gosslin pencha son corps massif en avant.

— C'est-à-dire que... enfin, tout ça me dépasse un peu, sir. Quand un type est un bon policier, je me dis qu'il a le droit de suivre son idée. A moins qu'une bonne raison s'y oppose. Mais les sentiments et les fantasmes, ce n'est pas mon point fort et je passe à côté la moitié du temps. Quand il faut retracer des faits et tirer des conclusions preuve à l'appui, je sais où j'en suis et je crois que je suis aussi bon qu'un autre. Mais là, avec des dessins — et sans aucune preuve —, eh bien, ce n'est vraiment pas mon truc ! On n'a aucune preuve dans cette affaire de gosses assassinés, répéta-t-il. Tout ce qu'on a ne vaut pas un clou ! On sait seulement que le type qui a fait ça doit être complètement fêlé, mais on n'est pas plus avancés qu'au premier meurtre. J'en suis arrivé au point où n'importe quelle idée qui puisse nous apporter quelque chose vaut la peine qu'on y réfléchisse. D'où qu'elle vienne.

— Même cette épouvantable idée de Delphick d'emmener une vieille dame inoffensive à la morgue, de la forcer à regarder le cadavre d'un enfant et de lui demander d'en faire le portrait ? fit le directeur adjoint d'un air distrait. Dans l'espoir, je suppose, que la solution sera gravée sur son visage, ou à peu près.

« Bon sang ! songea Delphick. C'est fichu ! »

Après le deuxième meurtre, en voyant qu'il se heurtait à une affaire de fou, il s'était dit qu'il devait étudier les fous et la manière de les boucler. Il avait pesé les avantages d'aller voir un psychiatre, mais finalement il s'était rendu à la petite clinique privée aux abords de Plummergen pour y interroger le Dr. Knight, qu'il avait rencontré et apprécié lors des frasques de Miss Seeton l'été dernier. Avant de se retirer à la campagne pour des raisons de santé, le Dr. Knight avait été le neurologue le plus éminent de Londres. Le problème de Delphick l'avait intéressé, de même ses commentaires. Mais en se retrouvant à Londres dans un tourbillon d'hystérie générale et où les gens menaient une vie de fous sans l'être pour autant, Delphick avait conclu à regret qu'il aurait aussi bien fait de pousser jusqu'au village pour s'entretenir avec Miss Seeton, qui aurait pu lui jeter un dessin du meurtrier pour faire bonne mesure.

L'idée avait fait son chemin. Après le troisième et le quatrième meurtre, l'idée avait tourné à l'obsession : une possibilité, une toute petite possibilité de mettre la main sur un début de piste. Et puis ce soir-là à Lewisham, il en avait été soudain certain. De retour à son bureau, il avait essayé de raisonner froidement, avec logique, avant de consulter son chef. Mais tout ce qu'il avait réussi à faire, c'est se convaincre que c'était la seule solution valable. Il n'en était plus aussi sûr. Le DA avait raison. Cette idée d'emmener Miss Seeton faire le portrait d'un gosse mort qu'elle n'avait jamais vu... En admettant que l'année dernière, quand elle avait cessé d'être un danger public avec son parapluie et s'était mise à ses crayons, elle lui ait donné plusieurs indices sur des gens et leurs faits et gestes, que ce soit grâce à sa perspicacité, son intuition, par transmission de pensée ou simple télépathie, c'étaient tous des dessins de personnes qu'elle avait vues, à qui elle avait parlé ou à qui elle avait eu affaire. Mais avec en tout et pour tout un cadavre, qu'est-ce qu'elle pouvait en tirer ? De toute façon, il n'avait pas suffisamment réfléchi aux répercussions sur la vieille demoiselle. Ça pouvait la mener tout droit à l'hôpital. Et provoquer cette réunion!... Le désespoir l'avait conduit à commettre cette stupidité. Il était grillé pour le DA. C'était de la folie.

— ... de la folie, continuait sir Hubert. Ce qui, comme nous sommes tous d'accord pour reconnaître que nous cherchons à mettre la main sur un fou, a, je suppose, sa propre logique. Si d'autres forces de police peuvent utiliser Croiset ou des types de son acabit, je ne vois pas pourquoi nous devrions rester à la traîne. En particulier si nous avons un spécimen maison sous la main — ce qui évite des frais d'avion onéreux à justifier — et plus spécialement encore si nous ne sommes pas obligés de dévoiler ce que nous faisons. Nous pouvons l'utiliser d'une façon tout à fait normale, simplement en tant qu'artiste. Je vais en parler au receveur pour négocier des honoraires convenables et des frais raisonnables. Elle est à Londres?

— Hum... fit Gosslin, on n'a pas cette chance. On est allés à l'école où elle enseigne à Hampstead, mais bien sûr, c'est Pâques et ils ont dit qu'elle était dans le Kent... un cottage dont elle a hérité. Delphick le connaît. C'est dans ce petit village où elle a fait tout ce ramdam l'année dernière.

Delphick se rendit compte qu'il devait intervenir avant que ça n'aille plus loin.

— Mais... après ce que vous venez de dire, sir, je vois bien maintenant que...

— ... c'est le moment ou jamais? enchaîna sir Hubert. Je suis d'accord. Vous feriez mieux d'y aller tout de suite. Voyons, elle a déjà rencontré votre sergent, non?

Se remémorant les faits, Delphick ne put que sourire.

— Oui, sir, mais...

Le directeur adjoint s'anima.

— Vous feriez bien de le prendre comme chauffeur, alors. Vous aurez besoin de tous vos esprits en arrivant. Y a-t-il un endroit où vous pourriez rester?

Delphick était sur des charbons ardents.

— Eh bien, la dernière fois, sir, nous sommes descendus au *George and Dragon*, mais je...

— Retenez-y des chambres, alors. Voyez Miss Seeton ce soir et si vous arrivez à la convaincre, ramenez-la avec vous demain.

Sir Hubert ouvrit un agenda sur son bureau.

Delphick jeta un coup d'œil désespéré à son chef, mais Gosslin regardait ailleurs.

— Excusez-moi, sir, insista-t-il, vous...

— Oui, oui... bien sûr, l'interrompit sir Hubert en tournant une page de son agenda. Voyons voir... Disons demain à quatre heures? Non. Je n'aurai peut-être pas fini à cette heure-là. Disons la demie, si vous pensez que ça lui laissera suffisamment de temps. Savez-vous si elle voudra faire les croquis à la morgue ou si elle travaille de mémoire?

— De mémoire la plupart du temps je crois, sir. Du moins tous les dessins que j'ai vus, elle les a faits comme ça.

Le directeur adjoint fit un signe de tête.

— Eh bien, je pense que vous aurez de quoi faire à Lewisham en début d'après-midi, alors il vaudrait mieux que vous laissiez votre sergent s'occuper d'elle. Il l'invitera à déjeuner et la ramènera ici. Ils pourront utiliser votre bureau. Vous croyez que ça va la contrarier ou l'ennuyer?

Delphick ne put s'empêcher de rire.

— Je... euh.... je ne crois pas, sir. Pour autant que je me souvienne, peu de choses la contrarient. Et la seule chose qui l'ait ennuyée, c'était la publicité qu'ont fait les journaux. Elle trouvait ça vulgaire. C'est plutôt le sergent Ranger qui va être embêté. Avec elle, il est comme dans *Alice au pays des merveilles*, il perd pied.

— Bien, fit sir Hubert en refermant son agenda qu'il mit de côté. A moins que vous n'ayez un empêchement, nous nous voyons ici demain à quatre heures et demie. Le thé sera prêt. Ce serait mieux que votre sergent se joigne à nous. Ce n'est pas très orthodoxe, mais cette histoire est sans précédent alors autant lui conserver son caractère peu officiel. Qu'elle se sente chez elle, ou le moins loin possible, poursuivit-il en parcourant son bureau des yeux. Ah, oui ! autre chose, ajouta-t-il alors que Delphick allait parler. Il faut quand même que je sache à l'avance pourquoi vous voulez que Miss Seeton fasse des croquis de cadavres au lieu d'utiliser la procédure normale et de faire appel à un photographe : quelle excuse lui donner, mais surtout, quelle excuse donner à la division de Lewisham.

Delphick tenait enfin sa chance.

— Personnellement, je...

— Excellent ! le coupa sir Hubert. La personnalité. Oui, ça devrait tenir debout, ou à peu près. Les meilleures photos de cadavres ne sont après tout que des photos. Si les yeux sont fermés, ils ont l'air morts, et si les yeux sont ouverts, ils ont l'air de sortir d'un étal de poissonnier. Aucune personnalité.

Désespéré, Delphick se leva.

— Sir...

— Oui ?

— En vous écoutant...

— Vous me flattez, l'interrompit sir Hubert. Je ne pensais pas que les gens m'écoutaient. Je croyais qu'ils me laissaient simplement radoter sans prêter attention à ce que je disais, ou alors d'une oreille distraite.

Mais Delphick refusa de se laisser détourner de ce qu'il voulait dire.

— Vous avez dit que mon idée était folle, lâcha-t-il enfin.

— Oui, reconnut le directeur adjoint. Et si vous m'aviez écouté avec autant d'attention que vous le dites, vous auriez remarqué que j'ai ajouté que cette folie était peut-être en soi un avantage.

— Mais vous voyez, sir, insista Delphick, je ne pensais pas que...

Sir Hubert leva la main pour arrêter Delphick. Il semblait stupéfait.

— Vous ne pensiez pas, dites-vous... Mon cher commissaire, j'espère que vous n'êtes pas en train de me dire maintenant que l'idée que vous avez émise n'était qu'un caprice? Que vous n'avez pas réfléchi à ce que vous faisiez lorsque vous avez consulté le commissaire principal Gosslin? Que vous n'avez pas réfléchi à ce que vous faisiez lorsqu'on m'a donné la responsabilité de l'affaire — autant pour une question financière que politique — et que le commissaire principal a prévu cette réunion au dernier moment et m'a fait faire des heures supplémentaires, pour lesquelles entre parenthèses je ne suis pas rémunéré, pour que je puisse écouter votre proposition et me laisser convaincre par vos arguments. J'espère vraiment, commissaire, que vous n'êtes pas maintenant en train d'essayer de me dire que vous n'aviez pas pensé à tout cela. Que c'était juste un caprice passager.

— Non, sir, bien sûr. Je...

— Bien sûr. Je m'excuse d'avoir eu cette pensée. Cela aurait été un tel manque de considération, dit-il en mesurant ses mots. Tout à fait inexcusable. Et maintenant, mettez-vous en route pour le Kent tout de suite ou votre Miss Seeton sera déjà couchée à votre arrivée.

Sir Hubert le congédia d'un petit signe de tête, prit un dossier sur son bureau, l'ouvrit et se mit à lire.

Delphick sortit, complètement hébété.

— Je suis resté en dehors, sir, pouffa Gosslin, mais vous ne croyez pas que vous avez été un peu dur avec l'Oracle ? Vous l'avez fait sacrément marcher ! Il commençait à avoir les jetons, avec cette idée complètement loufoque qu'il a eue.

— Vous croyez ? fit sir Hubert en reposant son dossier. Moi, je dirais qu'il était littéralement en état de décomposition avancée. Mais vous savez, il n'avait pas vraiment réfléchi. Pas du point de vue de cette femme. Et j'ai pensé qu'il devait le faire. Cette affaire le dépasse. Si je ne lui avais pas « passé un savon », si je puis me permettre de faire appel à l'élégance de votre art de formuler les choses, j'aurais fini par être obligé d'adopter son idée personnelle et lui donner l'ordre de l'exécuter. Ce qui ne m'aurait pas convenu, du moins pas aussi bien.

— Vous voulez dire que vous donnez dans ce truc de médium ? s'exclama Gosslin en gonflant ses joues. Vous pensez que cette Miss Seeton va cracher quelque chose ? Vous y croyez ?

— Si j'y crois ? répéta le directeur adjoint, pensif. Non, je ne peux pas dire que j'y croie, enfin, pas vraiment. Non, mes intentions étaient tout à fait autres, d'un ordre plus général. D'après les rapports de police et les articles parus dans la presse sur ses aventures l'année dernière, je dirais que cette femme est indubitablement un catalyseur, dit-il, l'œil brillant, en regardant Gosslin.

Le commissaire principal sourit.

— Ça transforme les métaux, sir, dit-il.

— Oui, reconnut sir Hubert. En règle générale, bien sûr. Mais la définition du dictionnaire dit : « Substance qui, ajoutée à d'autres substances, facilite une réaction chimique, sans être elle-même modifiée. » L'affaire de ces enfants assassinés en est au point mort de notre côté. Nous avons besoin de quelque chose de nouveau, ou d'une nouvelle approche. En y jetant un catalyseur, j'espère obtenir une réaction. En d'autres termes, il se peut que Miss Seeton ne change pas, ce qui est presque certain, mais l'affaire, elle, va bouger.

La voiture bifurqua à gauche dans Brettenden. En voyant la flèche indiquant Plummergen, le sergent pensa à quelque chose.

— Monsieur ?

— Mmm ?

— Vous savez comment ils sont dans ce village, toujours à jacasser. Et ils comprennent toujours tout de travers. Si on reste ce soir au pub et qu'on emmène Miss Seeton avec nous demain, la moitié du village va certainement penser qu'on l'a arrêtée.

— Bon sang ! s'exclama Delphick. Je n'avais pas pensé à ça !

CHAPITRE II

— Pour moi, on l'a arrêtée... Et une livre de pommes, s'il vous plaît.

Dans une ville, la presse locale informe les habitants des affaires courantes au jour le jour. Dans un village, une telle publication serait peu rentable, mais on trouve toujours des gens qui ont suffisamment le sens du civisme pour porter un tel fardeau et transmettre les informations de la paroisse d'heure en heure.

A Plummergen, les messagères incontestées de ce système de diffusion sont une certaine Miss Erica Nuttel et une Mrs. Norah Blaine (que son amie appelle « ma cocotte »), toutes deux végétariennes et plus connues sous le nom des Cinglées. La maison qu'elles partagent, inévitablement appelée « chez les Cinglées », bien que le nom sur le portail indique Lilikot, a de grandes baies vitrées et c'est la plus moderne dans le patchwork de styles et d'époques qui longe la Rue. Plummergen n'ayant qu'une seule rue, la situation de Lilikot à mi-parcours de cette rue et en face du garage de Crabbe leur permet de ne presque rien rater des allées et venues des habitants, dont elles donnent une très libre interprétation.

Quant à la façon la plus rapide et efficace de

répandre les nouvelles, c'est d'aller faire les courses. Plummergen a cinq boutiques : une boulangerie minuscule, une petite boucherie, et trois magasins concurrents — l'épicerie, la mercerie et la poste. Parmi ces trois derniers, la poste est devenue le plus important : plus à la mode que ses concurrents, avec plus de provisions que l'épicerie, un plus grand choix de vêtements que la mercerie et trois grands congélateurs au lieu d'un.

— Arrêtée ? Tu dois avoir raison, Eric, acquiesça Norah Blaine.

Elle prit une boîte de conserve de boulettes de pâté végétal et contempla la photo en couleurs sur l'emballage qui représentait des boules brunes tachetées de moisissures vertes flottant sur un lac écarlate.

— C'est évident et ça ne me surprend pas le moins du monde. C'est ce que j'ai toujours dit. On ne se retrouve pas mêlé à des histoires de meurtres et autres à moins qu'il n'y ait anguille sous roche. Tu ne crois pas ?

Malheureusement pour elle, c'est ce qui était arrivé à Miss Seeton. Juste avant son arrivée l'été dernier, à la mort de Mrs. Bannet, sa marraine et sa seule parente dont elle héritait un cottage et un modeste revenu, Miss Seeton avait eu la malchance d'être le seul témoin d'un meurtre à Londres et les ramifications de cette affaire, qui l'avait poursuivie jusque dans le Kent, avaient été vécues par les gens du village comme un spectacle d'exception monté pour leur seule distraction.

Miss Nuttel rendit son verdict.

— J'aurais jamais pensé à ça. Me suis jamais trouvée mêlée à un meurtre, moi.

— Justement ! claironna Mrs. Blaine. C'est bien la preuve. Après tout, elle n'est là que depuis deux ou trois jours. Les vacances scolaires, tu parles !

Elle ricana.

— Elle s'est plutôt...

— Enfuie ? suggéra Miss Nuttel.

— Bien sûr, nous n'en savons rien. Loin de moi l'idée de porter une telle accusation. Mais ce qui s'est passé est l'évidence même. La police à Londres a dû découvrir quelque chose, alors elle est revenue ici pour se cacher et ils l'ont poursuivie et arrêtée. Et il était temps, si tu veux mon avis, après ce qui s'est passé hier avec la petite Effie Goffer qu'elle a fait tomber au beau milieu de la route et qui a failli être écrasée. Et la voiture a continué sans s'arrêter ! Ces chauffards ne font vraiment attention à rien. On devrait les interdire. Et Miss Seeton devrait avoir honte d'elle !

Un murmure d'excitation parcourut les autres clients de la poste, qui s'étaient discrètement rapprochés pour ne rien perdre des révélations de ce Premier ministre des commérages selon Mrs. Blaine, dans la version officieuse et expurgée de son nouveau testament. Mais le leader de l'opposition venait d'arriver et se tenait seulement à quelques mètres derrière Miss Nuttel et son amie. Tout le monde savait que Miss Treeves voyait les ragots d'un mauvais œil.

— Bonjour, Miss Nuttel. Bonjour, Mrs. Blaine, dit-elle.

Norah Blaine sursauta et faillit laisser tomber sa boîte de conserve. Les clients retinrent leur souffle en chœur. Mrs. Blaine se retourna, sourit à la sœur du pasteur et décida qu'une attaque de front serait la meilleure stratégie.

— Oh ! bonjour, Miss Treeves. Vous pourriez peut-être nous dire... nous étions justement en train de nous demander...

— Au sujet de Miss Seeton ? Oui, j'en ai entendu parler, l'interrompit Miss Treeves d'un ton sec.

— Eh bien, tout cela paraît si...

— ... bizarre, enchaîna Miss Nuttel.

Le receveur, qui revenait après avoir pesé et empaqueté les pommes, créa une diversion.

— Vous vouliez autre chose ?

Miss Nuttel fronça les sourcils.

— Je ne crois pas. Tu voulais autre chose, ma cocotte ?

— Oui, ça, fit Mrs. Blaine en tendant la boîte de boulettes végétales. Vous savez que nous ne mangeons jamais de viande. Elles sont faites avec quoi ?

En tant que marchand, Mr. Stillman était un partisan de Miss Seeton, bien que la connaissant peu. Pour lui, elle était une petite femme tout à fait charmante et ordinaire avec de bonnes manières, pleine d'attentions, et elle payait rubis sur l'ongle, ce qui était loin d'être le cas de tout le monde.

— Des noisettes, répondit-il en leur jetant un regard innocent.

Les clients, qui retenaient leur souffle, lâchèrent en chœur un soupir de joie. Mrs. Blaine, ignorant que son amie était surnommée « Casse-noisettes », décida :

— On les prend.

Elle prit leurs achats, les mit dans son sac à provisions et s'éloigna du comptoir pour affronter Miss Treeves.

— Mais vous devez bien reconnaître que tout ça est plutôt bizarre, non ? Nous vous avons vue par hasard aller chez Miss Seeton vers neuf heures et demie environ ce matin. Je m'étais penchée par la fenêtre pour faire la poussière, juste après que la police était venue la chercher, bien sûr...

— Alors peut-être que vous n'en savez pas plus que nous, insinua Miss Nuttel.

— Il se trouve que si, répondit Miss Treeves en souhaitant que ce fût le cas.

Mais ce n'était pas vraiment un mensonge quand on mentait pour la bonne cause, c'était... une invention justifiée.

— Le commissaire de Scotland Yard avait besoin de l'aide de Miss Seeton, improvisa-t-elle.

— Exactement ce qu'on disait, approuva Mrs. Blaine.

— Elle les aide pour leurs enquêtes, ajouta Miss Nuttel.

D'après les critères du village, la motion de censure avait échoué, mais Mr. Stillman, indépendant, avait gagné un point. Les deux femmes s'inclinèrent avec un sourire vainqueur et quittèrent le magasin pour continuer leur mission de l'autre côté de la Rue.

A la campagne, les choses qui simplifient la vie sont manifestes et faciles à comprendre. Pour prendre un exemple, il est impossible de se perdre dans un village qui n'a qu'une rue. En contrepartie, les routes qui conduisent à Plummergen par le nord en passant par Brettenden ou par Ashford ne sont pas évidentes et la sortie du village est difficile à trouver. La Rue est pourtant droite, large, bordée d'arbres, et va du nord au sud où, à première vue, elle semble terminer sa course. Au-delà de la grande courbe recouverte de gravier qui se trouve devant le *George and Dragon*, un tournant à gauche conduit tout droit au cimetière. De l'autre côté de la Rue, il y a un tournant à droite, Marsh Road, dissimulé derrière le jardin qui jouxte la boulangerie. Rye y est indiqué, sans la distance : une invention du conseil municipal que seuls les autochtones peuvent apprécier. Bien qu'avec une carte ou une boussole on puisse échapper à ses courbes tortueuses et rejoindre Rye par une succession d'autres petites routes entrelacées, Marsh Road est en fait ce que son nom indique : une route qui contourne le marais par-derrière et ramène à

Brettenden. Pour ceux qui souhaitent quitter Plummergen vers le sud, la Rue se transforme en fait en une petite route étroite prise en sandwich entre le mur qui longe le jardin de Miss Seeton et la maison voisine. A une vingtaine de mètres, elle s'élargit pour enjamber le canal. Tout de suite à droite se trouve la seule route directe qui va à Rye, une route latérale dissimulée et non signalée, qui n'apparaît sur aucune carte, où seul le canal qu'elle longe est indiqué. Après cet embranchement, la route s'achève à un carrefour en forme de T dont les deux branches serpentent vers la route littorale, Folkestone à gauche et Hastings à droite. Mais l'usage veut que ces routes vers le sud soient peu utilisées par les gens du village. Par ailleurs, bien que Rye, située à huit kilomètres, soit la plus proche, pour les affaires ou le plaisir les habitants de Plummergen se rendent à Brettenden, à neuf kilomètres au nord, ou même à Ashford, deux fois plus loin. Une navette quotidienne dessert ces deux villes. Aucun car ne va à Rye. Aucune navette ne dessert le sud de Plummergen. Ce curieux phénomène provient peut-être d'une méfiance envers la modernité et les nouvelles inventions. Rye, qui était à l'origine une petite île et devint plus tard un port normand, est considérée comme une invention moderne et la route qui y mène est récente. A l'époque où Plummergen était un port romain florissant, les terres au sud du village actuel n'étaient encore qu'un rêve enfoui sous la mer.

Ses courses terminées, Miss Treeves se dirigea vers le presbytère, situé à l'écart entre le *George and Dragon* et le cimetière, pour préparer le déjeuner de son frère. De l'autre côté de la Rue, elle vit Mrs. Blaine et Miss Nuttel sortir de chez Welsted, la mercerie, et passer le portail de Lilikot.

Il fallait absolument qu'elle sache ce qu'il s'était

exactement passé avec la police et qu'elle veille à ce que tout le village soit au courant pour que les choses soient claires. Ce serait tellement dommage si les vacances de Miss Seeton étaient gâchées. Les gens étaient d'un fatigant ! Toujours à inventer des histoires idiotes et à y croire, sans penser aux ennuis et aux désagréments qu'ils peuvent causer, au lieu d'attendre d'avoir découvert la vérité, qui est en général beaucoup moins intéressante. Évidemment, ça avait peut-être quelque chose à voir avec l'avoué de la vieille Mrs. Bannet, un misérable qui était en prison pour détournement de fonds et une histoire plus ou moins liée à la drogue. Il en fabriquait ou en vendait, quelque chose comme ça. En fait, si elle se souvenait bien, la police l'avait arrêté avant que l'homologation du testament en faveur de Miss Seeton n'ait été enfin accordée. Mais oui, bien sûr ! c'était évident, ça devait être ça ! La police devait avoir besoin de renseignements complémentaires pour remettre de l'ordre dans le fouillis que cet horrible bonhomme avait laissé derrière lui. Quel dommage qu'elle n'y ait pas pensé à la poste !

Le temps d'arriver au portail du presbytère, cette explication simple et naturelle était devenue réalité dans son esprit. Elle jeta un regard satisfait vers le cottage de Miss Seeton. Elle allait faire en sorte que tout soit complètement clair et que la vérité éclate au grand jour avant que sa propriétaire revienne. La porte d'entrée de Sweetbriars, qui donnait comme celle des autres maisons sur la Rue, s'ouvrit et Martha Bloomer apparut.

Le legs de la marraine de Miss Seeton avait inclus un arrangement passé avec un ouvrier agricole qui habitait à côté et sa femme. Miss Seeton achetait le nécessaire et Stan Bloomer s'occupait du jardin et du poulailler, et lui fournissait, ainsi qu'à sa propre famille, des œufs, des poulets et des légumes, et il vendait le surplus à son bénéfice en manière de gages, tandis que sa femme Martha venait aider au ménage deux matinées par semaine pour trois shillings et six pence de l'heure.

Mrs. Bloomer ferma la porte du cottage et commença à descendre l'allée vers le portail. Soudain, elle fit un bond de côté vers la haie devant la barrière en bois et réapparut en tirant une petite fille échevelée qui se débattait.

Martha Bloomer ! c'est elle qu'il lui fallait ! Miss Treeves lâcha le loquet du portail du presbytère et traversa la Rue.

— Si je t'attrape encore à fouiner par ici, sale petite moucharde, je te fiche une sacrée raclée dont tu te souviendras et, en plus, je vais le dire à ta mère ! gronda Mrs. Bloomer.

Effie Goffer se mit à renifler.

— Effie, comment oses-tu fureter dans le jardin des gens comme ça ? la réprimanda Miss Treeves en les rejoignant. On te l'a déjà dit. Qu'est-ce que tu faisais là ?

— J'regardais.

— Eh bien, que je ne t'y reprenne pas ou je veillerai à ce que tu reçoives une bonne fessée. Miss Wicks s'est plainte de toi pas plus tard que l'autre jour.

— Elle enlève ses trucs, répondit Effie, l'œil brillant.

— Tu dis des bêtises.

— Si d'abord ! J'l'ai vue par la fenêtre de sa salle de bains. Elle a enlevé ses dents et les a mis dans un verre. Et pis elle a pris ses cheveux et les a collés sur l'étagère. J'l'ai vue !

— Effie ! comment oses-tu dire une chose pareille ! s'écria Miss Treeves, scandalisée. Comment oses-tu répéter des choses aussi épouvantables ?

Mais le pire, c'est que c'était vrai. Avec ses dents de lapin, Miss Wicks sifflait quand elle parlait. Quand même, songea Miss Treeves, son dentiste aurait pu... Et puis c'était évident qu'elle portait une perruque, parce que la couleur n'allait pas. Mais ça ne se faisait pas d'en parler. On pouvait faire semblant de ne rien voir tant qu'on passait la chose sous silence. Mais dès l'instant où l'affaire devenait publique, elle prenait des proportions qui tenaient de l'hypnose, le danger étant que lorsqu'on discutait avec Miss Wicks, on avait tendance à tapoter ses cheveux ou, pire, à se mettre à siffler aussi.

— La dame elle me peint. J'ai posé pour elle alors j'regarde ! protesta Effie d'une voix geignarde.

— C'est absurde ! répliqua Miss Treeves. De toute façon, Miss Seeton est absente pour l'instant.

— Oui, parce que la police l'a emmenée. J'les ai vus.

— Tu les as vus ?

— Mmoui. Les mêmes qu'étaient là avant. Les flics de Londres.

La vieille bique lui avait fait mal au derrière, à la tirer comme ça avec son pébroc. Elle allait lui apprendre, à lui faire mal au derrière !

— Elle avait les menottes comme à la télé. Elle donnait des coups de pied et elle criait...

— Petite menteuse !... s'exclama Martha Bloomer en la secouant.

— Effie ! interrompit Miss Treeves. Rentre chez toi tout de suite. Et dis à ta mère que je passerai la voir après le déjeuner, ajouta-t-elle d'un ton menaçant.

Elle regarda l'enfant s'éloigner clopin-clopant dans la Rue, avec une allure de crapaud, pour rejoindre tout au bout le quartier où s'alignaient les logements sociaux.

— Cette enfant va mal finir, dit-elle en secouant la tête.

— Si vous voulez mon avis, dit Mrs. Bloomer d'un ton brusque, elle est déjà mal partie et la fin ne viendra jamais assez tôt. Des menottes ! Non, mais, je vous demande un peu ! Comment ose-t-elle ? Et elle criait ! Je lui en donnerais, moi, des cris. Elle a encore jamais eu affaire à moi !

— Vous n'auriez pas vu Miss Seeton, par hasard, avant son départ ? avança Miss Treeves.

— Eh bien, non, j'ai pas pu, aujourd'hui, c'est mon jour au manoir. Mais j'ai jeté un coup d'œil, au cas où elle aurait laissé un message, vu qu'elle s'y attendait pas. J'ai trouvé des restes dans le frigidaire alors je lui ai fait une tourte avec parce que je me doute bien qu'elle sera fatiguée à son retour et ça lui fera son dîner ce soir ou bien son déjeuner demain.

— Elle va certainement passer la nuit dans son appartement à Londres, trancha Miss Treeves, ce sera moins fatigant. Elle le garde jusqu'à la fin du prochain trimestre, quand elle prendra sa retraite pour s'installer définitivement ici.

Mais ce déménagement aléatoire était moins évident que ne le supposait Miss Treeves. Le plaisir que Miss Seeton prenait à son héritage et son amour grandissant pour son cottage étaient assombris par un problème financier. Si elle prenait effectivement sa retraite à la fin du prochain trimestre scolaire, son maigre revenu, ajouté à ses petites économies et à sa pension vieillesse, suffirait-il ? Vivre à la campagne signifierait abandonner ses cours à l'institut de technologie — on disait « cours du soir » maintenant — et les cours particuliers qu'elle donnait, dont le revenu l'avait aidée à augmenter le salaire qu'elle gagnait pour sa présence deux fois par semaine à l'école. Par ailleurs, elle n'aurait plus de loyer à payer et elle dépenserait moins en nourriture, mais il fallait tenir compte de l'entretien et des réparations. Et puis il y avait les impôts, qui d'après son expérience avaient la fâcheuse tendance à augmenter alors que le cours de l'argent avait une curieuse propension à baisser.

— Ce serait bien pour vous aussi, Martha, poursuivit Miss Treeves, de savoir que le cottage reste dans la famille, après avoir été au service de la vieille Mrs. Bannet pendant des années.

— Je l'espère, opina Martha. Vous dites qu'elle ne rentrera pas avant demain ?

Miss Treeves jeta un coup d'œil vers le presbytère. Elle allait être en retard pour le déjeuner d'Arthur. Non pas qu'il y fasse attention, mais tout de même.

— Je n'en suis pas sûre, dit-elle vivement. Tout dépend combien de temps prendra cette affaire avec son avoué.

— Son avoué ? fit Martha, étonnée. Mais je croyais que tout était fini et qu'on n'en parlait plus. Lui aussi, il est fini et on n'en parle plus. Il est en taule.

— Oui, oui, bien sûr, répliqua Miss Treeves d'un ton impatient. Mais cela concerne les personnes qu'il a escroquées. Je n'en connais pas tous les tenants et les aboutissants, mais la police espère que Miss Seeton pourra leur donner des renseignements.

— Eh bien, vous me surprenez. Elle le connaissait à peine et elle ne l'aimait pas. La police était très intéressée par ses dessins et j'étais persuadée qu'ils étaient venus lui demander de leur faire des portraits-robots.

Mais Miss Treeves écarta cette idée.

— Mais non, pas du tout. Cela n'a rien à voir. C'est à cause de cette affaire de détournement de fonds. Excusez-moi, je dois absolument filer ou le déjeuner ne sera jamais prêt, dit-elle en faisant mine de s'éloigner. Oh ! Martha, fit-elle en se retournant. Miss Nuttel et Mrs. Blaine ont dit des choses tout à l'heure, des stupidités, alors si quelqu'un pose des questions, je pense qu'il vaudrait mieux que vous parliez de cette affaire de détournement de fonds pour que tout soit clair. Il est important de faire connaître la vérité aussi vite que possible, parce que si cette horrible Effie Goffer commence à répandre des histoires partout, Dieu sait ce que les gens vont raconter.

— Ils racontent n'importe quoi, dit lady Colveden en se versant une autre tasse de thé. Vraiment n'importe quoi !

La vie dans une petite communauté a quelque chose de surnaturel qui déroute les gens de la métropole. En ville, hormis certains agissements qui peuvent conduire à la célébrité, on passe inaperçu. Dans un village, les faits et gestes de tout un chacun, célèbre ou non, sont d'un intérêt primordial pour la communauté et pareillement sujets à un examen minutieux et à une analyse détaillée.

Au début de Marsh Road, les maisons sont toutes en retrait de la route, on y accède par une allée privée, et elles ont toutes un rideau d'arbres qui les dissimule. Pour quelqu'un de la ville, elles ont toutes l'air, dans le sens littéral du terme, de maisons privées. Mais l'intimité, tenue pour acquise dans les métropoles, n'existe pas dans les petites communautés.

Récemment, le général de division sir George Colveden, baronnet, chevalier commandeur de l'ordre du Bain, décoré de l'ordre du Mérite et juge de paix, propriétaire du dernier domaine de Marsh Road, avait trouvé sa plus proche voisine, une veuve d'une soixantaine d'années, en train de balancer sa petite hache contre un cyprès sur son terrain. Ses plans déjoués, la vieille dame avait porté plainte auprès du conseil municipal. En prêtant les jumelles de son défunt mari à l'expert de la municipalité, elle avait réussi à démontrer à sa grande satisfaction, mais vraisemblablement pas à celle de l'expert, que sa plainte était justifiée. En poussant, l'arbre lui avait gâché la vue : elle ne pouvait plus voir les fenêtres des chambres de Rytham Hall et donc savoir à quelle heure lady Colveden éteignait la lumière, ni quand elle ouvrait les rideaux le matin. Pendant quelques jours, lady Colveden avait scruté le ciel nerveusement, au cas où la vieille dame aurait pris un ballon ou un hélicoptère pour tenter de satisfaire sa curiosité naturelle vis-à-vis de l'intimité de ses voisins.

— Ce matin, j'ai dit à Martha, enchaîna lady Colveden en regardant l'assiette à gâteaux vide, que si elle prenait du temps sur le ménage pour faire des beignets, tu allais trop manger, Nigel. Mais où mets-tu tout ça ? Si j'en mange un seul, je suis ballonnée. Mais toi, tu peux en engloutir trois et ça ne se voit pas. Ce n'est pas juste !... Oui, les gens disent n'importe quoi, ajouta-t-elle en revenant à ses moutons.

— Une thyroïde surmenée et un travail acharné, répondit Nigel. On a semé Fouracre cet après-midi, plus une demi-heure perdue à mettre le tracteur en pièces détachées quand le moteur a fait des siennes. N'importe quoi, dis-tu ? Par exemple ?

— Mais au sujet de cette pauvre Miss Seeton, bien sûr ! A-t-on jamais rien entendu de plus stupide ? De toute façon, je ne vois pas en quoi se promener en tracteur est un travail acharné. Je me souviens de l'époque où les hommes le faisaient avec un cheval.

— Ça m'étonnerait !

— Eh bien, je l'ai lu ! Ce qui revient exactement au même... et ils avaient bien meilleur goût.

— Le cheval ou l'homme ?

— Ne sois pas vulgaire. C'est tellement injuste... La pauvre est seulement arrivée depuis deux jours et maintenant, ça ! C'était déjà assez terrible l'année dernière. Mais si ce genre de chose doit arriver à chaque fois qu'elle vient ici...

— Pas chaque fois, mère. Après tout, elle est venue à Noël et il ne lui est rien arrivé.

De grands yeux innocents le dévisagèrent, étonnés.

— A Noël ? Comment le sais-tu ? De toute façon, on n'y aurait pas fait attention, c'était pendant la guerre.

La guerre avait été déclarée la veille de Noël.

Miss Nuttel, Mrs. Blaine et trois de leurs copines avaient passé l'été à faire sécher des fleurs, des feuillages et des graminées. Des bouquets desséchés et fanés avaient tapissé leurs cuisines, frappant leurs protectrices au visage à chaque fois qu'elles passaient dessous et assaisonnant les plats. Le matin de la veille de Noël, elles avaient apporté triomphalement leur végétation dépérie à l'église où elles avaient passé une heure d'agréable contentement à l'arranger dans des vases, et, après un regard fier autour d'elles, elles s'en étaient allées, fortes du sentiment du devoir accompli.

Dans l'après-midi, lady Colveden, en tant que membre du comité, était arrivée pour décorer le sapin de Noël. Scandalisée de voir l'église remplie de restes de fleurs mortes, elle avait vidé les vases, jeté le tout et brûlé les fleurs. Puis elle était revenue à Rytham Hall en voiture et avait coupé quelques roses de Carême qui fleurissent en décembre, au contraire des roses de Noël qui fleurissent rarement avant Carême, et au bout de deux heures de travail acharné, le sapin et les compositions florales étaient parachevés. Elle avait jeté un bref regard autour d'elle, avec l'assurance d'avoir accompli une bonne action.

Les querelles qui en résultèrent divisèrent le village en deux camps. On avait échangé des mots, on s'était lancé des sourires et on s'était décoché des flèches assassines à la fin des réunions. Cette bataille rangée avait fait fureur sans discontinuer jusqu'en février, quand une lettre cinglante parue dans le magazine de la paroisse et signée par le révérend Arthur, mais attribuée fort justement à la personnalité plus énergique de sa sœur, Miss Treeves, avait imposé un difficile armistice. L'affaire avait pris rang dans l'histoire de la paroisse sous le nom de la guerre des Roses.

— Voyons, fit Nigel en se mettant à compter sur ses doigts. La première fois où Miss Seeton est venue ici, on s'est retrouvés avec un meurtre, un suicide, une noyade, une asphyxie, des coups de feu, des accidents de voiture, un enlèvement et un détournement de fonds. Tu crois que ces chamailleries pour quelques fleurs mortes que tu as balancées sont plus importantes que ces menus incidents ? demanda Nigel en regardant sa mère d'un air moqueur.

— Bien sûr ! répliqua lady Colveden. Tu serais de mon avis si c'était toi qui les avais jetées.

Il y eut un léger froissement de papier de l'autre côté de la table alors qu'un tremblement agitait les mains qui tenaient le *Farmer's Breeding Weekly.*

— George ! fit lady Colveden en s'adressant au journal.

— Oui, ma chère.

— Tu ne m'écoutes pas.

— Non, ma chère.

— C'est bien ce que je disais ! Naturellement, c'est Molly Treeves qui me choque le plus. Rien ne m'étonne de la part des autres, mais j'aurais vraiment cru que Molly avait plus de bon sens.

Nigel finit son dernier beignet, posa son assiette et s'essuya les doigts.

— Plus de bon sens ? Pourquoi ?

— Mais parce qu'elle a répété cette histoire complètement idiote ! répondit sa mère en le dévisageant d'un air étonné.

— Quelle histoire, mère ? demanda Nigel en se maîtrisant. Tu oublies que nous autres, fermiers, nous passons nos journées à paresser dans les champs sur nos tracteurs et que nous avons tendance à être coupés de tout.

— Que Miss Seeton a été arrêtée pour détournement de fonds !

— Elle quoi ? s'écria Nigel.

Sir George baissa son journal.

— Ah, tu vois ! s'exclama lady Colveden, contente d'elle. Ça fait même sortir ton père de la porcherie. J'étais chez Welsted cet après-midi et Mrs. Welsted m'a dit que les Cinglées lui avaient dit que cette horrible petite Effie Goffer les avait vus de ses yeux vus l'emmener, enfin, ce charmant policier de Scotland Yard et cet immense jeune homme toujours avec son carnet, qui est tombé amoureux d'Anne Knight. Je ne me rappelle plus son nom, du plus âgé, je veux dire. Quelque chose d'étranger je crois.

— Le commissaire Delphick ? fit Nigel

— Oui, c'est ça, un nom grec... George, pourquoi me regardes-tu ainsi ?

— Je t'écoute, ma chère.

— Eh bien, cesse ! Je n'y suis pas habituée et cela me perturbe. Je pense que c'est Effie qui a dû commencer. Je n'arrive pas à comprendre pourquoi personne n'a encore rien fait au sujet de cette enfant avec sa manie d'espionner.

— On devrait l'étrangler, laissa tomber Nigel.

— Oh, tais-toi ! protesta sa mère. Il y en avait un autre dans le journal ce matin encore. Un petit garçon à Lewisham. Je voudrais bien que ces meurtres cessent.

Mais si quelqu'un doit absolument étrangler des enfants, je dois reconnaître qu'on pourrait se passer d'Effie. On devrait peut-être mettre une annonce, non ?

— Mère, viens-en au fait au lieu de faire tout ce bruit et de t'agiter comme ça !

— Comme si j'avais perdu la tête ! répliqua lady Colveden, vexée. Enfin, j'ai dit à Mrs. Welsted que c'était complètement absurde, mais elle m'a affirmé que quelqu'un d'autre était au courant par Martha qui le tenait de Molly Treeves, et lui a dit que c'était un détournement de fonds. Les gens sont fous ! Enfin, c'est complètement ridicule parce que c'était le jour de Martha ici ce matin et elle ne m'en a pas parlé, dit-elle en réfléchissant un instant pour repartir de plus belle. En fait, je crois que ce serait une très bonne chose si Miss Seeton s'y remettait.

— Se remettait à quoi ? demanda Nigel.

— Oh, je ne sais pas, moi, fit lady Colveden en cherchant l'inspiration autour d'elle, les meurtres et tout le reste. Je crois qu'elle ne peut pas s'en empêcher. Je pense qu'elle fait partie de ces gens à qui il arrive des tas de choses, à moins qu'elle les provoque, je ne sais pas lequel des deux, sans s'en rendre compte. Comme ça, au moins, le village aura de quoi parler et ils oublieront peut-être enfin ces maudites fleurs.

— Faut arrêter cette histoire de détournement de fonds, dit sir George.

— Oh, ça y est ! répliqua sa femme. J'y ai mis bon ordre. J'ai dit à Mrs. Welsted que Miss Seeton dînait ici ce soir.

— Ici ? s'écria Nigel.

— Oui. J'ai appelé chez Crabbe, au garage, et j'ai appris que Scotland Yard avait demandé une voiture pour prendre Miss Seeton à Headcorn sur la 640, alors j'ai annulé la voiture et je lui ai dit que ce n'était pas la peine.

— Tu...

Pour une fois, Nigel se retrouva sans voix.

— Oui, j'ai pensé que tu pourrais aller la chercher pendant que je préparerai le dîner. Et conduis assez lentement dans la Rue à ton retour, pour que tout le monde puisse vous voir. Je me suis dit que si la pauvre est fatiguée, elle pourra s'allonger sur le canapé et que je lui apporterai son dîner sur un plateau.

— Tu... tu veux dire que tu vas la kidnapper juste pour savoir ce qu'elle a fabriqué ? bafouilla Nigel.

— Mais pas du tout ! répliqua sa mère. C'est simplement par gentillesse. Ça aidera à mettre un terme à tous ces bavardages. En plus, ce sera bien fait pour les Cinglées. Et si elle a envie de nous dire ce qu'elle a fait, il n'y a pas de mal à l'écouter, n'est-ce pas ? Et puis j'ai tout expliqué à Mrs. Welsted et à Crabbe, alors tout le monde doit être au courant maintenant. Je leur ai dit qu'elle était allée à Londres parce que Scotland Yard l'avait engagée comme dessinatrice. Bien entendu, il n'y a pas un mot de vrai dans tout ça, mais j'ai trouvé que ça faisait mieux que l'autre histoire.

— C'est la pure vérité, dit sir George, les yeux exorbités.

— Oh, ne sois pas stupide, George ! s'exclama sa femme. Tu n'écoutes rien. Bien sûr que ce n'est pas vrai ! Je viens de te le dire. Je l'ai inventé sous l'impulsion du moment.

— C'est la vérité, insista sir George. Delphick m'a téléphoné ce matin avant de partir pour me le dire.

— Oh, George, vraiment... ! s'écria lady Colveden, furieuse. Tu es absolument impossible. Tu restes là, assis sans rien dire, et tu étais au courant depuis le début !

— Pas nos affaires.

— Bien sûr que si ! Ça regarde tout le monde et

c'est notre devoir de la protéger. Et moi qui ai parcouru tout le village et inventé des mensonges avec la meilleure intention du monde alors que pendant tout ce temps... ! Si seulement tu m'en avais parlé, j'aurais parfaitement pu inventer la vérité !

Alors que les excentricités de la campagne peuvent être difficiles à comprendre pour le citadin, de loin, l'image d'ensemble est plus facile à saisir. Depuis Londres, la distance peut prêter de la perspective au tableau, sinon du charme.

— Salaud ! Tu peux pas me faire ça ! Tu veux ma mort, oui !

— J'enverrai une couronne, promit le rédacteur en chef du *Daily Negative*. Sur la note de frais.

— Mais nom de Dieu ! s'écria Amelita Forby en agrippant le bord du bureau du rédacteur en chef à deux mains et en se penchant vers lui, on est à Fleet Street[1] ! C'est LA rue ! Je suis née ici !

Elle s'empara d'un stylo sur le bureau et lui martela le bras avec.

— Tu te souviens de moi ? Tu disais que j'étais faite pour le Crime, pas correspondante à l'étranger. Je suis une fille de la ville. Qu'est-ce que tu veux que je fasse dans un trou perdu ?

— Enrichir ton expérience et élargir ton horizon, répondit le rédacteur en chef en inclinant sa chaise pour échapper aux coups de stylo.

— Mon horizon n'a pas dépassé un rayon de cent cinquante mètres dans cette affaire ! rugit Miss Forby. Quant à l'expérience... alors là ! j'y ai perdu plus que j'y ai gagné. Et puis où c'est, ce satané Plumma-

1. La rue où se trouve le siège de la plupart des journaux à Londres. *(N.d.T.)*

chinchose ? Comment j'y vais ? Il me faut un passeport ?

— Je ne pense pas, répondit calmement le rédacteur en chef. Cela figure parmi les possessions britanniques, mais tu pourrais toujours partir en safari à Ashford et puis écrire « Plummergen » sur un morceau de papier et le montrer à la ronde jusqu'à ce que quelqu'un te dise « ouais » ou « ah ! » ou ce qu'ils disent dans ce coin-là. Tu devrais me remercier pour cette mission, Mel. Penses-y. On est en mars, le printemps arrive. Le Kent a la réputation d'être le jardin de l'Angleterre et on dit que le climat y est très vivifiant.

Il frissonna.

— Vivifiant ! Nom d'un chien !

Elle jeta le stylo.

— J'ai l'air d'un jardin d'agrément ?

— Franchement, non, répondit le rédacteur en chef en contemplant son visage crispé par la colère. Je pencherais plutôt pour une orchidée qui a reçu un coup de soleil.

Il laissa retomber sa chaise et mit le stylo hors d'atteinte.

— Désolé, Mel, mais il faut que tu t'y colles. Mes espions m'ont dit que Delphick est allé la chercher pour la ramener à Londres, qu'il l'a emmenée à Lewisham ce matin et qu'ils sont maintenant au Yard. Je veux savoir pourquoi. Tu vas y aller et y rester jusqu'à ce que tu saches toute l'histoire.

Il fit un grand sourire à la journaliste furieuse.

— Et s'il ne se passe rien ?

— Il ne te restera plus qu'à épouser un fermier et à t'installer là-bas. Je ne veux pas te revoir au bureau avant que cette affaire soit réglée. J'ai un pressentiment, poursuivit-il lentement, l'air pensif. J'ai du flair pour ce genre de truc. Lewisham. C'est là que le gosse a été étranglé hier. Mel ! s'écria-t-il soudain avec enthousiasme. On est peut-être sur un gros coup ! Et au moins, avec la pêche qu'elle avait, la Seeton, tu devrais bien t'amuser.

— Tu parles d'une pêche ! explosa Mel. Bon sang ! j'ai tout lu sur ce qu'il s'est passé l'année dernière : le Pébroc Vengeur ! Une espèce d'institutrice super musclée, une virago qui taille son chemin à coups de parapluie ! Tu sais où tu peux te le mettre, ton pressentiment ? Et tu peux faire la même chose avec ton flair !

— A mon avis, cette affaire a été mal menée par la presse l'année dernière, dit le rédacteur en chef en secouant la tête. Je crois qu'il lui faut le doigté d'une femme.

— Ah oui ? Eh bien, à mon avis, tu es complètement timbré ! D'après ce que j'ai lu, c'est un catcheur qu'il lui faudrait ! lança-t-elle en repoussant sa chaise pour se lever. Je ferais mieux de me trouver des séances d'entraînement dans une salle de gym, oui !

— Écoute, Mel, fit le rédacteur en chef en joignant ses deux mains sur son bureau, je suis sérieux. On ne bosse pas dans la presse aussi longtemps que moi sans apprendre à sentir quand quelque chose se prépare. Je te laisse carte blanche. Tu fais comme tu veux. Tu le présentes comme tu veux. Mais tu restes sur l'affaire tant que tu n'as rien trouvé. Tu es dessus depuis le début, même avant, alors ponds-moi quelque chose et quelque chose de bon ! Envoie un papier une, deux, trois fois par semaine ou par jour, tout dépend comment les choses tournent. Je vais laisser des instructions pour qu'on ne touche pas à ton papier, alors fais bref et concis.

— On va pas toucher à mes articles ? répéta-t-elle, bouche bée. T'es devenu dingue, ou quoi ? Et puis qu'est-ce que ça veut dire : « Je vais laisser des instructions » ?

— Je pars demain matin pour l'Italie et quinze jours de soleil, j'espère.

Mel Forby s'arrêta sur le seuil.

— Voir Naples... C'est moi qui vais te payer une couronne, oui ! lâcha-t-elle d'un ton venimeux en claquant la porte.

Le rédacteur en chef pouffa de rire et attira à lui le téléphone pour les appels internes.

— Dick ? Ça y est, je l'ai dit à Mel. Elle est folle furieuse, mais comme elle quitte la ville ce soir, tu n'as pas à t'en faire. Fiche-lui la paix là-bas et passe tout ce qu'elle t'enverra tel quel...

Il écouta un moment.

— Bien sûr, ce sera nul, mais c'est ce que je veux. Et débrouille-toi pour que les autres ne sachent pas pourquoi elle est là-bas. Si quelqu'un y fourre son nez, on fait un remake mélo du Pébroc Vengeur qui s'est installé tranquille pour vivre une petite vie tranquille au calme, à la campagne. Moins on fera de vagues autour de ça, mieux ça me va.

Le téléphone protesta.

— T'as pas à t'inquiéter. C'est un risque calculé. Je prends la responsabilité et du risque et de mes calculs. J'ai le feu vert de la direction, alors tu n'auras pas de retombées. Et puis Mel en reportage sur un crime éventuel dans un petit village, on va s'en payer une tranche. Personnellement, je parie que ça va marcher et peut-être même devenir une chronique à succès.

Il raccrocha et se mit à rire. Mel et la mode, c'était une chose, mais Mel correspondante sur une affaire criminelle, ça devait payer ! Pourtant, s'il y avait quelque chose, elle trouverait et aucun concurrent n'irait vraisemblablement y fourrer son nez et envoyer ses gars pour s'en mêler. S'il avait vu juste et que quelque chose couvait, le *Negative* allait faire un scoop.

CHAPITRE III

Le croquis de Miss Seeton était posé sur le bureau du DA.

Sir Hubert se sentait curieusement déçu. Non qu'il ait eu beaucoup d'espoir, s'il en avait jamais eu, mais ce sentiment de déception persistait.

Delphick aussi se sentait déprimé. Ça aurait pu marcher, mais c'était raté et il réalisait seulement maintenant à quel point il avait placé ses espoirs trop haut. Il avait passé outre aux objections de Miss Seeton la veille et Dieu sait si elle avait protesté et s'était montrée curieusement entêtée ! Il avait insisté, supplié et finalement, lorsqu'il avait commencé à comprendre que ses réticences n'avaient rien à voir avec la morgue, mais que bizarrement elle était incapable de faire le moindre dessin, il avait eu recours à la pression morale de façon assez brutale pour qu'elle accepte. Au vu des résultats, c'était elle qui avait probablement eu raison. Il n'aurait pas dû insister.

Ils avaient perdu leur temps, voilà tout ! Le commissaire principal Gosslin s'agita sur sa chaise et essaya de trouver une excuse pour retourner à son bureau et se remettre au travail. L'Oracle avait loupé son coup. Si ça c'était de l'art, il préférait des photos de face et de profil ! C'était comme si elle avait bien commencé et qu'elle en avait eu marre. Quand elle avait vu qu'elle était en train de tout bousiller, elle avait tout raturé et gribouillé dans tous les sens.

Le directeur adjoint souleva la théière et regarda à nouveau le dessin. Le côté gauche n'était pas trop mal. On pouvait à la rigueur y voir une ressemblance même légère, mais le côté droit partait dans tous les sens, avec des bavures. C'était ni fait ni à faire, il était même plutôt répugnant. Et puis pourquoi ces lignes sinueuses régulières en travers avec, après un blanc, deux demi-cercles l'un dans l'autre ? Complètement inutile ! Quoique, en y regardant de près, le croquis avait une qualité artistique indéniable, quelque chose d'obsédant. Impossible de l'ignorer ou même de l'oublier. Le directeur adjoint se ressaisit et fit un effort de sociabilité.

— Dites-moi, Miss Seeton, dit-il en lui tendant une deuxième tasse de thé, ces portraits que vous faites, ou peut-être devrais-je dire ces caricatures, dont le commissaire m'a parlé, vous en avez toujours fait ou c'est nouveau ?

C'était tellement gênant ! Elle aurait tant souhaité que sir Hubert ne lui posât pas cette question. Elle but son thé à petites gorgées. Il était très fort, mais grâce à Dieu sans sucre. Miss Seeton était en plein dilemme. Elle savait qu'elle devait dire la vérité et la vérité était si difficile à expliquer. Des caricatures ? Des portraits ? Elle n'y avait jamais pensé en ces termes. Est-ce qu'elle avait toujours fait ça ? C'était si difficile de répondre.

Elle avait toujours fait ce genre de dessins, mais elle avait aussi appris à désapprouver cette pratique. C'est son talent précoce à faire des croquis de gens ou d'événements de mémoire qui l'avait incitée à faire carrière dans une profession artistique. C'était comme si deux marraines s'étaient penchées sur le berceau de

Miss Seeton, toutes deux bien décidées à faire de leur mieux pour l'enfant, en fonction de leur inspiration, mais sans consultation préalable. La première, avec des atours diaphanes, avait brandi sa baguette magique scintillante, dans la plus pure tradition, et dit : « Cette enfant sera une personne extraordinaire ! Des aventures elle aura et le danger sera son destin. Mais toujours dans l'adversité elle triomphera et un exemple elle sera, du triomphe du Bien sur le Mal. » La seconde marraine, plus moderne, revêtue d'un manteau et d'une jupe de tweed, un parapluie à la main, l'avait brandi et décrété : « Cette enfant sera douce, toute d'humilité et de grâce, aux normes elle s'adaptera et la suprématie de la Respectabilité sur le Désordre en ce monde elle révélera. » Les deux dames s'étaient alors évanouies dans un nuage de fumée en se félicitant de leurs bonnes intentions, ignorant qu'à elles deux elles avaient légué à leur petite filleule la tâche ingrate d'avoir à suivre dans sa vie deux chemins opposés. Il était donc tout à l'honneur de Miss Seeton d'avoir — grâce à sa personnalité — pu jusqu'à aujourd'hui maintenir un pied sur chacun de ces deux chemins, tout en gardant sa propre voie. A l'école d'art, l'effervescence de son crayon et ces croquis inspirés rencontraient une certaine désapprobation. On disait que Phil May, le grand dessinateur humoristique du début du siècle, travaillait méticuleusement les détails avant de choisir les lignes sobres qu'il repassait à l'encre. A moins d'être un génie, personne, soulignait-on, ne devrait tenter de travailler à main levée, et seulement après de longues et laborieuses études. L'humilité de Miss Seeton ne pouvant envisager le génie que chez les autres, la méticulosité et un travail acharné devinrent donc son objectif, et l'enseignement du dessin à des petits cancres, son destin. Lorsqu'il lui arrivait d'avoir un irrésistible accès d'imagination, ou qu'elle faisait montre d'originalité, elle s'en excusait ou prétendait que c'étaient juste des idées pour un travail ultérieur. Ainsi, dans sa vie, l'Aventure la sollicitait, cabriolait autour d'elle et finissait par s'imposer. Drapée dans sa Respectabilité, Miss Seeton l'ignorait et lorsqu'elle s'y trouvait mêlée de force, elle faisait le « coup de Nelson », refusant de voir que si elle était sans cesse impliquée dans des situations invraisemblables, c'est qu'elle devait y mettre du sien. Pourtant, elle rejetait toujours la faute sur elle-même dans ces frasques et imbroglios congénitaux. C'est ainsi qu'un jour elle avait planté la pointe de son parapluie dans le dos d'un homme qui frappait une jeune fille — dans le seul but de le réprimander sur ses mauvaises manières — et s'était rendu compte qu'elle avait commis une faute de goût en s'immisçant dans une affaire de meurtre purement privée. Pour Miss Seeton, il s'agissait tout au plus d'un malentendu par-ci, d'une incompréhension par-là... Elle n'acceptait jamais non plus la moindre logique dans l'enchaînement de tels faits, car c'eût été nier l'existence calme et conventionnelle qu'elle croyait réellement mener.

De même, dans son travail, elle réussissait à se convaincre que tout ce qui lui paraissait étrange, comme sa récente difficulté à dessiner, ne pouvait être lié à une influence extérieure, et se persuadait au contraire qu'il devait y avoir une raison banale : elle, son âge.

Mais non, décidément, elle ne pouvait pas se lancer dans cette affaire. Elle savait bien que si elle tentait de faire un dessin maintenant, ce ne serait pas raisonnable. Mais le commissaire, d'habitude si charmant et compréhensif, s'était montré si persuasif, si insistant... Elle avait eu tort d'accepter, parce que cette fois-ci, c'était pire, et tellement gênant. Pour tout le monde. De toute façon, cela ne servait à rien de se faire du souci. On ne pouvait plus revenir dessus. Et puis elle avait rendez-vous avec le Dr. Knight demain matin. Elle saurait alors enfin à quoi s'en tenir. En attendant, c'était tellement difficile de répondre à la question de sir Hubert... Enfin, sans mentir. Et avec la police, c'était tellement important de se montrer précise !

— J'ai toujours eu tendance à en faire, répondit-elle enfin. Bien que très rarement. Et je n'ai jamais approuvé, vous voyez. C'est ce que j'ai toujours essayé de faire comprendre à mes élèves. Je pense qu'on doit dessiner exactement ce que l'on voit, ou, du moins, s'en approcher autant que possible, et qu'il faut laisser le travail d'imagination à ceux qui ont une grande expérience. Ou, bien entendu, à ceux qui ont un don. Les règles ne peuvent s'appliquer à aucun de ces deux cas, naturellement. Et comme je reconnais cette tendance à la fantaisie chez moi, j'ai toujours essayé de m'en défaire. Mais je dois malheureusement reconnaître qu'apparemment cela a empiré depuis que je me mets sur la tête.

Gosslin pouffa et se mit à tousser, en se rendant compte que ce n'était pas vraiment le moment. Il posa trop tard sa tasse sur le bureau du DA.

Le sergent Ranger s'était fait aussi petit que possible en mettant sa chaise contre le mur, son calepin et son stylo sur les genoux, pour se donner une contenance, une tasse de thé et sa soucoupe dans une main et une assiette à dessert avec un petit pain beurré dans l'autre. Il l'avait amer. C'était toujours pareil. La tartine tombait toujours du côté du beurre. Il ramassa son petit pain qu'il engloutit et repoussa l'assiette sous sa chaise pour ne plus y penser. Enfin, il n'avait pas renversé du thé partout sur son pantalon comme le vieux Gosslin.

— Mais je ne prétends pas qu'il y ait forcément un rapport entre les deux, fit Miss Seeton en observant sir Hubert avec inquiétude.

— Non, j'en suis persuadé. Il n'y en a pas forcément un, dit le directeur adjoint en faisant un effort louable. Mais j'apprécie vraiment que vous preniez en considération le fait qu'il y ait une possibilité. Enfin, plus ou moins.

Il lança un regard désespéré à Delphick.

— Vous voilà découverte. Votre secret a été éventé, dit Delphick en riant. Comment en êtes-vous arrivée au yoga ?

— A cause de mes genoux. La publicité était tellement encourageante que j'ai voulu essayer.

— Je vous imagine mal, intervint le directeur adjoint, vous livrer à la méditation ou à des envolées fantaisistes. Vous avez l'air d'avoir les pieds sur terre, ou plutôt la tête sur les épaules, devrais-je dire.

— Oh, non, je ne fais aucun exercice psychique. Je pense que c'est très difficile et que cela prend des années, répliqua Miss Seeton.

— Quel dommage ! fit sir Hubert. Un peu de gymnastique cérébrale nous ferait du bien. L'homme que nous recherchons dans cette affaire d'enfants assassinés est probablement un malade mental ou, au mieux, pas très équilibré. En supposant toujours qu'il s'agit d'un seul homme.

— Vous voulez dire que... commença Miss Seeton, visiblement choquée. Ils ne sont quand même pas plusieurs, j'espère ?

— Nous ne le pensons pas. Mais une affaire qui reçoit une telle couverture médiatique est toujours susceptible d'entraîner d'autres crimes similaires. Et dans le cas présent, la méthode est assez facile à imiter. Cela ne demande pas de force, ou très peu, de croiser les mains, de passer un fil de fer par-dessus la tête de la victime en se mettant derrière et de tirer en serrant pour l'achever. Une femme ou même un enfant pourrait le faire.

— Je vois, fit Miss Seeton en fronçant les sourcils. Je n'y avais pas pensé en ces termes. Donc, vous recherchez quelqu'un qui n'est pas fort. Dans un sens, bien que ce soit aussi horrible, bien sûr, ça explique les choses.

— Pourquoi ? fit brusquement Delphick.

— Pourquoi ? Mais... comme a dit sir Hubert, ça explique pourquoi des enfants.

— Pourquoi des enfants ? répéta le DA.

— Je me rends bien compte qu'avec quelqu'un de faible et peut-être de petit, essayer de... enfin, il me semble que pour se prouver... se rendre important, il doit agresser quelqu'un de plus petit que lui, comme vous l'avez dit, répondit Miss Seeton, déroutée.

— Merci, Miss Seeton, dit sir Hubert en souriant. Je n'ai rien dit de tel, mais vous venez de le faire.

C'était un point de vue, un nouvel accent sur l'affaire, qui pouvait leur donner une approche différente. L'Oracle sentit qu'il avait enfin une piste. Ce drôle de petit phénomène avec son gros bon sens pouvait en remontrer à plus d'un et certainement damer le pion à tous ces psy qui avaient écrit des papiers dans la presse. Ils lui avaient fait passer une sacrée journée, l'un dans l'autre. Dommage pour le dessin.

— Arrêtons de parler affaires. On a assez fait appel à vos lumières ce matin, dit-il pour s'excuser.

— Je suis seulement désolée que cela n'ait servi à rien, fit Miss Seeton d'un air malheureux.

— Pas du tout. Mais je regrette sincèrement d'avoir dû vous demander d'aller à la morgue et de regarder le corps. Ce n'était pas réjouissant.

— Oh, ce n'est pas ça qui m'a gênée ! se défendit Miss Seeton. Bien sûr, tant qu'à choisir... J'en ai vu souvent lorsque j'étais jeune, des corps, je veux dire. Mais ceux-là étaient découpés, bien sûr.

— Bien sûr, répéta sir Hubert.

Son ton dénotait qu'il se sentait vaincu. C'était peut-être *Alice au pays des merveilles* pour le sergent, mais pour lui, c'était plutôt *De l'autre côté du miroir*. Du pur Jabberwocky[1].

Le sergent Ranger poussa un soupir. Elle parlait anglais, mais le résultat était complètement décousu. Comment l'Oracle faisait-il pour la comprendre à chaque fois ? Le vieux sir Lourdingue devait être complètement largué.

— A l'hôpital ? demanda Delphick.

— Oui, répondit Miss Seeton en se tournant vers lui avec reconnaissance. Aujourd'hui, on peut acheter ces mannequins bien faits, un homme, ou une femme. Je crois même qu'il y a des chiens. Mais de mon temps, on devait faire avec les livres qu'on avait et même s'ils étaient dessinés avec soin, je parle des os et des muscles, ce n'était pas la même chose qu'en vrai, et l'anatomie est très importante. Ils ont été très gentils à l'hôpital de me permettre d'assister aux cours de dissection.

— Et cela vous a aidée ? demanda sir Hubert.

— A vrai dire, non, reconnut Miss Seeton. Du moins pas autant que je l'espérais. Il y avait bien tous les muscles et les tendons, mais ils étaient sans vie. Comme les dessins. Ils ne bougeaient pas, vous comprenez.

Dans le silence qui suivit, à force de se retenir, Gosslin vira du rose au violet. Delphick, lui, examinait le tapis. Sir Hubert se leva pour se poster devant la fenêtre.

1. Personnage monstrueux de *De l'autre côté du miroir*, de Lewis Carroll. *(N.d.T.)*

— Oui, dit-il enfin d'une voix haut perchée, je comprends. On ne peut pas leur en demander autant, poursuivit-il en baissant le ton. Qu'ils bougent, je veux dire. Ce n'est pas ce qu'on attend d'eux normalement, ajouta-t-il en se retournant vers la pièce. Et ce ne serait pas normal s'ils le faisaient.

Sa voix mourut. Vu de loin et sous cet angle, le dessin de Miss Seeton était différent.

— Pourquoi avez-vous dessiné ces lignes en travers du visage ? demanda-t-il.

— Je ne sais pas, répondit Miss Seeton, en plein désarroi. Je ne l'ai pas fait exprès. Je...

— C'est curieux, poursuivit sir Hubert, le regard fixé sur le dessin, de près, c'est anodin, mais vu d'ici, on dirait presque un cachet de la poste.

— Bon Dieu !

Le sergent se pencha en avant. On entendit un craquement lorsque son talon se posa sur l'assiette glissée sous sa chaise, mais le bourdonnement de l'interphone posé sur le bureau du DA coupa court au malaise.

— Oui ? fit sir Hubert en appuyant sur un bouton.

— La voiture pour conduire Miss Seeton à la gare de Charing Cross, sir. L'officier de service l'attend, annonça la voix.

— Merci.

Une fois les adieux faits et la porte refermée sur leur visiteuse, le sergent Ranger se tassa sous le regard conjugué de ses trois supérieurs. Le DA revint vers son siège.

— Peut-être auriez-vous l'amabilité, sergent, de nous éclairer, que dis-je, de nous expliquer votre excès de ferveur religieuse ?

— C'est la poste, sir. La poste de Lewisham.

— Et alors ?

— Elle a été dévalisée. Y a pas longtemps.

— Et... ?

— Rien, sir. La coïncidence m'a surpris, c'est tout.

— Un petit bureau de poste, c'est cela ?

— Oui, sir.

— Si l'on considère qu'en moyenne les petits bureaux de poste sont dévalisés au rythme de plusieurs par jour, ce serait certainement beaucoup plus surprenant si cela n'avait pas été le cas pour celui-ci.

Le regard de sir Hubert tomba sur le dessin posé sur son bureau puis il dévisagea Delphick et secoua la tête.

— Non, ça ne tient pas debout, mon vieux ! Ce n'est pas possible ! Ça prend des proportions ! Non, c'est complètement insensé ! articula-t-il lentement en regardant à nouveau le dessin. Et vous, sergent, dit-il d'une voix sèche, vous mériteriez qu'on vous renvoie à la circulation pour oser imaginer qu'il puisse y avoir un lien !

Il pressa un bouton et s'adressa à l'interphone.

— Je veux qu'on vérifie auprès de toutes les divisions où on a eu dernièrement des enfants assassinés s'il n'y a pas eu de bureau de poste dévalisé dans les environs à la même période. Mettez plusieurs hommes là-dessus. Je veux une réponse tout de suite.

— Sir ?

— Oui ? répondit-il d'un ton brusque à Delphick par-dessus son épaule.

— Un bureau de poste dévalisé ou autre chose, lui suggéra Delphick.

— Bien sûr ! Ou tout autre incident, répéta-t-il dans l'interphone, n'importe quoi d'inhabituel, disons à une semaine ou dix jours du meurtre. Donnez-moi la réponse dès que vous l'avez !

Quelques minutes plus tard, l'interphone bourdonna à nouveau et une voix résonna sans attendre, à peine le DA avait-il appuyé sur le bouton.

— Des petits bureaux de poste ont été dévalisés à

chaque fois qu'un gosse a été assassiné, dans un rayon d'un kilomètre et demi, sir, dit la voix tout excitée. Le premier dix jours avant le meurtre et les intervalles sont de plus en plus rapprochés. Le bureau de poste de Lewisham a été dévalisé il y a cinq jours. Brentwood, West Malling et Richmond signalent une légère augmentation de vols dans des maisons et des appartements à la même période. Wimbledon et Lewisham sont en train de vérifier et feront leur rapport plus tard.

— Merci, soupira sir Hubert en éteignant l'interphone.

Les quatre hommes se regardèrent. Les crimes se succédaient de plus en plus rapidement... Le commissaire principal Gosslin formula tout haut ce qu'ils pensaient tout bas :

— Le rythme s'accélère. Notre copain y prend goût, on dirait. Il ne se sent plus. Mais j'ai des doutes sur les vols, dit-il en lançant un regard sur le bureau de sir Hubert. Pour moi, ça ne colle pas, ajouta-t-il en secouant la tête. Et dire qu'on aurait pu passer à côté si cette petite bonne femme fêlée n'avait pas gribouillé un portrait !

Son rendez-vous avec le Dr. Knight n'avait rien résolu. Aucun symptôme d'angoisse ; pas de rhumatismes ; pas de problème de réflexes, au contraire ; les muscles et les ligaments étaient détendus ; aucun signe d'anémie ; aucune séquelle de crise cardiaque, ni aucune raison de penser qu'elle en avait eu une. En fait, une succession d'éléments positifs et une absence de symptômes qui ne signifiaient rien puisque sa raison à elle lui disait que quelque chose n'allait pas, et son angoisse persistait.

En traversant le village pour rentrer chez elle, Miss Seeton envisagea tous les cas de figure et prit la résolution de démissionner tout de suite de l'enseignement au lieu de rentrer à Londres pour le dernier trimestre. Elle allait écrire à la directrice ce soir. Ce serait tout à fait injuste pour Mrs. Benn, d'avoir un professeur de dessin capable de tenir toute une classe mais incapable de maîtriser sa propre main. Quant à son appartement, elle pourrait toujours donner un préavis d'un mois. Mais si elle sautait le pas et coupait les liens avec Londres pour s'installer au village, où le seul métier qu'elle connaissait n'avait aucun débouché, qu'allait-elle faire si les prix augmentaient, ce qui était le cas, et si son revenu baissait, ce qui était la tendance naturelle ? Si elle envisageait les choses en toute objectivité, la réponse s'imposait d'elle-même : apprendre un autre métier. Mais lequel ? Elle pourrait peut-être apprendre à taper à la machine ? On avait toujours besoin d'une dactylo et elle n'était pas obligée d'être secrétaire. Les gens faisaient de la frappe chez eux, comme du lavage autrefois. Elle se demanda s'il fallait beaucoup de temps pour apprendre. Bien entendu, elle devrait compter avec les frais pour acheter une machine à écrire. Mais elle pourrait très bien se débrouiller sans Martha, cela lui ferait faire des économies. Et quand on pouvait faire le ménage chez soi, on pouvait certainement le faire aussi chez les autres. Il fallait bien que quelqu'un se charge des corvées. Et les « dames de ménage », comme on les appelait aujourd'hui — la langue était terriblement fluctuante —, n'étaient pas très faciles à trouver. Il y avait toujours une ou deux annonces sur le panneau d'affichage à la poste avec CHERCHE AIDE MÉNAGÈRE, mais jamais RECHERCHE HEURES DE MÉNAGE.

— Bonjour, dit-elle en souriant.

Elle n'obtint aucune réponse. Le visage resta inexpressif bien que la jeune fille hésitât un court instant en passant, et elle détourna les yeux.

C'était la jeune fille de la voiture, lorsque Effie s'était jetée sur la route. Si timide. Ah ! la poste, Miss Seeton n'avait presque plus de café.

Une fois son achat fait, Miss Seeton s'arrêta pour regarder les livres exposés au milieu du magasin. Tellement bariolés, affreux. Dans l'ensemble, elle trouvait que plus la couverture était sobre, plus ils étaient lisibles. Ah, voilà ! Elle se rappelait bien les avoir vus. *Manuels d'apprentissage : la banque en 30 minutes*. Ça non, alors ! Elle n'avait pas vraiment confiance dans les banques. Quant à *Maîtrisez vos émotions en 30 minutes*, cela lui sembla trop long. Elle parcourut rapidement les autres titres et découvrit celui qu'elle cherchait : *Maîtrisez la dactylo en 30 minutes*. Avec elle, cela prendrait sûrement plus de temps. Elle prit le petit livre et se dirigea vers le comptoir. Après tout, ce n'était pas cher et cela lui donnerait des idées. En sortant, elle jeta un coup d'œil aux annonces sur le panneau d'affichage. Oui, il y avait trois CHERCHE AIDE MÉNAGÈRE et, bonté divine ! quelle étrange coïncidence ! Il y en avait aussi une qui disait RECHERCHE HEURES DE MÉNAGE.

Miss Seeton se sentit ragaillardie. Elle descendit la Rue d'un pas souple. On trouvait toujours la réponse à un problème si on la cherchait bien. Le seul inconvénient de mener une vie tranquille, c'était que le cerveau avait tendance à se ramollir.

L'opinion du Dr. Knight quant à la vie tranquille de Miss Seeton se résumait à la question qu'il avait posée à sa fille après le départ de sa patiente :

— Dis-moi, ton géant de policier n'a pas sur les bras une affaire de meurtre à résoudre ? Comme il y a longtemps qu'elle n'a pas mis le feu aux poudres, la petite Seeton s'est trouvé un baril tout neuf à faire sauter. Je suis trop vieux, mais tu pourrais peut-être lui mettre la main dessus et voir si tu peux la calmer, non ?

— Il y a quelqu'un ?

Miss Seeton ouvrit la porte de la cuisine et jeta un œil dans l'entrée.

— Oh, comme c'est gentil ! Je suis désolée, mais avec la porte fermée, je n'ai rien entendu. J'étais juste en train de faire du café, vous en voulez ?

— Oh ! avec plaisir.

Anne Knight trouvait sa mission un peu gênante. C'était facile pour son père de lui dire de la calmer ou de la convaincre de ne pas faire de vagues, mais comment ? Miss Seeton lui apparaissait comme quelqu'un de beaucoup trop sensé pour voir des problèmes là où il n'y en avait pas. Et si le problème c'était un dessin qu'elle ne pouvait pas faire ou seulement à moitié, enfin, quelque chose dans ce goût-là, c'était peut-être le dessin en lui-même qui n'allait pas. Elle ferait mieux de le voir et d'essayer de se faire une idée. Mais comment demander à voir un dessin dont elle n'était pas censée avoir entendu parler et rassurer l'artiste quand, de toute façon, elle ne connaissait rien à l'art ?

Anne prit le plateau à café des mains de Miss Seeton et le porta au salon. Miss Seeton servit et Anne remua sa tasse. Il valait peut-être mieux se jeter à l'eau tout de suite.

— Je... euh... c'est-à-dire que papa... Enfin, vous savez, quoi ! se lança-t-elle, encouragée par le regard interrogateur de Miss Seeton. Vous l'avez vu ce matin. Non, je vous en prie, enchaîna-t-elle très vite devant l'air surpris de Miss Seeton, il n'a pas violé le secret médical. Il s'agit davantage de... de recommandations du médecin à son infirmière. Il a bien vu que vous n'étiez pas vraiment convaincue et que quelque chose vous préoccupait, alors il m'a demandé de venir vous voir au cas où je pourrais vous aider.

— Je vois. C'est vraiment très gentil de sa part de se donner tant de peine. Mais Miss Knight... Oh, mon Dieu, peut-être faut-il dire infirmière Knight, ou sœur Knight ? Je ne sais jamais comment faire dans ces cas-là.

— Je préfère Anne, dit-elle en souriant. C'est à cause de vos dessins, n'est-ce pas ?

— Eh bien, dans un sens, oui. Mon Dieu, comme c'est difficile ! C'est-à-dire que mon bras droit... je devrais plutôt dire le côté droit, enfin, je parle du côté du dessin, eh bien, il ne va pas. A chaque fois, je le rate. C'est pour cela que je pense qu'il doit y avoir quelque chose de faussé avec le côté droit, enfin, mon bras droit. Je n'ai peut-être pas été très claire, si ?

— Non, pas du tout ! Enfin, si ! s'exclama Anne en riant. Mais c'était il y a quelques jours. Depuis, vous êtes allée à Scotland Yard et vous leur avez fait un dessin. Et celui-là était bien, alors ça veut dire que ça ne peut pas venir de vous.

— Oh, mais c'était pire !

Miss Seeton se tut. Devait-elle en parler ?... Et puis comment Miss... comment Anne était-elle au courant ?

Cette dernière dut lire dans ses pensées, car elle enchaîna :

— Mais tout le monde sait que Scotland Yard est venu vous chercher. On ne parle que de ça au village.

— C'est idiot de ma part, reconnut Miss Seeton, je n'aurais jamais pensé que les gens y aient prêté attention.

— On a dit tellement de choses là-dessus, que j'ai appelé Bob hier soir pour lui demander ce qu'il se passait. Bien sûr, il ne m'a rien dit, vous savez comment ils sont dans la police, de vrais buvards : ils épongent tous les renseignements qu'on leur donne mais pas moyen qu'ils les lâchent.

— Ce n'était rien de très important, dit Miss Seeton.

Ils avaient simplement besoin d'une sorte de portrait-robot parce qu'ils n'ont pas trouvé de photo.

— Mais je ne vois pas ce que vous voulez dire quand vous dites que c'était pire, poursuivit Anne, parce que Bob a laissé échapper qu'ils sont tous fiers comme Artaban avec ce que vous avez fait et que l'Oracle, je veux dire le commissaire Delphick, pense que vous êtes ce qu'il y a de mieux depuis Rembrandt et, des deux, je crois que c'est vous qu'il préfère.

— Mais...

— Il n'y a pas de « mais » qui tienne. C'est comme ça. Quelque chose dans ce que vous avez fait leur a donné un indice et ils sont heureux comme des beagles lancés sur une piste.

— Je... je ne comprends pas, fit Miss Seeton en écartant les mains.

— Quoi ? Ils ne vous ont rien dit ? Ah, les hommes ! s'écria Anne du haut de ses vingt-cinq ans. Ils sont impossibles ! Mais dites-moi, poursuivit-elle en reposant sa tasse, pourquoi vous êtes-vous inquiétée comme ça ?

— Vous voyez, j'ai essayé de dessiner Effie Goffer. Martha m'avait dit que Mrs. Goffer avait demandé un portrait d'elle, répondit-elle en souriant. En fait, je crois que les paroles exactes de Mrs. Goffer ont été qu'elle n'y verrait absolument aucun mal. Mais c'est bien là le problème, car le mal est fait ! Finalement, j'ai pensé que la meilleure chose, c'était une sorte de conte de fées, avec juste un léger rappel d'Effie par-ci par-là. J'ai fait trois tentatives et à chaque fois cela a été pareil, absolument horrible.

— Je peux voir ? Écoutez, il n'y a qu'une façon de faire disparaître les fantômes, insista Anne en voyant Miss Seeton agiter les mains en signe de dénégation, c'est de les affronter. Je ne sais pas ce que vous avez fait à Londres, mais apparemment c'est exactement ce que le médecin vous avait prescrit. Alors pourquoi ne pas essayer de voir ce qu'une simple infirmière peut faire de celui-ci ? Allez, sortez vos squelettes du placard, qu'on leur fasse un bel enterrement ! ajouta-t-elle en voyant son hôtesse hésiter.

A regret, Miss Seeton se dirigea vers son secrétaire, ouvrit le tiroir du bas et en sortit un carton à dessin volumineux. Elles le posèrent par terre, défirent les rubans et s'accroupirent à côté pour en étudier le contenu.

— Je crois que je les ai mis tout en dessous parce qu'ils sont affreux, dit Miss Seeton. Mais je n'ai pas voulu les détruire, du moins pas avant d'avoir compris ce qui n'allait pas.

Anne, qui tournait les feuilles, poussa soudain un cri de joie.

— Quand avez-vous dessiné celui-là ? Il est super !

Miss Seeton rougit de confusion. C'était une caricature du sergent Ranger, les yeux exorbités et l'air ébahi, en tenue de footballeur, avec des chaussettes rayées et un cache-nez assorti flottant au vent derrière lui, qui courait à toute allure entraîné par la Reine Rouge d'*Alice au pays des merveilles* sous les traits de Miss Seeton, une main agrippant la sienne et l'autre son parapluie.

— Oh, s'il vous plaît, je peux l'acheter ? Il est terriblement drôle, mais aussi terriblement ressemblant. Pauvre Bob, il a si souvent cet air-là !

— Il n'est pas question que vous l'achetiez, mais si vous le voulez, je serais heureuse de vous le donner, répondit Miss Seeton dont le rose confusion vira au rose plaisir.

N'écoutant que son cœur, Anne se pencha vers elle et l'embrassa.

— Vous êtes adorable !

— Vous dites des bêtises ! s'exclama Miss Seeton dont le rose plaisir vira au rouge. Et puis votre père a été très aimable avec moi ce matin et il a refusé de me laisser payer, ce qui était mal de sa part et très gênant pour moi.

— De toute façon, il ne pouvait pas, dit Anne en riant. Il ne prend plus de clientèle privée. Il travaille avec les médecins de la clinique de Brettenden, autrement, on ne prend que les urgences. Allez, fit-elle en revenant aux dessins, on n'est pas encore arrivées à votre drôle d'oiseau.

Anne sortit l'un des portraits d'Effie Goffer tandis que Miss Seeton prenait les deux autres et poussa une exclamation. Elle regretta d'avoir dit qu'il fallait sortir les squelettes du placard. Parce que c'était vraiment ça. Visiblement, elle tenait devant elle trois portraits funèbres.

On frappa à la porte et Miss Seeton se leva pour aller ouvrir. Fascinée, elle dévisagea sa visiteuse. Quelle ossature intéressante ! Peu courante. Un beau teint, bien maquillée, sauf peut-être les yeux.

— Oui ?

— Seeton ?

— Euh... oui. C'est-à-dire que je... commença Miss Seeton en clignant des yeux.

— Bien.

Mel Forby fit un pas en avant et Miss Seeton recula.

— Qui est-ce ? demanda Anne.

— Oh, Anne ! laissez tomber, je vais m'en occuper, dit-elle en se tournant vers le salon.

Puis, oubliant sa visiteuse, elle courut vers la pièce, se laissa tomber par terre et rassembla les dessins.

Sur le seuil, Mel Forby les regardait, puis se souvint que cette virago de Seeton donnait des cours de dessin. Ces deux-là devaient être des poires qui s'étaient laissé prendre au piège : une vieille fille desséchée qui faisait sûrement dans le style champ vert et ciel bleu avec peut-être une vache dans un coin, et une petite... Anne tendit la main vers une feuille de papier fort... oh, pardon, une grande fille, mais minuscule.

— Ne vous occupez pas de moi. J'attendrai, fit-elle en regardant autour d'elle.

Bon Dieu, il y avait pourtant des meubles ! Enfin, valait mieux se mettre au diapason et faire comme les indigènes, bien qu'avec sa jupe... Elle se laissa doucement tomber sur le sol.

— Faites comme si j'étais pas là. Mais quand votre prof rentrera, je voudrais bien lui dire un mot, si ça vous gêne pas.

Anne la regarda d'un air ébahi, puis elle et Miss Seeton parlèrent en même temps.

— Je suis désolée, mais Miss Seeton n'a pas...

— Je suis désolée, mais je ne...

Elles échangèrent un regard et répétèrent qu'elles étaient désolées puis se turent.

— Pardon ! j'aurais dû vous le dire. Je suis du *Daily Neg*... Hé ! attendez une minute ! Vous avez bien dit Miss Seeton ? C'est... non, me dites pas que c'est Miss Seeton ! s'exclama Mel Forby en la montrant du doigt.

— Bien sûr que si ! répliqua Anne.

Malgré l'air effronté qu'elle affichait toujours, Mel en prit un coup. Depuis ses débuts dans le journalisme, Mel Forby savait que la nature était contre elle. Elle avait l'air, elle *était* trop douce. Elle avait récolté un boulot grâce à son flair infaillible pour les vêtements et son talent pour rédiger intelligemment des commentaires et des prévisions sur la mode. Pour une mauviette, elle était allée aussi loin qu'elle pouvait, en supposant qu'elle garde son boulot. De la pâte à modeler, voilà ce qu'elle était, et c'était ça son problème. Complètement malléable ! Elle avait regardé son visage sous toutes les coutures et s'était dit qu'on pouvait malaxer de la pâte à modeler. Non, en fait, à bien y penser, le modelé n'était pas si mal que ça. Un bon ravalement devrait pouvoir y remédier, en particulier les yeux. Ses grands yeux rêveurs étaient hors du coup. Il suffisait d'un peu d'ombre à paupières et d'eye-liner noir.

Mel avait décidé que les bonnes manières et un langage châtié ne la mèneraient à rien et elle s'était mise à lire les romans américains les plus coriaces et à voir les films américains les plus costauds. Cette pratique assidue avait donné en soi de bons résultats, quoique totalement artificiels. Il était peut-être impossible de modifier complètement la nature de quelqu'un, mais, à force, on finissait par venir à bout des pâtes les plus récalcitrantes. Pourtant, difficile de dire si, à l'instant même, Mel Forby pouvait évaluer si la pâte avait suffisamment durci à force de cuisson.

— Faites pas attention si je meurs de honte là tout de suite, fit-elle avec un geste de la main pour s'excuser. Les éboueurs me balaieront avec le reste. Et envoyez la facture au rédacteur en chef du *Daily Negative*. C'est lui qui m'a fourrée dans ce guêpier, alors il peut bien payer pour qu'on m'emporte !

— Vous êtes journaliste ! s'écria Anne d'un ton accusateur. Comment pouvez-vous débouler chez les gens comme ça ?

Mel s'était déjà reprise et souriait.

— J'ai pas déboulé, chérie, je suis juste entrée. Quand je déboule, vous avez pas le temps de vous demander ce qui vous tombe dessus. Écoutez, vous énervez pas. On m'envoie ici pour que j'affronte avec mes maigres forces une amazone super musclée *alias* le

Pébroc Vengeur, on me dit de rester ici jusqu'à ce que je découvre ce qui se fricote, et vous me donnez ça !

Elle fit un geste en direction de Miss Seeton.

— Je... j'abandonne.

Anne faillit sourire à cette étrangère si bizarre et malgré tout sympathique.

— Pourquoi ne peut-on pas laisser la pauvre Miss Seeton tranquille ? Ce n'est pas juste.

— Qui parle de justice ? La vie est juste, peut-être ? Si je me barre, un autre va débarquer. Les journalistes, c'est la rançon de la célébrité. Alors c'est quoi, l'histoire ?

— Mais il n'y a pas d'histoire ! protesta Anne.

— Ah non, pas à moi ! Je me suis renseignée à droite et à gauche dans le village avant de venir ici et j'ai dégotté assez de ragots pour remplir la une : on a arrêté Miss S ; elle a été libérée sous caution ; on l'a laissée sortir par manque de preuves ; elle a tenté de tuer une petite fille en la balançant sous les roues d'une voiture...

— Effie ! s'écria Anne. Cette petite peste ! Elle inventerait n'importe quelle histoire pour se rendre intéressante !

Mel avait les yeux fixés sur Miss Seeton.

— Dites, regardez pas tout de suite, mais qu'est-ce qu'elle fabrique ?

Anne se retourna. L'esprit ailleurs, Miss Seeton, habituée à se mettre par terre à cause de ses exercices de yoga, était assise en tailleur. Elle avait pris une feuille de papier et, se servant du carton à dessin comme sous-main, elle était plongée dans son travail.

— Salut, Miss S ! fit Mel en se penchant, la main tendue. Miss S ? Mel Forby. C'est un honneur pour moi de vous rencontrer.

— Je suis désolée, répondit Miss Seeton en sautant sur ses pieds, penaude. C'est terriblement incorrect de ma part, mais c'est tellement passionnant. Ça m'a paru important de le coucher sur papier. Oui, horriblement incorrect, je... je vais refaire du café, dit-elle en regardant le plateau. J'en ai pour une minute...

Elle rassembla les tasses et hésita sur le seuil de la pièce, sentant qu'elle n'avait peut-être pas été très claire. Elle sourit.

— Les os, je veux dire.

Elle sortit.

— Vous savez qu'elle est chouette ! C'est quoi, les os ?

Anne se pencha pour voir ce qu'avait fait Miss Seeton.

— Vos os, je suppose.

Mel la rejoignit et regarda le croquis : au milieu des lignes dures du visage, les yeux ressortaient, lumineux et doucement ombrés. Elle se dirigea vers un miroir accroché au mur et s'examina. Elle ne vit que deux yeux soulignés de traits noirs et durs.

— Ben, si je ressemblais à ça, dit-elle en haussant les épaules et en montrant le croquis, je sais pas où ça me mènerait ! Quand on travaille pour un canard, faut avoir l'air dur et faut agir pareil, autrement on coule.

— Vous pourriez toujours essayer d'y ressembler, et après agir comme une dure, ça prendrait les gens par surprise, fit Anne en laissant échapper un petit rire.

Mel hésita, se regarda de nouveau dans le miroir puis s'en détourna, en haussant un sourcil.

— Chérie, vous avez peut-être, je dis bien peut-être, soulevé quelque chose.

Lorsque Miss Seeton revint avec le plateau, Mel le lui prit des mains et le posa délibérément sur la table basse près du feu. Miss Seeton s'agenouilla pour ajouter du bois et Anne rassembla les dessins dans le carton qu'elle posa près d'elle tandis qu'elles s'asseyaient, cette fois-ci, sur des chaises.

Anne se faisait du souci. Le portrait d'Effie la tracassait et la présence de Mel Forby l'inquiétait. Comment faire pour que Miss Seeton reste seule, tranquille ?

— A quelle heure est votre train ? demanda-t-elle.

— En cas de crise, je suis l'expert, alors y a pas de train qui tienne, bébé. Je crois qu'y va falloir que vous me supportiez jusqu'au bout, répondit Mel, ses sourcils soulignés d'un trait noir en accent circonflexe.

Miss Seeton reposa le tisonnier et prit la cafetière.

— En cas de crise ? Jusqu'au bout ? répéta-t-elle.

— On n'a qu'à dire qu'on reprend tout à partir de la morgue de Lewisham et puis après le Yard. Ça a donné quoi, vos deux déplacements ?

Miss Seeton hésita un instant, mais après tout, ce n'était pas un secret puisque Anne lui avait dit que tout le village était au courant.

— Ils m'ont demandé de faire une sorte de portrait-robot parce qu'ils n'avaient pas de photo. Apparemment, les photographes ne sont pas toujours à la hauteur quand ils sont morts. Je veux dire, les victimes. Mais ce serait peut-être mieux de vous adresser directement au commissaire Delphick.

— Vous n'avez pas le droit de poser des questions pareilles ! s'écria Anne, révoltée.

— Ah non ? fit Mel en se retournant. C'est mon boulot, d'obtenir des informations. Vraies ou fausses, je les obtiens toujours.

— Mais c'est bien ça, le problème ! rétorqua Anne. Dès que vous mettez la main dessus, vous déformez tout une fois sur deux ! J'ai vraiment l'impression que tout ce que veulent les journaux, ce sont des mauvaises nouvelles.

— Bien sûr, fit Mel en riant. Une mauvaise nouvelle, c'est une bonne nouvelle, et une bonne nouvelle, c'est pas une nouvelle. C'est comme ça, dans la presse.

— Mais c'est ça que je veux dire ! En fin de compte, vous gagnez votre vie en exploitant les émotions des gens.

— Anne, l'interrompit Miss Seeton d'un ton peiné, je ne crois pas que ce soit l'intention de Miss Forby. De déformer les faits, je veux dire. Elle fait son travail, bien que je doive reconnaître que, parfois, les journaux ont l'air de se focaliser sur... enfin, oui, je suppose que l'on peut appeler cela les mauvaises nouvelles, mais je suis sûre qu'en réalité c'est de la faute des gens. Après tout, si cela ne leur convenait pas, ils n'en achèteraient pas. Je parle des journaux, bien sûr. Si Miss Forby...

— Mel, Miss S. Baptisée Amelia, ce qui m'a laissé le choix entre les bonnes œuvres et les mauvaises intentions. Et ils y ont collé un *t*. Maintenant, ça me colle à la peau. Tout le monde m'appelle Mel, mes adversaires m'appellent « chère Mel » et mes ennemis ajoutent « chérie ». Écoutez, bébé, dit-elle en se tournant vers Anne, arrêtons de nous battre. Vous êtes pour Miss S, et je suis pour Miss S, alors pourquoi tant de bruit et de fureur ?

Anne sourit à regret.

— Si on a les infos, on fait de notre mieux pour aider, enfin, la plupart d'entre nous.

Mel haussa les épaules.

— Sans infos, on se débrouille. Mon rédacteur en chef — que Dieu le bénisse ! — m'a dit : « On a besoin du doigté d'une femme. » Je comprends ce qu'il veut dire. Allez, on s'y remet ! C'est quoi, ces dessins sur lesquels vous êtes assise ? dit-elle en désignant le carton, secouée par le rire. On dirait une tigresse qui défend ses petits. Ou je me trompe, ou d'après ce que je vois, il y a quelque chose... quelque chose qui vous tracasse.

Anne sursauta.

— Pas du tout, répondit Miss Seeton d'un ton sec, ce sont juste des brouillons, des croquis, ou des impressions que j'ai griffonnés. Il n'y a rien là-dedans qui ait à voir avec qui que ce soit. Ces dessins sont purement personnels.

Mel poussa un cri de joie.

— C'est bien la première fois qu'on qualifie mon visage de « pur » et je croyais bien qu'il m'était personnel à *moi*.

— Mon Dieu !

Miss Seeton se sentit penaude. Les os, bien sûr ! Elle n'aurait pas dû. C'était terriblement mal élevé, mais ça lui avait paru important. Et l'ensemble était si étonnant ! Les yeux étaient une erreur, légère, mais une erreur tout de même. Ces traits noirs et durs gâchaient tout le visage. Ça n'allait pas. Mais, bien entendu, ça ne se disait pas. Il fallait faire attention à ne pas critiquer.

— Les os... commença Miss Seeton.

Mais son regard croisa celui de Mel et elle se troubla un instant, avant d'ajouter très vite :

— Mais pas les yeux. Ça ne va pas...

Elle se mordit la lèvre.

— Ouais, chérie, fit Mel, on a compris, pour les yeux.

Anne se mit à ricaner subitement, tira le carton à dessin vers elle et l'ouvrit. Elle demanda des yeux la permission de Miss Seeton.

— Je crois qu'on ferait mieux, vous ne pensez pas ? On n'arrivera jamais à se débarrasser d'elle. Il va falloir lui faire confiance, poursuivit-elle en faisant une moue en direction de Mel. Attendez une minute, il y a quelque chose...

Elle attrapa une aquarelle assez terne et peinte avec application qui représentait l'église de Plummergen. Elle la posa sur les genoux de Miss Seeton. Sur l'envers, à grands coups de crayon, le visage de Mel Forby sortait littéralement de la feuille.

— Vous voyez ! lança Anne d'une voix triomphante. Alors, reconnaissez-vous qu'il n'y a rien qui cloche ?

Miss Seeton examina le dessin. Elle se sentit renaître et soulagée d'un poids. Bien sûr, ce n'était qu'un brouillon vite fait et sans application, mais il était au moins achevé. Pas comme les autres. Et ça voulait dire...

Mel Forby avait trié les dessins en deux tas. Du bout du pied, elle repoussa la pile la plus grosse, avec les dessins sérieux, bien dessinés, fades et ternes.

— Ceux-là valent rien, fit-elle.

Anne releva brusquement la tête, parée à la défense. Lorsqu'elle vit l'expression du visage de Miss Seeton, ses protestations moururent sur ses lèvres. Miss Seeton était tout à fait capable d'apprécier un autre artiste quand elle en rencontrait un, réel ou potentiel, qu'il soit du côté du crayon ou de la critique, et le sourire fugitif qui apparut sur ses lèvres était emprunt de compréhension.

Inconsciente de son impolitesse et sans aucune intention malveillante, Mel Forby était toute à sa tâche. Elle avait une conscience profonde de l'art et c'était un sacrilège pour elle, tout ce travail sans intérêt, alors que de temps en temps des croquis vite faits révélaient l'étincelle d'un talent réel.

— Banals, ajouta-t-elle avec impatience. C'est des efforts pour rien. Mais ceux-là, dit-elle en prenant un tas d'esquisses au crayon, de dessins humoristiques et de caricatures, dont celles du sergent Ranger et d'Effie Goffer, c'est pas pareil, il y a vraiment quelque chose. Vous cherchez du boulot, Miss S ? Vous voulez que je les montre au directeur artistique ?

Miss Seeton secoua la tête, gênée, mais ravie.

— Dites-moi, fit Anne en saisissant l'un des portraits d'Effie, le dessin que vous avez fait à Lewisham, il était comme ça ?

— Oh, non ! répondit Miss Seeton en fronçant les sourcils.

Anne lui avait dit que l'autre avait finalement été utile, mais franchement, elle ne voyait pas comment. Mais cela voulait dire qu'il fallait se montrer suffisamment précise, essayer de mémoriser. Elle avait été tellement ennuyée et déçue sur le moment, qu'elle n'y avait pas vraiment prêté attention.

— L'autre était complètement embrouillé, dit-elle en s'excusant. Et puis je crains de l'avoir pour ainsi dire tout raturé, ajouta-t-elle en traçant inconsciemment des traits dans l'air avec ses doigts. Mais peut-être... (tout devint plus clair) je crois que... oui, les deux côtés du visage étaient différents l'un de l'autre.

— Alors, si ça ne vous fait rien, dit Anne, je vais en envoyer un à Bob. Si vous avez eu le même problème avec les deux, vous ne croyez pas qu'il doit y avoir un lien quelconque ?

— Bob ? répéta Mel Forby en brandissant la caricature d'*Alice au pays des merveilles*. Vous parlez du sous-fifre de l'Oracle ?

Anne se mit à rire et tendit la main.

— Je prends celui-là aussi, dit-elle en laissant errer son regard sur le dessin. Miss Seeton me l'a donné. Il est à moi.

— Lui aussi, apparemment, fit Mel en la regardant. Félicitations. Ça, c'est un homme ! Je suis une fana des histoires d'amour, continua-t-elle, l'œil rêveur et la lippe moqueuse. Dites-moi, juste entre filles, y vous donne pas la sensation d'être en feu au niveau de l'estomac ?

Anne hésita une seconde, puis ses yeux se mirent à briller et elle hocha la tête.

— Je m'en doutais. Moi aussi, ça m'est arrivé, fit Mel en se levant. Vous y trompez pas, bébé, c'est un ulcère. Prenez du bicarbonate. J'vais faire de mon mieux pour vous, Miss S. On va pas dévoiler ça, ajouta-t-elle en désignant les dessins. On verra bien comment ça tourne. Mais les nouvelles, c'est les nouvelles. Je vais faire une sorte d'introduction, déplacer le point de mire et changer de diapason.

Daily Negative, 21 mars
LA PAIX DE LA CAMPAGNE ANGLAISE
par Amelita Forby

Acte 1. Sous le parapluie

Pour nos forces armées, il évoque la protection aérienne en temps de guerre, le citadin lui préfère les parasols qui fleurissent sur les plages resplendissantes, le Continental ceux qui abritent les terrasses des cafés et le golfeur y voit un abri coloré ; mais pour la grande majorité d'entre nous, le mot « parapluie » évoque la grisaille des rues encombrées de champignons noirs luisants sous des torrents de pluie.

Ici, au milieu de la campagne anglaise paisible, dans ce minuscule village du Kent qu'est Plummergen, au cœur du jardin de l'Angleterre, le mot a une autre connotation : car c'est ici, dans un petit cottage, que se trouve le plus célèbre de tous les parapluies : le Pébroc Vengeur.

L'année dernière, en lisant leur quotidien, beaucoup de gens ont acquis l'idée, aussi fausse qu'erronée, que le Pébroc Vengeur était une femme.

Faux. D'une forte personnalité, prédisposé à l'aventure, combattant pour le bien, ce mémorable pépin de soie noire, aux baleines d'acier et à la poignée en crochet, va reprendre du service, nous annonce la rumeur.

On ne peut qu'anticiper en toute confiance les développements sensationnels de cette affaire et...

CHAPITRE IV

Les querelles tribales et les luttes intestines oubliées, le village avait besoin de nouvelles distractions.

Le vieux Mr. Dunnihoe avait tenu aussi longtemps qu'il avait pu et bien au-delà de toute attente, mais sa mort quelques semaines auparavant avait causé une chute humiliante dans le nombre d'habitants. On pouvait toujours soutenir que la différence entre 499 et 500 n'était numériquement que d'une unité ; au regard des choses, elle était d'importance. Et c'était le regard des choses qui seul comptait. Mais avec les deux nouveaux venus qui avaient emménagé chez le vieux Dunnihoe en bas près du canal, Mrs. Scillicough enceinte — et à la voir, à deux contre un elle attendait des jumeaux et à quatre contre un une véritable portée —, la population de Plummergen remontait sans problème à plus de cinq cents âmes. Un jeune couple avec le petit frère de la jeune femme avait loué le petit pavillon délabré Saturday Stop qui se trouvait près du terrain communal après les logements sociaux. Une visiteuse logeait au *George and Dragon*. Miss Seeton était de retour. L'un dans l'autre, tous ces événements donnaient matière à broder.

Le trio du Saturday Stop remportait tous les suffrages. Le jeune homme avait l'air sympathique, bien qu'on l'ait peu vu, ce qui était normal puisqu'il devait travailler. Le genre de travail qu'il faisait n'était pas encore sûr, mais deux jours, c'était peu, même pour les habitants de Plummergen, pour avoir un dossier complet sur un nouvel arrivant. On trouvait le petit garçon charmant, avec un sourire radieux et bien élevé. Qu'il soit sourd-muet était bien triste, mais cela faisait de lui un sujet idéal de commisération, et s'il n'appréciait pas les petites tapes sur l'épaule ou la tête, il ne pouvait pas l'exprimer, puisque ses tentatives pour parler étaient la plupart du temps inintelligibles. Quant à sa sœur aînée, elle était absolument charmante, charme porté à son comble par l'annonce sur le panneau de la poste : RECHERCHE HEURES DE MÉNAGE. Son visage ouvert et ses bonnes manières étaient ressentis comme des références suffisantes et son annonce avait reçu beaucoup de réponses. La compétition pour s'allouer ses services étant serrée, elle avait résolu le problème en faisant deux heures par ci, deux heures par là, le matin et l'après-midi, et s'était arrangée pour donner satisfaction à huit foyers par semaine. On ne pouvait qu'espérer que la famille déciderait de prolonger son séjour au-delà de leurs trois mois de bail, voire de s'installer définitivement au village.

Quant au couple qui habitait le cottage de Dunnihoe, il n'était pas vu d'un très bon œil. Ils étaient tous les deux très jeunes, avec un air renfrogné et un tempérament réservé : deux infractions à la tradition, dont la dernière était la plus significative, car à aucun moment, quel que soit l'âge, on ne pouvait trouver d'excuse honorable pour vivre en autarcie, seulement des raisons honteuses. Leur extrême jeunesse, dix-sept, dix-huit ans au plus, accolée au préfixe Mr. et Mrs., les rendait peu crédibles. Ils étaient peut-être mariés, personne n'avait l'intention de le nier, mais à cet âge, c'était « vraiment peu probable, non ? ». Le garçon était qualifié, selon les cas, de grognon, mauvais genre, un qui a mal tourné m'est avis, et vraiment trop fruste. Quant à la fille, c'était une idiote, une froussarde, une froussarde idiote, et le mot courait que c'était évident qu'il la battait. Dans la semaine qui suivit leur arrivée, ils avaient évité ou ignoré des entrées en matière aussi amicales et impersonnelles que : « Quel âge avez-vous ? », « Depuis quand êtes-vous mariés ? », « D'où venez-vous ? », « Pourquoi êtes-vous venus à Plummergen ? », et « Qu'est-ce que vous faites ? », ce qui acheva de les condamner. Après une visite de politesse, la sœur du pasteur relata qu'elle les avait trouvés propres, soignés et très réservés. Elle était visiblement influencée par son amie Miss Seeton, dont le verdict de « timide » était ridicule. Leur contact avec Miss Seeton allait aussi contre eux. On l'avait vue en grande conversation avec eux après cet horrible épisode d'Effie Goffer et la voiture. On l'avait aussi vue parler à la fille dans la Rue.

La visiteuse du *George and Dragon* appartenait à une catégorie différente. Elle parlait à tout le monde, posait des questions et, ce qui était moins courant, donc suspect, écoutait les réponses. Elle parlait comme dans les films, s'habillait de façon trop voyante et se maquillait comme une actrice de cinéma. Quelqu'un qui avait lu le registre de l'auberge avait reconnu le nom d'Amelita Forby, la journaliste de mode du *Daily Negative*. Aussi, selon toute probabilité, elle devait être mannequin, ce qui revenait au même qu'actrice, mais en pire. Son arrivée, qui coïncidait avec le soir où Miss Seeton était rentrée de Londres, laissa libre cours aux conjectures : c'était une femme policier camouflée ou, si l'histoire de mannequin était vraie, quelqu'un à la solde de la police pour avoir Miss Seeton à l'œil ; c'était une complice qui venait de Londres ; un membre d'un gang rival ; on ne pouvait sûrement pas prendre son histoire de journaliste en reportage au sérieux : il n'y avait rien à signaler dans le coin. Quant aux absurdités qu'elle écrivait dans le *Negative*, moins on en parlerait, mieux ça vaudrait. Ils en avaient assez, des parapluies, avec ce qui s'était passé l'année dernière. Mais le lien avec Miss Seeton était évident. Cette Miss Forby, si c'était vraiment son nom, était allée à Sweetbriars à la première occasion et y était restée presque une heure, et le fait qu'Anne Knight éludait toute tentative de découvrir le pourquoi d'une si longue conversation jetait une ombre sinistre sur cette visite.

Sinistre ! Bob Ranger émit un petit glapissement de surprise et reposa le dessin sur le bureau.

Delphick, qui arrivait, se retourna en traversant le bureau.

— Si vous avez le hoquet, buvez de l'eau avec les oreilles bouchées, dit-il en lançant le journal sur son bureau.

Il s'assit, jeta un coup d'œil à la corbeille « arrivées » et y prit son courrier.

— Qu'est-ce qu'une journaliste de mode peut bien faire à Plummergen ? Et comment se fait-il que le *Negative* soit sur le coup ? demanda-t-il en faisant sursauter Bob. Vous ne lisez pas le *Negative* ?

— Non, monsieur.

— Page deux, fit Delphick en lui lançant l'exemplaire.

Avec un sentiment d'impuissance grandissant, Bob se prépara à lire « Sous le parapluie » et songea qu'il y avait des jours comme ça. C'était drôle, rien que le fait de prononcer le nom de Miss Seeton et tout commençait à aller de travers. Dès son arrivée, l'Oracle se mettait à faire un brin de causette tout joyeux en lui disant qu'il fallait boire avec ses oreilles, les journaux remettaient ça avec le Pébroc Vengeur, et maintenant, ça ! Il poussa le journal de côté et examina à nouveau le dessin. Il avait été étonné de voir l'écriture d'Anne. Elle ne lui avait jamais écrit au Yard avant. Et en plus, ce n'était pas une lettre, mais un mot avec simplement :

Chéri, je n'aime pas ce dessin de Miss S. (Difficile de faire autrement.) *J'ai pensé qu'il valait mieux que tu le voies et le montres à l'Oracle si tu penses.* (Si je pense quoi ?) *Elle a essayé de dessiner une gamine du village et ça n'a pas marché...* (Tout à fait de cet avis...) *trois fois de suite.*

Trois ? Il jeta un coup d'œil à l'autre bout de la pièce. Un petit nuage flottait au-dessus du bureau de l'Oracle. Il valait mieux attendre un moment.

Delphick prit le téléphone. Sa voix laissa transparaître un léger agacement.

— La comptabilité, s'il vous plaît.

En attendant, il défroissa une enveloppe déchirée et en relut le contenu.

— La comptabilité ? Commissaire Delphick à l'appareil... Bonjour... Oui. J'ai un chèque libellé et une enveloppe adressée à Mrs. Delphick.

Bob fut immédiatement captivé par la conversation.

— Le numéro ? demanda Delphick. Zéro, quatre-vingt-quatorze, soixante-deux, sept cent onze, fit-il en regardant le chèque...

Il adressa un petit sourire au sergent fasciné.

— Ils disent qu'il y en a pour une minute. Ils vérifient dans le fichier.

Il revint au téléphone.

— Bien. Et qu'est-ce qu'il a à dire là-dessus, votre fichier ?... Je vois. Alors si c'est exact, comme vous dites, je peux parler au responsable du fichier ?... Ce n'est pas possible ?... Oh, je vois.

Il regarda Bob.

— Les ordinateurs ne peuvent pas parler, l'informa-t-il. Seriez-vous assez aimable, suggéra-t-il au téléphone, pour monter et parler pour lui, histoire de remettre les choses dans l'ordre. Si vous m'expliquez, si je vous explique et si vous lui expliquez à votre tour, peut-être arriverons-nous à quelque chose ?... Merci.

Il raccrocha et secoua la tête.

— Bob, nous sommes en danger. Notre vie, notre existence, l'humanité tout entière sont menacées. Ils ont installé un nouveau monstre dans les sous-sols et il peut disposer de nous à sa guise. Il peut nous marier, nous divorcer et tout chambouler, mais on ne peut pas discuter avec lui parce qu'il ne parle pas.

Sur ce, il retourna à sa corbeille de courrier et à sa paperasserie jusqu'à ce qu'on frappe à la porte.

— Entrez !

Un policier en uniforme s'approcha de son bureau et lui tendit un bout de papier.

— Voici l'original en notre possession, monsieur. C'est avec ça qu'on l'a alimenté.

— Que vous l'avez alimenté ?

— On l'alimente avec des cartes, monsieur, comme on donne des biscuits à un animal. Il les digère, comme qui dirait, et nous ressort tout le truc, lâcha-t-il, les yeux brillants d'enthousiasme. C'est infaillible, monsieur.

— Je vois, fit Delphick en regardant le bout de papier. On vous a téléphoné ce renseignement ?

— Absolument, monsieur.

— Ça va, c'est clair, maintenant, mais visiblement, la diction ne l'était pas. Essayez donc la « Miss S de Delphick » au lieu de la « Mrs. de Delphick »[1].

1. Mal prononcés, *Miss S* et *Mrs.* peuvent être confondus. *(N.d.T.)*

Carnet et stylo apparurent.

— Je vous demande pardon, monsieur, votre Mrs. ?

Delphick se cramponna pour ne pas craquer.

— Non. Miss S. Le chèque aurait dû être rédigé à l'ordre d'une Miss Seeton.

Il rencontra un regard vide. Il commença à désespérer.

— Vous ne voyez pas ? Miss S pour Miss Seeton, mon vieux. *M, i*, deux *s*, plus loin *S* majuscule : Miss S. Ça y est ?

— Oui, monsieur, ça y est, c'est clair.

— Bon ! Et l'adresse est : Sweetbriars, Plummergen, Kent. Maintenant, si vous voulez bien écrire ça sur un biscuit et le donner à votre machine infernale, on sera au point.

Il croisa un regard hésitant.

— Non ?

— Je l'espère, monsieur. Elle n'aime pas beaucoup changer d'avis une fois qu'elle a décidé de faire quelque chose, mais je crois que ça va aller. Elle est infaillible, monsieur.

— Merci.

L'agent sortit.

— Et vous, Bob, vous pouvez quitter ce petit sourire narquois. La « Mrs. de Delphick », fit-il en s'adossant avec un petit rire, non, mais vous voyez d'ici la tête de cette pauvre Miss Seeton ?

Bob voyait très bien. Elle planait dans l'air comme un gentil fantôme. Comment faisait-elle ça ? Elle avait même réussi à faire disjoncter le service de la comptabilité à distance. Il avait raison. Toute la matinée allait être sous le signe de Miss Seeton. A partir de maintenant, tout allait exploser.

Le commissaire le sortit de ses pensées.

— Redonnez-moi les dossiers.

Bob se pencha pour ouvrir le tiroir du bas.

— Tout ce qu'on peut faire, c'est les éplucher, au cas où on aurait laissé échapper quelque chose. Il se peut qu'il y ait un ou deux mots que je ne sache pas encore par cœur.

Les dossiers sur les enfants assassinés s'étaient étoffés. Plus qu'une simple supposition, c'était devenu une certitude maintenant : ils étaient liés aux descentes dans les bureaux de poste. La police avait les dépositions de plus de soixante-dix témoins pour les cinq bureaux de poste concernés et une image avait émergé de toutes les contradictions : celle de deux hommes, l'un de taille moyenne, l'autre petit, habillés en noir, peut-être du cuir, probablement une combinaison noire, un casque, des lunettes de motocycliste, un masque noir ou, plus vraisemblablement, du tissu noir qui pendait de leurs lunettes. Ils arrivaient et s'enfuyaient à moto. C'était le plus grand des deux qui tenait l'arme et donnait les ordres. Le plus petit ne parlait jamais, mais ramassait le butin et filait pendant que son compagnon couvrait sa retraite, avant de s'échapper à son tour en menaçant de descendre quiconque tenterait de les poursuivre. Malheureusement, on n'avait découvert aucun indice quant à leur identité. Les cambriolages des appartements et des maisons semblaient n'avoir aucun lien avec les meurtres ou les hold-up, bien que Delphick n'exclût pas cette possibilité. Ils semblaient être commis au hasard, comme c'était souvent le cas, et la seule propriétaire cambriolée qui avait des soupçons précis en avait trop : elle était persuadée que l'aide ménagère qu'elle avait employée provisoirement était dans le coup, mais comme elle était presque aussi sûre que son locataire, un voisin avec lequel elle s'était querellée et le laitier dont elle n'aimait pas les manières étaient également coupables, seuls ou ligués — elle était incapable d'opter pour l'un ou l'autre —, on pouvait écarter ses soupçons. La police ne pouvait pas faire grand-chose, sauf attendre le prochain hold-up dont la méthode serait similaire, se rendre sur les lieux et essayer de tendre un piège à l'assassin.

De retour à son bureau, Bob regarda de nouveau le croquis de Miss Seeton. Peut-être que s'il ne le montrait pas à l'Oracle tout s'arrangerait. Après tout, Anne disait de les montrer à l'Oracle s'il pensait. Mais voilà. Il ne pensait pas. Il s'assiérait dessus et ne dirait rien. Il prit pourtant le croquis et la lettre d'Anne et alla les poser sur l'un des dossiers de Delphick, qui se figea en voyant le dessin et tendit la main. A contrecœur, Bob lui passa la lettre d'Anne et se rassura en se disant que, à part *chéri*, il n'y avait rien de très personnel dedans. Mais elle avait écrit *l'Oracle* et ça serait... enfin, c'était plutôt moche.

Delphick lut la lettre et décrocha un téléphone.

— Ashford, dans le Kent, l'inspecteur principal Brinton, et faites vite, s'il vous plaît.

Il s'empara de l'autre téléphone.

— Le commissaire principal Gosslin, s'il vous plaît... Patron ? Delphick à l'appareil. On a un autre dessin de Miss Seeton. Je crois que c'est urgent. On dirait que Plummergen est le prochain sur la liste. Le DA est là ?... Bien.

Il raccrocha. La sonnerie du premier téléphone déchira l'air.

— Chris ? Delphick. J'ai des raisons de croire qu'il va peut-être y avoir un hold-up au bureau de poste de Plummergen. Tu peux les appeler et leur dire de se tenir sur leurs gardes ?... Non, je ne sais pas quand. Certainement dans les jours qui viennent... D'accord. Je reste en ligne...

Il regarda Bob.

— Vous n'en savez pas plus ? Miss Knight n'y a pas fait allusion ? Elle n'en a pas parlé avant au téléphone ?

— Non, monsieur.

Le deuxième téléphone se mit à sonner.

— Commissaire Delphick... Oh !... oui, sir.. Oui, il est ici, sur mon bureau... Bien, sir... Mais puis-je venir dans quelques minutes ? Je suis en ligne avec Ashford pendant qu'ils essaient de joindre le bureau de poste de Plummergen... Mais ça ne devrait pas tarder... Très bien, sir.

Il raccrocha.

— Le DA descend.

Bob retourna à son bureau. Et puis quoi encore ? Bien sûr, c'était le vieux sir Lourdingue qui descendait voir l'Oracle plutôt que le contraire. Dès que Miss Seeton s'en mêlait, tout était sens dessus dessous.

— Mais ils doivent répondre, c'est un bureau de poste ! protesta Delphick dans le premier téléphone. Si c'était en panne, on l'aurait signalé... D'accord, je reste en ligne pendant que tu vois avec les techniciens... Bob, c'est peut-être ça ! s'écria-t-il tout excité en se retournant. Vous vous rendez compte de ce qui est en train de se passer ?

— Oui, monsieur, répondit Bob d'un ton résigné. C'est encore un coup de Miss Seeton.

La porte s'ouvrit. Sir Hubert Everleigh la referma derrière lui et se dirigea droit vers le bureau de Delphick. Le commissaire fit mine de se lever, mais se rassit sur un geste du directeur adjoint. Sir Hubert regarda le dessin quelques instants.

— Comment avez-vous eu ça ?

— Vous vous souvenez du sergent Ranger, sir ?

— Notre prédicateur profane ? Bien sûr que oui, répondit sir Hubert en faisant un signe de tête à Bob. C'est ce jeune homme qui donne dans la religion en additionnant deux et deux.

— Le dessin est arrivé par la poste ce matin. Je peux ? fit Delphick en montrant sa lettre à Bob.

Sans dire un mot, Bob acquiesça et Delphick tendit la lettre au directeur adjoint. Sir Hubert esquissa un sourire en la lisant. Le catalyseur fonctionnait bien.

— Qui est cette enfant ? On le sait ?

— Non, sir, pas...

La sonnerie du téléphone l'interrompit.

— Comment ça, il n'y a pas de panne ! fit Delphick d'un air sombre. Alors j'enverrais des voitures là-bas si... Tu l'as fait ? Tu es un type bien. Écoute, Chris, et ça, c'est plus grave. Il y a une gosse à Plummergen, je ne sais pas qui c'est mais Miss Seeton pourra te donner son nom...

Un cri retentit à l'autre bout du fil.

— Du calme ! Si tu préfères, tu peux demander à la fille du médecin à la clinique juste à la sortie du village, Miss Knight. Cette gosse est peut-être, je dis bien peut-être, la prochaine victime sur notre liste... Probablement. Je...

Mais en voyant le DA tendre la main, Delphick lui passa le récepteur où l'on entendait une voix protester.

— Sir Hubert Everleigh, directeur adjoint à la Criminelle.

Les cris de protestation cessèrent instantanément.

— Je crois que le commissaire a raison. Je vous recommande de surveiller cette enfant vingt-quatre heures sur vingt-quatre. Ce n'est qu'une supposition, mais nous avons de bonnes raisons de supposer. Et s'il y a des problèmes au bureau de poste, je dirais que c'est quasiment une certitude.

La voix au téléphone émit quelques remarques polies.

— Euh... Oui, fit sir Hubert, un instant distrait par Bob qui ramassait les dossiers sur le bureau de Delphick et les rangeait dans un porte-documents. C'est ce que j'allais vous proposer. Je vous remercie de leur réserver une chambre au village. Je vais m'arranger ici et je vous les envoie d'ici une heure... Merci... Au revoir... inspecteur principal Brinton, dit-il en lisant le mot que Delphick lui avait écrit sur un bout de papier.

De la bouffe, cuite et crue, des bouquins, des vêtements, des jouets, de la porcelaine et de la verrerie. Ils appellent ça un bureau de poste ? Bon Dieu ! C'était Harrod's, les kilomètres en moins à se taper. Si elle devait rester coincée ici, Miss S allait avoir besoin d'autres cendriers. Il n'y en avait qu'un pour les invités et elle en avait marre de le trimballer partout. Mel Forby regarda l'étalage. Le vert ou le rose ? Les deux, se dit-elle. Elle prit le vert pour vérifier le prix.

Soudain, la porte du magasin s'ouvrit à toute volée et deux individus en tenue de motocyclistes se précipitèrent à l'intérieur.

De saisissement, Miss Nuttel laissa tomber un paquet de café en grains qui se répandit sur le sol. Une autre cliente eut le souffle coupé et une autre poussa un petit cri.

La porte se referma.

Ça, des motocyclistes ? Des clous, oui ! C'était des...

— Mains en l'air ! gronda le plus grand avec le revolver. Celui qui bouge, il en prend une ! Grouillez-vous !

Le cendrier vert partit en vol plané, manqua sa cible et alla se fracasser derrière le bandit armé. On entendit un claquement suivi d'une explosion assourdie. Mel se figea, son regard se posa sur son chapeau tombé à ses pieds. Derrière elle, une jeune vendeuse terrifiée se tenait immobile, sans se rendre compte que de la sauce tomate qui coulait d'une boîte de conserve percée sur l'étagère au-dessus d'elle s'égouttait sur sa tête.

Le plus petit des deux malfaiteurs, assez corpulent

dans sa combinaison noire et ses bottes, le visage masqué par un casque et des lunettes noires d'où pendait du tissu noir rentré dans son col, se dirigea droit vers le guichet de la poste derrière le comptoir du jambon et du fromage. La sonnerie du téléphone retentit. Mr. Stillman, qui tenait une boîte de carton pleine de cheddar râpé, était sur le point de la poser.

— Bouge pas ! lança le bandit armé d'un ton hargneux.

Mr. Stillman ne bougea pas. Sa femme, qui servait au guichet, écarquillait les yeux, pétrifiée d'horreur.

— Ça va, Elsie, je m'en occupe. J'ai les clés du coffre, dit-il à la silhouette près de la porte. On ne veut pas d'histoires.

— Bien. Allez, un peu de nerf !

Les quelques clients qui étaient passés à l'heure du déjeuner et les vendeurs restèrent figés comme des figures de cire tandis que Mr. Stillman, le carton dans une main, se dirigeait derrière le guichet. Il balaya les timbres et les mandats postaux du comptoir, s'agenouilla et déposa la boîte par terre. Il y eut un bruit de clés, le son de la porte du coffre qui s'ouvrait, un cliquetis de pièces, un froissement de papier... Quelques secondes plus tard, il émergea, posa violemment la boîte sur le comptoir ; il tira vivement, par automatisme, une longueur de Scotch du dévidoir qu'il colla sur les rabats du carton pour le fermer, par-dessus un mandat postal qui en sortait. En le levant assez haut par-dessus le guichet, il le remit entre les deux mains gantées de noir qui attendaient.

Le téléphone continuait à sonner. Le plus petit des deux bandits prit le carton, se dirigea vers la porte, l'ouvrit et se précipita dehors. Le bandit armé referma la porte et ne bougea pas. Tous étaient immobiles, hormis Miss Nuttel. Grande et anguleuse, elle vacillait, les yeux fixés avec horreur sur la vendeuse et les filets rouges qui ruisselaient sur ses cheveux, son visage et sa robe. Toujours vacillante, elle ouvrit ses lèvres verdâtres :

— Qu... Qu... Qu... ?

Puis elle s'affala sur le sol au milieu des grains de café.

Le téléphone sonnait toujours.

Des timbres. C'était idiot. Elle savait bien qu'il y avait quelque chose. Bien sûr, elle pourrait les acheter cet après-midi, mais est-ce qu'elle allait s'en souvenir? Elle avait dit à Stan qu'elle désherberait les massifs de rosiers aujourd'hui et, si elle s'y mettait, il serait déjà l'heure du thé sans qu'elle y ait prêté attention et elle manquerait la levée du courrier. Non que cela ait une grande importance, mais une fois écrite, une lettre ne l'était jamais tout à fait avant d'être envoyée. Puisqu'elle avait finalement décidé de retourner à l'école pour le dernier trimestre et de prendre sa retraite après, maintenant qu'elle était sûre de pouvoir se débrouiller d'une façon ou d'une autre, plus vite la lettre serait envoyée à Mrs. Benn, mieux ce serait. Oui, c'était préférable d'y aller tout de suite et de poster la lettre en même temps. Miss Seeton baissa le thermostat pour laisser mijoter le ragoût. « Ils pourraient quand même mieux indiquer les choses ! » se dit-elle. Quand elle mettait sur feu doux, ça bouillait toujours, alors que pour feu doux il fallait mettre simplement sur feu normal... Et puis elle aurait tout l'après-midi pour s'occuper des mauvaises herbes. Enfin, c'était surtout de l'herbe. Elle monta mettre son chapeau et regarda par la fenêtre de sa chambre. Dans le chapitre « Hiver-Printemps » du *Guide du parfait jardinier*, on disait que l'herbe restait en sommeil jusqu'en avril et qu'on n'avait pas besoin d'y toucher. Mais pas la sienne. Enfin, elle ne restait pas en sommeil. La pelouse était un peu inégale et des touffes poussaient vigoureusement dans les massifs et étaient pratiquement en fleurs ou en cosses, ou Dieu sait comment ils appelaient ce que l'herbe faisait à ce moment-là ! Miss Seeton prit son manteau et son parapluie au rez-de-chaussée et mit la lettre pour Mrs. Benn dans son sac à main.

La Rue était déserte. Bien sûr. Tout le monde devait être à table. Quelle aubaine que Mr. Stillman reste ouvert. Il était le seul. Il n'y avait qu'une petite silhouette debout près de deux motos devant la poste. Ah, oui, elle voyait bien maintenant, c'était le sourd-muet. Quel terrible malheur ! Quelle infirmité ! Mais ce serait quand même mieux si on l'envoyait dans l'une de ces écoles spécialisées. Elles étaient très bien. On commençait par leur apprendre à entendre — mais comment, puisqu'ils ne pouvaient pas, difficile à comprendre. Et à partir de là, ils apprenaient à parler. D'après ce qu'elle avait compris, beaucoup de gamins étaient doués à un point qu'on ne pouvait pas imaginer. Sans cet apprentissage, ils devaient être tellement dépendants des autres ! Ce qui n'était pas bon pour eux.

Miss Seeton tourna pour entrer dans la boutique, mais la porte s'ouvrit à toute volée et un motocycliste habillé de noir la bouscula. Elle s'étala en lâchant son parapluie, réussit à l'attraper par la pointe. La poignée s'accrocha à une cheville et le motocycliste s'affala de tout son long en laissant tomber un paquet près d'elle.

— Vos achats, fit Miss Seeton en poussant le paquet vers le motocycliste.

La silhouette noire se remit tant bien que mal sur ses pieds. L'appel désespéré de la sirène à deux tons d'une voiture de police retentit au loin. Immobile près de

Miss Seeton, le motocycliste hésita, puis sauta sur l'une des deux machines. Il y eut un hoquet, un vrombissement, et moto et conducteur dévalèrent la Rue à toute vitesse en direction du sud.

Vraiment, quelle impétuosité ! Miss Seeton, à quatre pattes, s'apprêtait à se relever lorsque la porte s'ouvrit à nouveau à toute volée. Une autre silhouette sortit en coup de vent pour venir trébucher sur elle. Il y eut une explosion, quelque chose tomba près de Miss Seeton dans un bruit de ferraille, alors qu'un fracas retentissait de l'autre côté de la Rue, suivi du vacarme de la baie vitrée de Lilikot qui se désintégrait alors que le motocycliste atterrissait en catastrophe, les quatre fers en l'air, sur le trottoir. Un téléphone sonnait. La sirène de la voiture de police approchait. Le bandit armé se releva d'un bond, désarmé, courut vers sa machine. Un autre hoquet, un autre vrombissement, et il fila après son compagnon.

Vraiment, elle ne voyait pas comment elle aurait pu éviter... Miss Seeton était bien entendu absolument désolée qu'ils soient tombés tous les deux, mais sincèrement, elle trouvait que ce n'était pas entièrement de sa faute. Elle se releva et s'épousseta. Bien, où donc était... ? Oh ! Elle se baissa pour ramasser un pistolet posé à ses pieds. En le tenant, elle se souvint avoir entendu une forte détonation. C'était vraiment dangereux ! Et où était passé le paquet qu'il avait laissé tomber ?

Une petite silhouette s'éloignait, le carton sous le bras.

— Attendez ! Vous n'avez pas le droit de le prendre, ce n'est pas à vous !

Mais qu'elle était sotte ! Il ne pouvait pas entendre. Elle lui attrapa le bras avec la poignée de son parapluie et le fit pivoter. Ils se retrouvèrent face à face. Il serrait le paquet contre lui. Elle secoua la tête et tendit la main gauche, la droite tenant toujours le pistolet, pointé vers sa poitrine. Il eut presque l'air de la défier. Son visage enfantin changea : il se durcit, comme s'il avait soudain vieilli. Un masque déformé par la haine. Ce changement rapide était d'autant plus frappant que cette nouvelle apparence devenait la réalité, et faisait du visage enfantin un camouflage. Il lui lança brutalement le carton et détala.

Un paquet avec un mandat qui dépassait ? Un revolver ? Ce... Cela n'était quand même pas... Non, non, bien sûr. On lisait que des choses pareilles arrivaient, dans les journaux, mais pas ici, à la campagne. Et certainement pas dans un petit village. Mais... Troublée, Miss Seeton s'approcha de la porte. Bien sûr, elle n'allait pas en parler ouvertement dans le magasin, elle ne voulait pas alarmer les gens, mais elle en toucherait un mot discrètement à Mr. Stillman. Il saurait quoi faire.

La première voiture de police, qui venait de Brettenden, déboucha à toute vitesse dans la Rue, gyrophare allumé, sirène hoquetante comme une cantatrice apoplectique, et s'arrêta pile, juste à temps pour voir une petite vieille pénétrer dans le bureau de poste, le chapeau de guingois, le parapluie et le sac à main accrochés à un bras, un paquet dans une main et un pistolet paré à faire feu dans l'autre.

Daily Negative, 23 mars

LA PAIX DE LA CAMPAGNE ANGLAISE

par Amelita Forby

Acte 2. Un coup pour rien

Des événements sensationnels se sont déroulés ici aujourd'hui, à l'instant où la paix somnolente de l'heure du déjeuner fut brusquement rompue par des hommes armés qui firent irruption dans le bureau de poste de Plummergen. On échangea coups de feu et cendriers. Des femmes s'évanouirent...

... mais le receveur, Mr. Stillman, 55 ans, cheveux grisonnants, 1,75 mètre, a opposé la ruse à la violence. Interrompu alors qu'il servait du fromage râpé, il...

... la recette par terre et leur tendit le carton scellé rempli de fromage râpé avec un mandat. Même cela a échappé aux bandits, car devant le bureau de poste veillait le Pébroc Vengeur, prêt à l'action, sans penser une seule seconde à sa propre sécurité. Un crochet du gauche, un petit coup rapide comme l'éclair et, abandonnant arme et butin, les bandits détalèrent.

La police est arrivée très vite sur les lieux, mais on n'a encore découvert aucune trace des malfaiteurs.

L'arme confisquée et le fromage rendu à son propriétaire, les seules pertes ont été un cendrier, une boîte de sauce tomate et... MON CHAPEAU, *qui a deux trous !*

CHAPITRE V

— ... Pour les siècles des siècles. Amen.

Le pasteur termina la prière du Seigneur et s'assit. Dans la salle paroissiale du village, les membres du conseil s'installèrent avec des bruissements en s'emmitouflant dans leur manteau et leur cache-nez pour résister à deux heures de courants d'air et d'inconfort. On lut et signa le compte rendu. Des problèmes furent soulevés. On débattit sommairement sur le tout-à-l'égout, les cloches lézardées et le choix crucial entre une tondeuse ou des moutons pour le cimetière. On lut les excuses de ceux qui n'avaient pu venir, d'autres furent simplement transmises oralement. Enfin, le conseil fut prêt pour l'ordre du jour, le courrier et de nouveaux sujets de débat. En bref, la voie était libre, la liste était ouverte, la joute pouvait commencer.

Mr. et Mrs. Hosigg, le très jeune couple qui habitait dans le cottage du vieux Dunnihoe, furent jetés en pâture sur le terrain de joute. Ce qui donna à chacun l'occasion de se mettre en train et de tenter quelques coups d'essai sans rencontrer d'opposition, les Hosigg n'ayant pas de champion pour les défendre. Lui bricolait plus ou moins. Il était chauffeur de camion ou quelque chose comme ça. Du moins, c'est ce qu'on racontait. Et si elle avait cet air effrayé, c'est qu'il devait y avoir une bonne raison. Il partait parfois plusieurs jours durant. Voire des nuits entières. En fait, on pensait qu'il était très rarement là la nuit. Personne ne pouvait dire où il se trouvait à telle ou telle heure. Et s'il conduisait un camion de nuit, on ne voyait pas ce qui pouvait l'empêcher de conduire une moto le jour. Et si la fille avait cet air effrayé, elle devait vraiment avoir de bonnes raisons. Il fallait reconnaître que c'était vraiment bizarre.

— Moi, je vous dis qu'il a fait de la prison.

Cette affirmation lancée par Miss Nuttel se heurta à des cris de protestation car c'était un coup bas et l'arme n'était pas émoussée comme il se doit. Miss Nuttel se rétracta et alla jusqu'à reconnaître que les apparences pouvaient être trompeuses.

— Comme confondre de la purée de tomate avec du sang ? demanda lady Colveden avec beaucoup d'intérêt.

Cette botte désarçonna son adversaire et Norah Blaine bondit au secours de son amie.

— Eric veut simplement dire qu'à vue d'œil il est tout à fait vraisemblable qu'il aurait pu commettre le forfait, enfin qu'il doit connaître le genre de personne qui peut commettre ce genre de chose. Je veux dire qu'il doit avoir des amis.

Cette logique irréfutable mit fin au procès, et Mr. Hosigg se retrouva coupable du hold-up de la poste avec un complice non identifié. Les jeunes Hosigg avaient commis l'erreur d'essayer de vivre leur vie, sans se soucier des autres. Et affirmer son indépendance, c'était défier les conventions : une insulte à laquelle les conventions allaient rendre la monnaie de sa pièce.

Sir George Colveden ne dit rien, mais pensa qu'un boulot qui éloignait un garçon de sa copine-épouse plusieurs nuits d'affilée, c'était pas un bon plan. Il allait s'en occuper.

Revigorée par sa réussite, Mrs. Blaine remonta la liste au galop et repartit sur un nouveau dada : une jument nommée Doris. Doris, la femelle de l'espèce qui avait loué le pavillon Saturday Stop, avait plus de supporters que de détracteurs, six dames auxquelles elle rendait service faisant partie du conseil. Une fille si gentille... Toujours gaie et bien disposée. Doris avait même proposé de nettoyer l'argenterie le vendredi, ce que n'auraient pas fait la plupart des femmes de ménage. Et elle s'intéressait à tout. Elle se renseignait toujours sur ce qui avait de la valeur pour y faire particulièrement attention. Peut-être un peu trop curieuse...

— Absolument pas, répondit sèchement Miss Nuttel d'un ton indigné. C'est une gentille gamine, qui travaille dur.

— C'est trop beau pour être vrai, opina Mrs. Blaine. S'occuper de son pauvre petit frère handicapé comme ça...

Mais peut-être que l'assistance sociale... ? Non. Doris ne voulait pas entendre parler d'une aide de l'État. Elle préférait être indépendante et se débrouiller seule. Mais son mari... ? Quelle tristesse ! Il avait une dépression et les médecins lui avaient ordonné le repos complet.

Un tire-au-flanc, oui, songea sir George. Et le gamin devrait aller à l'école. Mais à ce qu'il voyait, on ne savait rien sur les Quint. Et la fille qui allait et venait dans une demi-douzaine de maisons ou plus !... Enfin, ça ne le regardait pas. « Trop beau pour être vrai »... c'était probablement la seule chose sensée que la Blaine ait jamais dite.

— C'est vrai qu'il y a eu des problèmes entre Miss Seeton et le petit garçon sourd-muet ? demanda quelqu'un.

Il y eut un murmure autour de la table. Les spectateurs se penchèrent en avant pour ne rien manquer. Les combattants veillaient sur leurs armes, prêts à prendre position derrière leur meneur. L'événement majeur de la soirée entrait en scène : le hold-up de la poste et Miss Seeton.

— C'est vrai, attaqua Mrs. Blaine. Je sais qu'il y a des gens ici pour dire que ce n'était qu'une coïncidence, fit-elle en défiant du regard lady Colveden et Miss Treeves. Mais ça ne changera rien au fait qu'elle a démoli notre vitre. J'aurais pu être tuée. J'étais en train de mettre la table pour le déjeuner. Et je suppose que ça aussi, ç'aurait été une coïncidence !

— Non, la providence divine, murmura sir George.

— Et elle était là, poursuivit Mrs. Blaine, debout dans la Rue en train de frapper ce pauvre petit garçon avec son parapluie.

Mais lady Colveden contre-attaqua.

— Si l'on considère que le coup tiré sur votre vitre provient de l'arme des malfaiteurs lorsqu'elle est tombée et que cela n'a rien à voir avec Miss Seeton, vous ne pensez pas que tout ce que vous croyez avoir vu est aussi stupide ?

Cet échange donna le ton et tout le monde se mit à parler en même temps :

« Dès qu'il y a un problème, on peut être sûr qu'elle y est pour quelque chose... Vous dites des sottises, si elle n'avait pas été là... Je vous dis qu'il y avait de l'argent dedans. Je l'ai vu. De mes yeux vu... Mais non, c'était du fromage... Il n'y avait pas d'argent dedans quand elle l'a rapporté, alors où est-il passé ?... Il n'y en a jamais eu... Quelqu'un doit l'avoir... Vous ne lisez pas les journaux ?... Elle ridiculise tout le village... On ne peut pas reprocher... Si ! Si ce n'est pas elle alors... On l'a arrêtée au moment où elle est entrée dans le magasin avec un pistolet... Elle nous a sauvé la vie à tous... Elle s'est battue seule contre les malfaiteurs... Elle les a aidés à s'enfuir... Si elle n'en fait pas partie... Je le savais... Vous ne pouvez pas... Elle a... On croyait que... Vous refusez de reconnaître que... »

— Il faut bien reconnaître qu'il n'y a pas de problèmes quand elle n'est pas là, fit la voix criarde de Mrs. Farmint en interrompant le tumulte. Ce qui prouve bien que c'est elle qui les provoque.

— Conneries ! dit sir George. Y a toujours des problèmes et quand il n'y en a pas, vous allez les chercher.

Mrs. Farmint se retira de l'échauffourée en larmes.

L'écho lointain du fer qui croise le fer, du martèlement des sabots des chevaux, des bannières claquant au vent, des oriflammes flottant au bout des lances, des coups, des parades et des contrecoups résonna. Le révérend Arthur Treeves, président de la séance, écoutait dans un état de confusion chagrine. Il avait été attristé d'entendre que les nouveaux locataires du cottage du vieux Dunnihoe laissaient à désirer, bien qu'il n'ait pas compris pourquoi. Les avait-il déjà rencontrés ? Il n'arrivait pas à se rappeler. Peut-être que Molly... Il le lui demanderait. Mais il avait été ravi d'apprendre que le nouveau couple du Saturday Stop était très apprécié. Et pour d'aussi bonnes raisons. Peut-être choisiraient-ils de s'installer au village. Ils avaient l'air si bien.

Arthur Treeves était détaché de ce monde ou, en tout cas, il vivait dans un monde à part, peuplé de braves gens aimables qui ignoraient le mal, et qui donc n'étaient pas tentés de le voir, de l'entendre ni de le dire. En tant que prêtre, la faiblesse de sa doctrine était contrebalancée par la force de son sens de l'humanité. Il voyait ses paroissiens, quand il lui arrivait de les voir, et particulièrement s'il se rappelait leur nom, comme de brillants exemples de la gloire de l'Homme. S'il avait réfléchi, il aurait été choqué de découvrir qu'il considérait la plupart des dix commandements comme de simples peccadilles qui concernaient uniquement les gens impliqués et que cela ne le regardait en rien. Quand les circonstances, ou sa sœur, le poussaient à reconnaître l'imperfection de ce monde, il lui arrivait de se réveiller. La méchanceté, le seul péché qu'il reconnût, le transformait en militant, et c'était le cas pour le hold-up de la poste. Il avait fallu du temps et de la patience à Miss Treeves pour lui expliquer qu'il s'agissait plus que d'une légère divergence d'opinion sur le prix du fromage, mais bien d'un vol sous la contrainte des armes et qu'il y avait eu des coups de feu. C'était mal de voler. La violence était encore pire. Mais tirer des coups de pistolet ! Mettre en danger une vie humaine ! C'était le pire. Arthur Treeves était en colère et bien décidé à jouer son rôle en éradiquant une telle tache de sa paroisse. Il avait pensé que le hold-up serait le point principal de la réunion de ce soir et il s'apprêtait à se montrer sévère. Il s'était attendu à un concert de louanges pour le courage dont avait fait preuve Miss Seeton, qu'il admirait, et il s'apprêtait à y ajouter sa voix, mais, bien que bruyant, le concert était discordant et il y avait des fausses notes. Il n'y comprenait rien. Il tripota nerveusement la pile de courrier sur la table devant lui. Là non plus, il n'y comprenait rien. Presque toutes les lettres concernaient Miss Seeton. Elle y était tour à tour Jeanne d'Arc, Mata-Hari — probablement une vedette de cinéma dont il n'avait jamais entendu parler —, Florence Nightingale et Jézabel, cette dernière étant, quelles qu'aient été les intentions de l'auteur, une mauvaise interprétation grave de l'Ancien Testament. Pour finir, il y avait un mot laconique du vieil ex-colonel qui habitait à côté du *George and Dragon*, où il avait passé presque toute sa vie :

A l'attention du conseil paroissial

Messieurs,

Le colonel Windup souhaite vous faire savoir que cette bonne femme est une sacrée enquiquineuse.

— Cette bonne femme est une sacrée enquiquineuse ! dit l'inspecteur principal Brinton du CID d'Ashford en levant les yeux après avoir examiné le portrait d'Effie Goffer posé sur son bureau. Écoute, Oracle, ramène-la à Londres. Ici, on n'est pas équipés pour s'occuper de ses cabrioles. L'été dernier, elle a épuisé toutes les forces de police, elle a hiberné pendant l'hiver et maintenant que le printemps arrive, elle a une montée de sève et c'est reparti pour la noce ! On se comprend bien, avec les malfrats du coin. A eux les petits crimes et à nous les arrestations. Y a pas de problème, on fait ça à l'amiable. Mais dès qu'elle déferle avec son pébroc, on a des CRIMES, en majuscules. Il y a un truc qui ne va pas avec elle. On dirait qu'elle les attire. Les crimes lui arrivent droit dessus, comme des pigeons voyageurs. Bien que j'aie jamais rencontré la dame, je suis convaincu qu'elle met tout ça en branle par pure malice.

— Là, tu es d'accord avec les gens du village, dit Delphick en riant. De l'avis général, il semble que si elle n'intervient pas directement, elle est de mèche avec quelqu'un.

— On peut pas leur en vouloir.

Brinton prit un dossier intitulé « Poste de Plummergen » et se mit à le feuilleter.

— Bon, tu nous dis qu'il va y avoir un hold-up. Et pourquoi ? A cause de ce dessin, dit-il en le désignant. Et la raison pour laquelle tu veux que ça prouve quelque chose, sauf qu'elle sait pas dessiner, ça m'échappe. Bon, le hold-up était déjà en pleine action. On envoie des voitures, et qu'est-ce qu'ils trouvent en arrivant ? Ta copine qui entre au pas de charge dans la poste avec le pacson dans une main et le flingue dans l'autre. Prise en flagrant délit, ils l'arrêtent. Mais non ! Avec elle, ça se passe pas comme ça ! C'est une héroïne ! Elle a envoyé valdinguer deux suspects pardessus l'épaule gauche, elle leur a piqué leur flingue et le magot et elle vient le rapporter. Mais là non plus, ça se passe pas comme prévu ! On s'aperçoit que le magot, c'est du fromage ! Oh, non, Oracle, gémit l'inspecteur principal en posant le dossier ouvert devant lui sur son bureau, on ne joue pas dans son équipe. Fais-la transférer ailleurs.

— Mais ça te fait du bien, Chris ! répliqua Delphick. Elle fait travailler ton imagination. Bon, d'accord, ça va loin, mais elle apporte un débouché à tes talents naturels. Et n'oublie pas que le DA prend très au sérieux ce dessin avec lequel tu es si dur.

— Mais nous aussi ! J'ai deux gars en civil... Bon Dieu ! tu les as vus ? De mon temps, quand on était en civil, on portait juste un uniforme de couleur différente. Mais eux ! Et des trucs violets par ci, et des machins roses par là, et le reste avec des rayures. Et ils appellent ça des vêtements civils ! Mes deux gars suivent cette petite gosse à la trace et d'après leurs rapports, c'est l'une des plus sales mômes que la terre ait jamais portées. Si elle se fait liquider, je peux arrêter n'importe lequel des deux et rien qu'avec leurs rapports j'obtiendrai une condamnation ! Qu'est-ce que tu veux de plus ? Un bataillon armé pour l'encadrer ?

— Mon pauvre Chris, dit Delphick en souriant. On relèvera tes deux gars dès qu'on pourra s'organiser. Je veux tendre un piège. C'est la seule façon de mettre la main sur l'assassin, le seul moyen, à la longue, pour que la gosse soit en sécurité.

— Dis-moi, Oracle, fit Brinton en regardant de nouveau le croquis, tu crois vraiment, en te basant seulement là-dessus, que c'est elle la prochaine ?

— Oui, fit Delphick en hochant la tête. A mon avis, c'est elle, en me basant seulement là-dessus.

— Alors, fit l'inspecteur principal en secouant la tête, tu as peut-être raison, je ne dis pas que tu as tort, mais on a des vedettes dans le coin et le hold-up de la poste pourrait être dans leurs cordes et sans lien avec les meurtres, la gosse ou n'importe quoi d'autre. Il y a une bande qui traîne. Ils ont tous des motos et ils se sont baptisés les Casseurs d'Ashford. Il faut reconnaître qu'ils sont à la hauteur de leur nom ; ils saccagent les cinémas et on a eu droit à leur jeu favori la semaine dernière : ils attendent que l'un des villages ou des bourgs alentour organise une sauterie le samedi soir pour débarquer et chercher la bagarre avec le premier venu avant de tout casser.

— Mais ce n'était pas une bande, pour la poste. Ils étaient seulement deux, répliqua Delphick.

— Bon, d'accord, reconnut Brinton, mais il faut bien qu'ils se fassent la main, qu'ils montent en grade, quoi, alors ils se mettent à deux, assomment les vieilles pour leur voler leur sac et s'échauffent avec les petits magasins en fauchant le tiroir-caisse et des cigarettes. Le coup du bureau de poste, c'est tout à fait dans leur style : deux débutants qui chipent du fromage, tombent le cul par terre et le paument.

Mais Delphick secoua la tête d'un air peu convaincu. Brinton prit un stylo et écrivit quelque chose.

— Eh bien, moi, je ne perds pas de vue que c'est peut-être les Casseurs. Mais c'est ton affaire et j'ai rien à dire. Explique-nous juste ce que tu veux.

— Tu sais, Chris, fit le commissaire d'un air plus grave, d'après mon expérience, quand une petite communauté comme le village se met à enjoliver les faits et à broder toute une histoire, ils commencent par choisir la pire interprétation, et ils vont *decrescendo* après. Mais même s'ils ont à peu près tout faux, ils mettent souvent le doigt sur une vérité fondamentale sans le savoir. Ce qui m'intéresse dans cette affaire, c'est que les braqueurs sont arrivés et repartis à moto. D'où on peut déduire qu'ils viennent de loin. Mais tout le monde, même les plus sensés, à ce que j'ai pu comprendre, s'accorde à dire que c'est une affaire locale. Et si c'est les gars après lesquels je suis, et j'en suis presque sûr, ça veut dire que c'est obligatoirement quelqu'un qui vient d'arriver. Des nouveaux. Et les seuls qui répondent à ce critère, c'est les jeunes Hosigg avec...

Mais sa voix mourut. Brinton le regarda un instant.

— Avec quoi ? On dirait que tu viens de mordre dans un citron.

— J'étais en train de penser à quelque chose que Miss Seeton a dit au Yard, dit lentement Delphick. Quelqu'un de petit et de faible qui essaie de se prouver quelque chose à lui-même. Dis-moi, Chris, est-ce que le plus petit des deux malfaiteurs, et tous les témoins s'accordent pour dire que l'un des deux était beaucoup plus petit que l'autre, est-ce que ça pourrait être une femme ?

— Oui, fit l'inspecteur principal après un instant de

réflexion. Les hommes et les femmes se ressemblent, dans cet accoutrement, sauf pour la taille. Oui, c'est possible.

— Parce que dans ce cas-là, c'est aussi possible que notre assassin soit la fille.

— Ah ! je vois. Ça sent mauvais.

— Ce qui nous donne le jeune Hosigg et sa femme et un autre couple qui a loué un pavillon dans le coin. Je n'ai pas encore leur nom. Tout ce que je sais, c'est que la fille s'appelle Doris et qu'elle a un petit frère sourd-muet.

— Ils s'appellent Quint.

Brinton tourna une page du dossier et parcourut la feuille du bout du doigt.

— Ah ! voilà. La deuxième voiture qui est arrivée au bureau de poste venait du sud, sur la route qui va de New Romney à Folkestone. Ils n'ont pas vu passer de moto. Je ne connais pas bien Plummergen, mais il y a un bout de route étroit à la sortie du village...

— Près de chez Miss Seeton, l'informa Delphick.

— Ça doit être ça. Eh bien, le chauffeur s'est arrêté là et a interrogé tous les conducteurs qui venaient du sud, dont ce Quint. Ils ont une petite camionnette et ils étaient partis faire une virée avec des sandwichs pendant l'heure de pause de la fille.

— Mais je croyais que le petit frère était près de la poste ? fit Delphick.

— Oui, dit Brinton en tournant la page. C'est dans la déclaration de Miss Seeton : « Il était environ midi trente-deux. Je me dirigeais vers le nord dans la Rue... » Bon, je te traduis ça en langage clair : J'ai vu ce petit crétin qui rôdait là et jetait un coup d'œil aux motos. Quand le pacson est tombé, il l'a ramassé et a essayé de se carapater avec, alors je l'ai saisi au collet et tiré en arrière. Et voilà, le tour est joué ! Bon, c'est peut-être pas exactement les mots qu'elle a employés, mais ça revient au même. Plus tard, ils ont essayé de lui poser des questions avec l'aide de sa sœur, qui est la seule apparemment à le comprendre, mais ça n'a rien donné. D'après lui, à ce qu'elle dit, il ne faisait rien, il était là, c'est tout, et Miss Seeton a bondi sur lui et lui a collé un pain avec son pépin.

— Comment se fait-il que les Quint pique-niquent en plein mois de mars, avec ce froid ?

— Sais pas. Peut-être qu'avec le petit frère dans les jambes, elle et son Jules ont pas beaucoup de temps à eux. Enfin, elle a dit qu'elle avait donné des sandwichs au gamin et l'avait laissé pendant qu'eux allaient manger leur pain et leurs cornichons sur la route qui va de Rye à Hastings. Et ni eux ni personne d'autre n'ont vu de motos. Il nous reste plus que la route de Rye qui longe le canal, et elle est peu fréquentée, ajouta-t-il en continuant à feuilleter les pages. Ça m'étonne pas, elle est pleine de nids-de-poule, elle se tortille comme une anguille et elle est tout juste assez large pour une voiture. Le seul conducteur qui se soit trouvé là à l'heure qui nous intéresse, c'est un type du coin avec une camionnette et il a très bien pu ne pas voir les motos pendant qu'il était en train de livrer. Entre parenthèses, ajouta-t-il en revenant en arrière, oui... voilà, c'est bien ce que je pensais, tes Hosigg habitent en bas, près du canal. On leur a posé des questions comme à tous ceux qui habitent là, au cas où ils auraient remarqué quelque chose, mais ça n'a rien donné ! Le gars dormait. Il conduit un camion surtout de nuit et la fille dit qu'elle était occupée à lui préparer son déjeuner. Les gars ont jeté un coup d'œil rapide pendant qu'ils y étaient. Le couple a une vieille bagnole, mais aucune trace de moto.

— C'est maigre, dit Delphick qui, ne tenant plus en place, se mit à faire les cent pas. Mais pour la petite

Goffer, on est au pied du mur et c'est bien ce qui m'ennuie. Même si ça va pour l'instant avec ton garde du corps déguisé. Je me fais aussi un peu de souci pour Miss Seeton.

— Quoi ! s'écria l'inspecteur principal. Je vois pas en quoi tu dois te faire du souci pour elle. D'après ce que j'ai entendu à son sujet, si jamais des mecs se mettaient dans l'idée de s'attaquer à elle, ils ont des chances de finir à l'hosto avec un pébroc planté dans le buffet.

Debout devant la fenêtre, le commissaire regardait sans les voir les voitures qui traversaient Ashford.

— C'est peut-être tiré par les cheveux, mais j'ai parlé avec l'agent du village, Potter. Il est assez futé, et sa femme a toujours l'oreille qui traîne. Elle travaille au conseil paroissial ou un truc dans ce goût-là. Les abrutis du coin ont apparemment décidé que Miss Seeton était le cerveau du casse de la poste, qu'elle est de mèche avec le jeune Hosigg, et que soit elle l'a doublé et a piqué l'argent, soit elle a organisé de toutes pièces son intervention à la poste pour couvrir sa fuite et retarder la poursuite.

— Mais il n'y avait pas d'argent ! protesta Brinton. Juste un mandat.

— Je sais, mais ça ne leur va pas. Ils croient qu'on les a ridiculisés aux yeux du monde entier, et les articles de Forby dans le *Negative* n'ont pas arrangé les choses. Et, bien entendu, ils en rendent Miss Seeton responsable, et de la présence de Forby et de la nôtre aussi. Ce en quoi ils n'ont pas tort, mais pas pour la bonne raison. De toute façon, ils ont décidé qu'on avait volé une grosse somme d'argent — je suppose que le receveur a dû être très convaincant dans le rôle —, parce qu'ils se disent qu'une grosse somme, c'est mieux pour leur fierté civique.

— Et où ils croient qu'il est, le fric ?

— Oh, c'est Miss Seeton qui l'a. Ou selon une de leurs brillantes suggestions, elle en a la moitié et j'ai l'autre, pour que je ferme les yeux.

— Ça par exemple ! dit Brinton en partant d'un gros rire. Elle est bien bonne, celle-là ! Je peux avoir ma part ? Après tout, avec ce casse, on s'est tapé presque tout le boulot là-bas. Mais je vois ce que tu veux dire. Si les malfrats l'apprennent et y croient, ils vont vouloir qu'elle leur rende leur magot.

— C'est bien pour ça que je me fais du souci, dit Delphick.

Quelle chance ! elle n'avait pas du tout souffert. Bien sûr, elle avait encore une curieuse impression dans la bouche, mais c'était mieux que d'avoir mal aux dents. Et puis les dents de sagesse ne servaient à rien. L'année dernière, le dentiste qu'elle était allée voir à Londres lui avait dit que sa dent de sagesse était certainement incluse — peu importe ce que cela voulait dire — et que si elle la gênait il faudrait l'enlever. Ce qui s'était produit. Elle avait trouvé le nom et l'adresse de Mr. Geldson parmi les papiers de cousine Flora, mais les dentistes sont tellement surchargés qu'elle avait craint de devoir attendre encore un jour. Mais non. Au téléphone, Mr. Geldson lui avait tout de suite dit qu'il ferait son possible pour une parente de Mrs. Bannet et que si elle pouvait passer à Rye, il la prendrait en fin d'après-midi. En attrapant le bus du matin pour Brettenden, elle y avait déjeuné, était arrivée à Rye dans les temps et tout s'était bien passé. Mais maintenant, elle devrait attendre près de trois heures pour le prochain bus. Celui de vingt heures trente la conduirait à Brettenden juste à temps pour attraper le dernier bus pour Plummergen. Avec tout le temps qu'il restait, elle avait pensé pouvoir visiter Rye, une si charmante petite ville, mais Mr. Geldson s'y était opposé et lui avait conseillé de ne pas ouvrir la bouche dans la rue et de rester à l'intérieur autant que possible, pour éviter d'attraper froid dans la cavité laissée par la dent arrachée. Il lui avait même suggéré de prendre une légère collation quelque part et d'avaler l'un des deux comprimés qu'il lui avait donnés pour que la dent, ou, pour être plus précise, l'absence de dent, ne lui fasse pas trop mal lorsque les effets de la piqûre seraient dissipés. Elle devait prendre l'autre comprimé avant de se coucher. Mr. Geldson l'avait prévenue qu'ils provoqueraient peut-être une légère somnolence et qu'elle ne devait surtout pas boire d'alcool avec. Ce qui était fort peu probable.

Ah ! voilà qui devrait convenir : « Thé et Collation ». Elle allait prendre un thé de Chine s'ils en avaient, une omelette et des toasts. Non, peut-être que dans son état, il serait plus sage de prendre du pain beurré.

Avec quelques difficultés d'articulation, elle commanda son repas. L'omelette arriva et Miss Seeton l'entama. La première bouchée manqua son but.

Il était bien gentil, Mr. Geldson, de lui dire de prendre une collation légère, mais il n'avait pas dû se rendre compte de la difficulté : elle arrivait à peine à savoir où était sa bouche et encore moins si elle était ouverte ou fermée...

Peut-être, si elle essayait de l'autre côté et se servait de sa main gauche... A la fin de l'omelette, Miss Seeton était devenue une véritable experte, faisant rapidement suivre chaque bouchée d'un morceau de pain beurré. C'était tellement plus facile de savoir où elle en était avec les doigts, plutôt qu'avec la fourchette. Pour le thé, ce fut très malaisé. Elle parvint à avaler quelques gorgées, suffisamment pour faire passer le comprimé, puis abandonna, confuse. Mr. Geldson lui avait suggéré d'aller au cinéma et c'était un sage conseil. Elle n'avait certainement pas l'air aussi grotesque qu'elle croyait l'être, mais dans un cinéma où régnait l'obscurité, elle serait moins gênée. En outre, il y ferait certainement chaud. Miss Seeton paya son addition et se mit à la recherche d'une salle de cinéma.

La Reine de Saba. Ça devrait être intéressant. Elle avait lu tellement de choses sur les recherches minutieuses qu'ils faisaient pour ces films historiques. Miss Seeton trébucha sur des corps qu'elle ne voyait pas dans la salle obscure et finit par s'asseoir dans un fauteuil libre. Elle était très bien installée. Il y avait une horloge au-dessus d'une porte marquée SORTIE. Elle pourrait y jeter un coup d'œil et si elle partait à vingt heures quinze, ça lui laisserait largement le temps d'aller à l'arrêt du bus juste en bas de la rue.

Dans un grand bruit de cymbales, une longue traîne ornée de plumes de paon apparut sur l'écran, tombant des épaules d'une jeune femme très blonde qui se tenait au loin.

— La reine de Saba, ô roi Salomon, déclama une voix, vous prie d'accepter d'humbles présents qu'elle vous apporte.

L'image changea et laissa place à une file de chameaux avec plusieurs hommes de couleur, vêtus de pagnes, qui déchargèrent de grands coffres de bois et des paniers d'osier. Ils les portèrent avec quelques difficultés vers un imposant palais.

Miss Seeton hocha la tête avec satisfaction. Comme c'était bien vu, cette longue procession de chameaux qui portaient des cadeaux précieux ! Elle s'enfonça dans son fauteuil. Il faisait merveilleusement chaud et sa bouche ne lui faisait pas mal. Mr. Geldson avait eu tout à fait raison. Elle se sentait très détendue. Les hommes de couleur passèrent devant l'entrée principale du palais, chargés de bagages, et disparurent par une petite porte sur le côté. Comme c'était étrange ! Une sorte d'entrée de service, certainement. Miss Seeton se demanda vaguement où ils étaient passés. La jeune femme très blonde réapparut, beaucoup plus proche maintenant. Blonde ? Elle aurait plutôt imaginé la reine de Saba — Saba étant, si elle se souvenait bien, au sud de l'Arabie, près du golfe Persique —, enfin, avec une peau relativement foncée, ou du moins des cheveux foncés. Mais il est vrai que beaucoup de gens imaginaient Cléopâtre sous les traits d'une Égyptienne à la peau mate, alors que les Ptolémées étaient en fait presque des Grecs de pure souche. C'était peut-être la même chose avec la reine de Saba. Mais les plumes de paon lui paraissaient bizarres. Miss Seeton cligna un peu des yeux pour que mieux y voir. Les plumes de paon étaient un attribut masculin et, puisque la religion de Saba vénérait le soleil, la lune et les étoiles, une broderie avec des signes astrologiques lui aurait paru davantage appropriée. Elle emprunterait une encyclopédie à la bibliothèque de Brettenden pour vérifier. La jeune femme très blonde leva un bras et sourit. Miss Seeton eut un sourire de connivence. Qu'elle se sentait bien, à regarder quelqu'un qui de toute évidence n'avait aucun problème de dents.

— Salut, Chelōmōh, dit la jeune femme très blonde d'une voix nasillarde. J'ai entendu dire grand bien de ta sagesse, et qu'elle est la plus grande. Aussi, je suis venue m'en rendre compte par moi-même.

La silhouette majestueuse du roi se leva de son siège. Miss Seeton s'enfonça dans le sien. Le visage du roi flotta vers elle, immense, dominateur. Miss Seeton cligna à nouveau des yeux. L'image resta un peu floue. Des yeux lui lancèrent un regard langoureux. Des lèvres sensuelles se tendirent vers elle.

— Ta sagesse seulement sommeille. Viens, je vais t'éveiller, déclara le roi Salomon.

Mais Miss Seeton ignora la requête, Miss Seeton dormait.

Mais où est passée Miss S ? Mince, qu'est-ce que... ? Mel Forby lorgnait par une fenêtre de Sweetbriars et vit le séjour saccagé. Elle essaya la porte d'entrée. Fermée. Elle alla jeter un coup d'œil par une fenêtre qui donnait de l'autre côté dans la petite pièce opposée. *Idem.* Elle tourna les talons et revint en courant au *George and Dragon*.

Mais où est passée Miss Seeton ? Bon Dieu, qu'est-ce que... ? Bob Ranger se tenait sur le seuil du salon de Miss Seeton et contemplait la pagaïe. Il rentrait juste de sa tournée où il avait posé des questions à droite et à gauche, quand la journaliste était arrivée tout essoufflée au pub pour annoncer la nouvelle. Suivi de Mel, il s'était précipité et, en contournant le cottage, il avait vu la porte de derrière fermée mais la fenêtre à côté ouverte, une vitre cassée. Trop petite pour lui. Il avait fait passer Mel par l'ouverture et, en faisant bien attention de ne rien toucher, elle avait traversé la cuisine jonchée d'objets pour se rendre dans le couloir, s'était faufilée derrière la lourde porte de chêne du placard sous l'escalier dont le contenu, tout un tas de manteaux, valises, balais, produits de nettoyage et un aspirateur, gisait par terre. Les verrous de la porte d'entrée étaient poussés, mais la porte n'était pas fermée à clé. Mel avait tiré les verrous pour que Bob entre.

Il sentit une vague chaleur monter en lui. Il avait tout à fait le droit de penser que la Miss S de l'Oracle était un peu fêlée et d'avoir ses propres doutes en ce qui la concernait, mais ça ne donnait pas pour autant aux autres le droit de la critiquer, sans parler de ce qu'il avait sous les yeux. Il monta les escaliers quatre à quatre. C'était la même chose : les armoires ouvertes, les tiroirs sortis, le contenu éparpillé par terre, les descentes de lit jetées de côté, les tapis retournés, les oreillers et les coussins lacérés. Il revint dans le séjour et décrocha le téléphone en prenant soin d'utiliser son mouchoir, si jamais il y avait des empreintes. Ce qui serait une aubaine. Il réussit à joindre Delphick à Ashford.

— Très bien, monsieur. J'attends votre arrivée et j'appelle le Dr. Knight, les Colveden, les Treeves et tous les autres, pour voir si je peux lui mettre la main dessus.

Mais où est passée Miss Seeton ? Qu'est-ce qui... ? Où est Miss Seeton ? Mon Dieu, qu'est-ce que... ? Quelle pagaïe !... Où... ? Qu'est-ce... ? Et pourquoi ?

Bob Ranger commençait à se sentir comme à une avant-première. Lady Colveden et Anne Knight, c'était trop pour lui, et, avec la promesse de ne rien déranger, elles avaient fait le tour de la maison avec papier et crayon pour prendre des notes, comme si elles se préparaient à une vente aux enchères, puis elles s'étaient retirées pour s'entretenir avec Miss Treeves. Dehors, les habitants du village étaient rassemblés dans la lumière du jour qui déclinait, intrigués par tant d'activité, et envisageaient joyeusement toutes les possibilités : « Elle a été poignardée, plus d'une douzaine de coups... Elle a mis les voiles avec le magot de la poste... La gorge tranchée d'une oreille à l'autre... Mutilée... On peut se poser des questions... Bien sûr, c'est tellement affreux, mais il fallait s'y attendre. J'ai toujours dit que... »

Mais où est passée Miss S ? Que diable... ! Delphick ressentit une pointe d'humour désabusé. Ce surnom avait surgi subitement de son inconscient. Il fit une fouille complète de la maison avec l'équipe scientifique d'Ashford qui était venue avec lui. Aucun indice classique. Pas de traces de pas, pas de mégots de cigarettes, même pas de cendres, pas de petits bouts de papier déchirés avec la moitié d'un nom et d'une adresse et, bien sûr, aucune empreinte. Le couteau qui avait servi à lacérer les coussins et le matelas provenait de la cuisine. Au moins, il n'y avait pas trace de lutte, bien que cela ne prouve rien. Cette affaire présentait tous les signes d'une fouille méticuleuse mais vaine, aussi le commissaire renvoya l'équipe à Ashford avec plusieurs enveloppes pleines de poussière et de moutons probablement inutiles et deux cheveux foncés, l'un trouvé sur le sofa dans le salon et l'autre par terre dans la chambre. Apparemment, ils appartenaient à un crâne humain et pouvaient représenter un indice, pourvu qu'ils ne proviennent pas d'un scalp innocent et pourvu qu'on trouve la tête à laquelle ils appartenaient.

Après un inventaire avec Martha Bloomer, il apparut qu'elle n'était pas certaine pour les chaussures. Quant aux gants, elle ne savait pas. Mais son grand sac à main qui ressemblait à un fourre-tout, eh bien, il n'était pas là, et l'un de ses chapeaux non plus. Celui avec le bout qui rebiquait sur le dessus et qu'on reconnaîtrait entre mille. Et puis son manteau d'hiver, la clé de la cuisine et celle du jardin n'étaient plus là non plus ; et, bien sûr, son pébroc. Delphick se sentit soulagé. Apparemment, Miss Seeton avait quitté les lieux de son plein gré, et soit l'intrus ou les intrus l'avaient vue partir, soit ils étaient venus par hasard en son absence. Visiblement, ils étaient passés par-dessus le mur près du poulailler, étaient entrés par effraction, avaient eu tout le temps de fouiller, puis étaient repartis par où ils étaient arrivés. Le parapluie confirmait cette thèse. Si elle avait été enlevée, Delphick n'imaginait pas que Miss Seeton ait pu insister pour le prendre avec elle, pas plus qu'il ne pouvait imaginer que quiconque connaissant sa réputation ait été assez téméraire pour la laisser faire. Apparemment, on n'avait rien volé, mais il n'y avait rien de valeur qui puisse attirer des voleurs. Non, Delphick se dit que sa première idée était la bonne. C'était bien ceux qui avaient cambriolé la poste qui cherchaient ce que Chris appelait le pacson. Ce en quoi la passion du village pour le sensationnel était largement responsable.

Les Colveden arrivèrent accompagnés d'Anne Knight, dans l'énorme break de sir George, avec toute une panoplie de coussins, d'oreillers et un matelas. Miss Treeves accourut du presbytère pour apporter son aide et le cottage commença à bourdonner d'activité. Martha partit chercher son mari Stan, qui découpa une vitre dans une cloche en verre qui se trouvait dans la cabane à outils et répara la fenêtre de la cuisine. Un sifflement annonça l'arrivée de Miss Wicks à la porte d'entrée.

— Je ne reste pas, mais on dit que toutes les affaires de la pauvre Miss Seeton ont été volées, alors je voulais participer et j'ai apporté mon châle en soie au cas où ça pourrait servir.

Lady Colveden en fut touchée. Elle savait que le châle chinois était le bien le plus précieux de la vieille dame et qu'elle le portait toujours lors des réunions pour le thé l'après-midi. Mais pourquoi quelqu'un qui sifflait les *s* choisissait-il toujours des mots si malencontreux ? Et pourquoi, en ce qui la concernait, lorsqu'elle parlait avec Miss Wicks, tous les mots semblaient soudain commencer par un *s* ? Lady Colveden se prépara, décidée à ne pas prononcer un seul *s*.

— C'est vraiment très gentil de votre part d'être venue. Je suis sûre que Miss Seeton...

Trahie, elle se mit à bredouiller.

Molly Treeves vint à son secours.

— C'est absolument adorable de votre part, Miss Wicks ! Miss Seeton sera absolument...

Elle hésita à son tour.

— ... très émue, enchaîna lady Colveden.

La vieille dame s'en alla, rayonnante de joie.

Delphick se dit que ça aurait dû être un véritable capharnaüm. Mais non. Les tiroirs avaient été remplis et remis en place, les placards rangés et fermés. Bob avait eu la tâche d'arranger les moquettes et de jouer le transporteur. Tous les objets abîmés avaient été proprement empilés dans le break avec une liste pour l'assurance. A l'étage, lady Colveden et Anne Knight refaisaient le lit avec un matelas intact. En bas, de nouveaux coussins avaient pris place et Miss Treeves, qui avait remis les tapis en bon ordre, passait l'aspirateur pour enlever les plumes. Dans la cuisine, Martha, dont le remède à tous les maux était un bon repas, faisait un ragoût.

— Elle en aura peut-être envie ce soir, sinon, elle l'aura quand même pour son déjeuner demain.

Devant l'évier de la cuisine, Mel Forby pelait des oignons, râpait des carottes et épluchait des pommes de terre, aidée par Nigel Colveden, qui n'était pas insensible à ses yeux lumineux et doucement ombrés, à l'image du portrait que Miss Seeton avait fait d'elle.

Incroyable, songea Delphick, tous ces gens dévoués en train de faire surgir l'ordre du chaos, sans histoires et en un rien de temps.

Sir George avait installé son quartier général dans le

séjour, et déplié une carte à grande échelle de la région sur la table. Delphick avait téléphoné à Ashford et informé l'inspecteur principal de la situation. Ils étaient tombés d'accord qu'au vu de la situation il n'y avait pas à s'inquiéter. Miss Seeton allait certainement rentrer par le dernier bus. Sinon, ils alerteraient des patrouilles et entreprendraient des recherches. Après d'autres coups de téléphone, il sembla peu probable qu'elle ait pris le train pour Londres. En tout cas, elle n'était passée ni à son appartement ni à l'école. Et, de toute façon, elle l'aurait dit à Martha, si telle avait été son intention. Le commissaire traversa la pièce pour examiner le plan de campagne de sir George. Il avait tracé sur la carte un cercle d'un rayon de dix kilomètres avec Plummergen au centre. Le cercle était divisé en quatre. Il avait fait des calques bien nets de chaque quart avec, au-dessous, la marque et l'immatriculation de la voiture attribuée à chacun, le nom du conducteur et celui du passager. Delphick vit que Nigel Colveden était avec Forby et il fronça les sourcils. Dommage qu'il ne puisse pas la maintenir en dehors de toute cette affaire. S'il y avait quelque chose dont ils n'avaient pas besoin, c'était bien la presse !

— Alors votre fils a sa voiture, maintenant ?

— Je lui ai donné la MG de ma femme. Il n'arrêtait pas de l'emprunter. Elle a une petite Hillman, maintenant. Ça lui convient mieux.

Lady Colveden était avec Miss Treeves, et Arthur Treeves avec sir George.

— Vous ne croyez pas que le pasteur est un peu vieux pour ce genre d'exercice ?

— Il est mordu, grogna sir George. Si je ne le prends pas, le padre va partir à l'aventure sur son vélo et, au bout de dix minutes, il aura oublié ce qu'il fait là. On a assez de pain sur la planche comme ça sans avoir en plus à lui courir après.

Bob prenait Anne avec lui dans la voiture qu'elle partageait avec sa mère. Delphick était d'accord. C'était une bonne idée, tant qu'ils restaient concentrés sur ce qu'ils avaient à faire et, les connaissant, il leur faisait confiance. Quant à lui, il allait rester au *George and Dragon* et garder la voiture de police pour rester en contact avec Ashford et les patrouilles et se tenir prêt à foncer s'il y avait des nouvelles. Ç'aurait été du gâchis que Bob reste aussi. Delphick prit une feuille de papier libre qui disait : A L'ATTENTION DE LA POLICE. Elle donnait la liste des voitures, les secteurs et les noms de leurs occupants. On pouvait faire confiance aux militaires : quand il fallait organiser quelque chose, ils connaissaient leur boulot.

— Merci, sir George. Cela épargnera des vérifications et des questions inutiles aux patrouilles. Enfin, espérons qu'on n'aura pas besoin de tout ça.

— Oui. Mais en cas de besoin, vaut mieux prévoir. On ne veut pas de gaffe, avec de la pagaïe à la dernière minute et des voitures qui se baladent toutes au même endroit. Si elle ne rentre pas avec le bus, les voitures démarrent à vingt-deux heures et laissent tomber à minuit trente pile. Deux heures et demie, c'est assez pour des amateurs qui doivent se concentrer de nuit. Après, on est sûr d'avoir un accident.

CHAPITRE VI

— On tourne à gauche ici. Et puis tout droit en suivant la courbe et encore à gauche.

Miss Treeves éteignit sa lampe tandis que lady Colveden suivait ses instructions.

Elles avaient roulé lentement jusqu'à la limite nord de leur secteur et achevaient leur premier tour. Elles n'avaient vu aucun piéton, un seul cycliste, sept voitures, et s'étaient arrêtées deux fois pour scruter les ombres obscures qui se révélèrent être ni plus ni moins que ce qu'elles étaient : des ombres obscures. Miss Treeves regardait le bas-côté et lady Colveden la route. Elle espérait tellement que rien ne soit arrivé ! Ce n'était pas possible. La pauvre Miss Seeton devait être allée quelque part et elle avait oublié l'heure. Mais dans ce cas, comment allait-elle rentrer ? Il faisait si froid.

Il y eut un grand bruit de cymbales. Miss Seeton remua. Des voix murmuraient et des images dansaient à travers les brumes de son sommeil. Miss Seeton secoua la tête pour s'éclaircir les idées et se concentrer sur l'écran. Un visage flotta vers elle, immense, dominateur. Miss Seeton cligna des yeux, surprise. Des yeux lui lancèrent un regard langoureux. Des lèvres sensuelles se tendirent vers elle.

— Ta sagesse seulement sommeille. Viens, je vais t'éveiller.

Miss Seeton obéit à la requête et se redressa, soulagée. Un instant durant, elle avait craint de s'être endormie. Mais non, elle se souvenait maintenant. C'était le roi Salomon et elle avait déjà vu la scène. Déjà ?... Elle jeta un coup d'œil à l'horloge au-dessus de la porte de sortie et secoua à nouveau la tête. Non, ce n'était pas possible ! Onze heures moins vingt ! Mon Dieu, quelle horreur ! Elle avait dû dormir pendant tout le film, qui avait recommencé. Elle sauta sur ses pieds, trébucha sur les trois derniers spectateurs qui restaient dans sa rangée et remonta l'allée à toute vitesse. Arrivée à l'arrêt du bus, elle lut les horaires, qui ne lui laissèrent aucun espoir avant le lendemain matin. Qu'allait-elle faire ? Quelle inconscience de sa part ! Aller à l'hôtel ? Mais elle n'avait rien sur elle, pas même une brosse à dents ! Miss Seeton referma sa bouche en se rappelant sa dent arrachée. Prendre un taxi ? Mais où ? Et puis de toute façon, cela devait être hors de prix. En face d'elle, un panneau lui donnait le choix entre Londres, Sevenoaks et Tunbridge Wells. Miss Seeton se détourna et remarqua soudain l'un des bras du panneau, plus petit, qui semblait rendre l'âme et indiquait PLUMMERGEN 8,9 km. Mais oui ! cette route devait conduire à celle qui longeait le canal en bas de son jardin. La prendre ? Mais le pouvait-elle seulement ? Huit kilomètres neuf cents. C'était comme le prix des articles autrefois qui semblaient beaucoup plus abordables à cinq shillings onze qu'à six shillings. Mais c'était tout de même loin. Enfin, les distances partaient sans doute toujours du centre-ville. C'était comme pour Londres, on partait toujours de Hyde Park Corner. Ou de Piccadilly ? Elle se trouvait déjà dans ce qu'on pourrait appeler la banlieue de Rye, ce qui dans ce cas faisait une différence d'environ un kilomètre et demi. Et à Plummergen, son jardin était juste au bord du canal. Elle était donc beaucoup plus proche que cela. Enfin, plus proche que Plummergen. Et cela faisait une grande différence. Enfin, pas si grande que ça dans un petit village, mais enfin... L'un dans l'autre, la distance entre l'endroit où elle se trouvait et là où elle habitait était donc bien moindre que ce qu'indiquait le panneau, non ? Encouragée par cette idée, Miss Seeton fouilla dans son sac à main. Oui, sa petite lampe de poche s'y trouvait bien. Après tout, quand elle serait arrivée au canal, ce serait tout droit, elle n'avait qu'à longer la route. Elle dut reconnaître qu'il y a un an elle n'y aurait même pas pensé une seule seconde, mais les choses avaient changé. Ou non, c'est elle, plutôt, qui avait changé. Il était évident que malgré certaines positions plutôt curieuses, voire embarrassantes, son manuel *Rajeunissez de jour en jour grâce au yoga* l'avait beaucoup aidée. Quelle chance elle avait eue lorsque l'annonce VOUS AVEZ LES GENOUX RAIDES ? lui avait sauté aux yeux. Ce qui était le cas, mais plus maintenant, alors elle ferait aussi bien de les mettre à contribution tout de suite. Et puis une bonne marche, enfin, pas trop rapide tout de même, parce que ce n'était pas si proche que cela, mais une bonne marche d'un pas régulier lui ferait du bien pour la circulation et elle n'aurait pas froid. Miss Seeton traversa la rue et se mit à descendre la petite pente escarpée qui conduisait à la route. Elle se sentait tout à fait à l'aise avec son chaud manteau et, de toute façon, c'était mieux que de rester là à traîner, car elle commençait à sentir le froid.

— Vous êtes sûr, sir George, que Miss Seeton a pris cette route ?
— Non.
— Oh !... fit Arthur Treeves, l'air perplexe. Ce serait peut-être mieux, alors, si nous prenions une route où nous puissions la trouver, dit-il après avoir réfléchi à la question.
— Bien sûr, padre, si seulement on le savait.
— Oui, bien sûr. Je vois.
Mais Arthur Treeves ne voyait rien du tout. Un hibou traversa la route comme une flèche. Le pasteur se retourna, tout excité.
— A longues, je crois, oui, à longues oreilles, non ?
Sir George se concentra sur sa conduite. Il espérait que cette sacrée petite bonne femme était au chaud. En sécurité quelque part. La nuit était glacée et il faisait du vent.

Plummergen était peut-être à une huitaine de kilomètres de Rye, mais à vol de corbeau, et d'un corbeau pressé. Et bien que Miss Seeton partageât la hâte du corbeau, elle n'avait ni son sens de l'orientation ni ses ailes. La route était faite pour qu'on y circule sans hâte intempestive. Elle était défoncée, elle serpentait, revenait sur ses pas, sinuait jusqu'à ce qu'elle bifurque brusquement, passe par-dessus un pont et longe le canal. Le canal allait peut-être tout droit, mais pas la route. Elle faisait mine d'aller tout droit, et puis d'un côté elle descendait à pic d'environ trois mètres vers le canal et de l'autre, là où le terrain remontait, elle offrait une moindre résistance et virait vers le canal en faisant des boucles en épingle à cheveux. Comme elle était étroite, il n'y avait pas de place pour se croiser, et même un piéton, si une voiture venait à passer et en fonction de leur point de rencontre, devait empiéter sur l'herbe, l'eau, ou grimper sur la berge.

Le temps que Miss Seeton arrive au pont, la lumière de sa lampe électrique s'était réduite à une tête d'épingle. Elle la jeta dans son sac. Peu importait. Bien que cela lui ait pris plus longtemps qu'elle pensait pour arriver jusque-là, ça devait être tout droit, maintenant. Ses yeux s'habituaient à l'obscurité et elle pouvait suivre la route. Elle devait faire attention à rester sur sa droite, car bien que le canal ne soit pas très large, elle se souvint que les berges étaient très escarpées, et elle ne voulait pas déraper. Surtout que maintenant qu'elle se trouvait à découvert, le vent soufflait terriblement.

En revenant de New Ronney, le sergent Ranger ralentit. Anne regarda par la vitre. Non, c'était juste un tronc d'arbre étendu près de la haie. Il accéléra et passa en seconde. Où qu'elle soit, il espérait que Miss Seeton allait bien. Il faisait froid et le vent s'était levé. Et en plus il commençait à pleuvoir. Il mit les essuie-glaces en route.

Avec un tel vent, elle avait de la chance de l'avoir derrière, ça l'aidait à avancer. Mais maintenant, il pleuvait, c'était vraiment assommant ! Miss Seeton ouvrit son parapluie. Elle parvint à la première boucle sans s'y attendre et hésita. Le vent, toujours prêt, fit gonfler son parapluie et Miss Seeton trottina à la suite. Puis elle se mit à avancer péniblement. Le vent soufflait plus fort et la pluie redoublait. Miss Seeton se retrouva trempée. Soudain, une lumière brilla sur la route devant elle, au détour d'un virage. Une voiture arrivait. Mon Dieu, elle n'aurait pas la place de passer ! Et on ne la verrait que lorsqu'il serait trop tard ! Où pourrait-elle donc se... ? Elle fut forcée de grimper tant bien que mal sur la berge du canal. La lumière des phares grandissait lentement. La voiture prit doucement le virage et la petite MG, Nigel Colveden tendu sous la pluie battante et Mel Forby essayant d'y voir quelque chose à travers le pare-brise ruisselant, passa au ralenti en contrebas. Lentement, les feux arrière disparurent.

Aucune nouvelle. Delphick commençait à se faire du mauvais sang. Le propriétaire du *George and Dragon* avait mis son bureau à la disposition du commissaire et la sonnerie du téléphone en veilleuse avant d'aller se coucher. Mais où avait-elle donc pu aller? Delphick était sûr d'avoir raison quant à ses conclusions après avoir vu le cottage : elle était partie avant qu'il soit saccagé et ce serait pousser trop loin les coïncidences de croire qu'elle ait pu tomber sur les cambrioleurs après coup. Quoique, avec sa tendance à se mettre dans le pétrin et à s'en sortir, tout était possible. La question était : quand allait-elle se sortir de celui où elle s'était mise? Il était minuit passé et les bataillons de sir George devaient être en train de rentrer. Si l'un d'entre eux avait trouvé quelque chose, il serait revenu plus tôt ou aurait téléphoné. Au mieux, l'idée de sir George avait valu le coup de la tenter, mais elle ne tenait pas debout. On ne pouvait faire aucune recherche valable avant le jour. Delphick se sentait responsable, d'une certaine façon. C'était lui qui l'avait entraînée dans cette affaire, bien qu'il ne soit pour rien dans son cirque au bureau de poste. Mais pourquoi n'avait-elle dit à personne où elle allait? Au moins, ils...

La sonnerie du téléphone retentit. C'était Ashford. Delphick reposa le récepteur après un bref entretien. Il s'agissait d'un vol dans le village. Il ne leur manquait plus que ça pour boucler la nuit! Ashford avait envoyé une voiture de police pour s'en occuper. Ça devrait aller. Mais pourquoi les cambrioleurs avaient-ils choisi cette nuit entre toutes alors que tout le monde s'était égaillé dans la campagne et que les patrouilles étaient déjà bien occupées ? C'était peut-être justement pour ça. Et Miss Seeton qui avait disparu ! La moitié du village allait sûrement embrouiller toute cette affaire en lui faisant endosser le rôle d'une espèce de pipistrelle avide qui s'engouffrait par leurs fenêtres et piquait leur héritage. De toute façon, ce n'était pas ses oignons... Et pourtant... Ça collait. Il bondit sur ses pieds. Les meurtres, les hold-up dans les bureaux de poste, et tous ces vols dans les maisons et les appartements... Il ferait mieux de vérifier. Ce n'était pas la peine de prendre la voiture. Il se dirigea vers la Rue sous la pluie qui tombait tel un châtiment. Des phares l'aveuglèrent et une voiture passa en trombe devant lui en lui aspergeant les chevilles. Il rentra les épaules sous son imperméable. On devrait coller une amende aux types qui ne mettent pas leurs codes en ville ! Et puis c'était de la folie de rouler à cette allure sous ce déluge !

Des phares se rapprochaient à toute allure, aveuglants. Quelle imprudence par un temps pareil ! Miss Seeton sauta de côté et se hissa sur la berge. Son pied glissa, elle lâcha son parapluie. Flûte ! Elle se retourna. Ses yeux s'agrandirent d'horreur. Oh, non ! Ce n'est pas possible, non !

Le vent agissant comme un radar, le parapluie trouva sa cible et se dirigea droit dessus en cabriolant. Il y eut un cri, un hurlement aigu, un coup de frein fit protester les pneus sur la route glissante. On entendit des jurons, suivis d'un autre hurlement lorsque la pointe du parapluie heurta le pare-brise et le fendit en faisant un trou, pour s'en aller atterrir sur le nez du conducteur qui se mit à saigner. La voiture quitta la route, parut s'arrêter, un instant, suspendue dans l'air, avant de piquer du nez et de retomber, accompagnée d'un dernier cri, avec un grand bruit d'éclaboussure dans le canal.

Mon Dieu, quelle horreur ! Et c'était de sa faute ! Oh, mon Dieu, mon Dieu ! Le cœur de Miss Seeton battait à tout rompre, ses pieds galopaient. Trop vite. Il pleuvait à torrents. Ses souliers étaient pleins d'eau sur l'herbe détrempée. Le vent, toujours prêt, la poussa en la faisant tournoyer. Elle essaya de se rattraper. Trop tard. Elle battit l'air de toutes ses forces, mais tomba à son tour et atterrit à côté de la voiture dans le canal.

Une voiture de police était garée devant une maison à mi-chemin dans la Rue. Delphick traversa et lut le nom sur le portail. Lilikot. Ce n'était pas l'adresse qu'on lui avait donnée. En le reconnaissant, le conducteur de la voiture fit mine de sortir du véhicule, mais le commissaire l'interrompit d'un geste.

— Ce n'est pas la peine qu'on se noie tous les deux. Je vais m'asseoir un moment en espérant que ça ne va pas noyer le carburateur ou abîmer les sièges, dit-il en ouvrant la porte côté passager. Alors ? fit-il en se laissant tomber dans un grand bruit de succion.

Il apprit que ce deuxième cambriolage avait été signalé alors que l'inspecteur d'Ashford et un sergent étaient encore en train d'enquêter sur les lieux du premier. Essentiellement de l'argenterie et des bijoux, d'après ce que le chauffeur savait. Le code de la voiture bourdonna dans les haut-parleurs. Il monta le volume. « Un cambriolage à Glenvale House, un kilomètre et demi du village sur la route de Brettenden. On a aussi volé une voiture. Nom : Farmint, comme la maison. »

Le chauffeur était sur le point d'ouvrir la portière, mais Delphick le retint.

— Je vais transmettre cette bonne nouvelle à l'inspecteur et lui dire que ce Mr. ou cette Mrs. Farmint sont très ennuyés. Quand on en aura terminé ici, j'irai certainement chez les Farmint avec vous. Écoutez bien les messages qui me sont destinés, s'il vous plaît.

— Bien, monsieur.

Delphick sortit de la voiture, fila vers la porte d'entrée de Lilikot pour se mettre à l'abri et sonna.

Miss Seeton se releva péniblement. Mon Dieu, ces pauvres gens dans la voiture ! Elle devait vite aller voir ce qu'elle pouvait faire. Au moins, ils n'allaient pas se noyer. L'eau lui arrivait à peine jusqu'aux genoux. Mais ils étaient peut-être évanouis ou gravement blessés. Si seulement elle pouvait ouvrir la voiture... Mais ce ne fut pas la peine. Les portières avant et arrière qui se trouvaient de son côté étaient grandes ouvertes. Il n'y avait personne dans la voiture. Mon Dieu, ils avaient dû être éjectés ! Peut-être qu'ils allaient quand même se noyer. L'un des phares brillait toujours sous l'eau. Elle se demanda un bref instant comment c'était possible. Elle avait toujours cru que l'eau et l'électricité n'allaient pas ensemble. Mais, au moins, elle pouvait voir. Elle jeta un regard autour d'elle. Quelque chose ne venait-il pas de bouger ? Oui, là-bas, de l'autre côté, à la limite du halo de lumière. Une silhouette émergea du canal et grimpa sur la berge à tâtons. Une autre silhouette la suivait ; elle glissa et tomba sur le côté. Un court instant, à travers les cordes de pluie qui tombaient obliques, Miss Seeton aperçut la silhouette menue d'une jeune femme sous ses vêtements trempés qui la moulaient et ses longs cheveux ruisselants. Les deux silhouettes se frayèrent un chemin en trébuchant et disparurent dans la nuit. La lumière du phare s'éteignit dans un grésillement.

Delphick sortit de Lilikot avec un soupir de soulagement, pour se rendre avec l'inspecteur d'Ashford sur les lieux du deuxième cambriolage, le dernier de la série pour cette nuit, espéra-t-il avec ferveur. Enfin, même si les Farmint étaient complètement bouleversés, cela ne pouvait être pire que Miss Nuttel et Mrs. Blaine. Au milieu de leurs récriminations plus que volubiles, Delphick avait compris que, parmi la liste des objets volés, les pertes qu'elles déploraient le plus étaient celles d'une broche en camée que Miss Nuttel avait héritée d'une tante, d'une théière en argent de l'époque géorgienne absolument ravissante qui appartenait à Mrs. Blaine et d'une bague avec un rubis serti d'or irremplaçable, qui avait appartenu à la grand-mère de Mrs. Blaine, un héritage, en somme. A la fin du récit plus que fatigant, le commissaire s'était dit que non seulement il en avait appris plus qu'il ne l'aurait voulu sur Mrs. Blaine mais aussi sur sa grand-mère et sur une flopée d'ancêtres.

Avant de se rendre chez les Farmint, la voiture de police déposa Delphick au *George and Dragon*. Nigel Colveden avait reconduit Mel Forby quelques minutes auparavant. Aucune nouvelle. Le commissaire fut frappé de voir qu'elle avait l'air tendue et inquiète. Il lui dit qu'il ne voyait pas ce qu'elle pourrait faire d'autre et qu'elle ferait mieux d'aller se coucher. Mais Mel refusa en disant qu'elle préférait attendre. Delphick haussa les épaules. Les journalistes étaient tous pareils. Dès qu'ils avaient une histoire à se mettre sous la dent, ils ne lâchaient jamais le morceau. Alors qu'il repartait, Anne Knight arriva avec Bob. Aucune nouvelle. Il renvoya Anne chez elle, mit Bob au courant des événements de la soirée et le laissa près du téléphone dans le bureau, puis se dirigea vers la voiture de police et ils démarrèrent pour se rendre chez les Farmint. Aucune nouvelle... Sauf des cambriolages à la pelle. De façon assez équivoque et stupide, cela ne faisait qu'augmenter son inquiétude quant au sort de Miss Seeton. Personne ne pouvait arrêter un meurtrier déterminé à tuer. On pouvait seulement mettre un peu d'ordre dans la pagaïe qui s'ensuivait. Mais un vol, c'était différent. Dès qu'il y en avait un, surtout dans son entourage, on était sûr que Miss Seeton était là, au mieux de sa forme. Elle arrivait toujours à la rescousse en jouant du parapluie et faisait en général des dégâts. Mais pas là. Pas cette fois-ci. La situation devenait vraiment inquiétante.

Est-ce qu'il ne faisait pas plus clair ? Ou peut-être ses yeux s'étaient-ils habitués ? Non, elle avait raison. Elle pouvait voir la pluie maintenant aussi bien qu'elle l'entendait et la sentait, avec des reflets dorés par endroits. Mais il n'y avait pas de lune, alors ça devait être... Mais oui ! Cela ne pouvait qu'être les phares d'une voiture. Miss Seeton reprit courage. Si seulement elle pouvait attirer leur attention... La réalité de sa fâcheuse posture lui apparut soudain dans la faible lumière. Elle se trouvait dans un fossé profond à trois mètres en contrebas de la route, dans la nuit noire et la tempête. Personne dans la voiture ne pourrait la voir. Et on ne pourrait pas l'entendre non plus, avec le bruit du moteur, à supposer même qu'elle puisse se faire entendre avec la pluie. Miss Seeton se sentit démoralisée. Elle allait essayer quand même d'appeler lorsqu'elle jugerait la voiture assez proche, mais pour l'instant, elle ferait mieux de se débrouiller seule tant qu'elle le pouvait. Elle jeta un coup d'œil vers la rive opposée. Oui, c'était mieux. Cela n'avait pas l'air trop raide. Et puis ces pauvres gens qui étaient dans la voiture avaient pu le faire. Alors pourquoi pas elle ? De toute façon, ils étaient sûrement partis chercher de l'aide. Pour la voiture. Naturellement, ils ne pouvaient pas savoir qu'elle avait eu la maladresse de tomber elle aussi dans le canal. Au moins, pensa-t-elle avec soulagement, bien que l'accident soit entièrement de sa faute, ils n'avaient pas eu l'air d'être gravement blessés.

Un cygne noir, dont la tête brillait dans la lumière grandissante, glissa sur l'eau entre elle et la voiture et l'effleura en passant. Miss Seeton poussa un petit cri de frayeur et se retourna. Oh, mon Dieu, son parapluie ! Miss Seeton tendit le bras. Il revint vers elle avec une timidité feinte et heurta la portière arrière restée ouverte. Quelque chose tomba. Miss Seeton avança en pataugeant pour saisir son parapluie et voulut le refermer, mais il résista. Elle y plongea la main et en retira une bague coincée sous les baleines. Ça, c'était curieux ! Elle ouvrit son sac trempé et y mit la bague, pour plus de sécurité. Grâce à Dieu, les poignées étaient solides ! On pouvait dire ce qu'on voulait, mais ces vieux sacs démodés étaient bien les meilleurs. Une fois accrochés au bras, ils ne vous quittaient plus, même dans les situations critiques.

La voiture se mit à bouger et s'inclina doucement. A l'intérieur, quelque chose de brillant glissa et Miss Seeton le rattrapa avant que ça ne tombe. Qu'est-ce que c'était ?... La lampe d'Aladin ? Non, quelle sotte ! C'était une théière. Sur le plancher, un sac bâilla grand ouvert et glissa vers elle. Elle y mit la théière. Au fond scintillaient d'autres objets en argent. Comme c'était curieux ! Ces pauvres gens étaient-ils en train de déménager ? se demanda Miss Seeton.

Mais non, voyons. Autrement ils auraient enveloppé les objets dans du papier de soie. Ou au moins dans du journal. C'était affreux ! Enfin, il devait bien y avoir une explication. Après tout, il y avait eu ce cambriolage à la poste, et il était peut-être possible que ces objets aient été volés. La voiture s'enfonça d'avantage. Le sac aussi. Quelque chose tinta. Mon Dieu ! Miss Seeton s'en saisit. Il était lourd. Comme si elle comprenait sa difficulté, la voiture pencha davantage. Le sac tomba. Miss Seeton le tira, mais alourdi par l'eau, il refusa de bouger. Elle ne pouvait quand même pas laisser ça là ! Il appartenait peut-être à quelqu'un. Elle tira tant et plus, par petites saccades. Le sac remonta doucement, plus léger au fur et à mesure que l'eau en sortait. Elle le poussa sur la rive. Mais comme il allait retomber, elle le coinça de l'épaule, prit son parapluie, en piqua la pointe à travers le haut du sac, et la planta dans la terre. Le sac resta épinglé sur la rive comme une énorme chaussette de Noël. Là, elle y était arrivée !

Un peu étourdie, Miss Seeton marqua une pause et se mit à claquer des dents dans le froid. Une sorte de langueur l'envahit, les choses prirent une apparence irréelle. Elle vit des objets précieux en argent, des bijoux... Cette femme avait tort d'être si blonde. De longs cheveux bruns ruisselants... C'était beaucoup mieux. Tout était dans le détail. Un peu tremblante, Miss Seeton s'affaissa et tomba assise, l'eau clapotant sur son menton. Agacée, elle tenta de l'écarter. Le geste la réveilla. Ah, non ! Elle avait entendu parler de gens qui s'endormaient dans la neige, mais ce n'était pas une raison pour faire la même chose dans un canal.

La lumière grandit et ouvrit une large brèche illuminée dans la nuit, bien au-dessus de sa tête, sur la rive opposée, la laissant dans une relative obscurité. Peut-être était-ce le moment ? Elle ferait mieux d'essayer.

— Au secours ! cria Miss Seeton d'une petite voix. Elle écouta. Seuls le vent et l'incessant battement de la pluie lui répondirent. Aucune réponse. Elle était sûre que personne ne l'avait entendue. Peut-être que si elle grimpait sur la voiture et agitait les mains... Elle regarda la voiture qui s'enfouissait dans le canal, le capot en avant, comme un cochon mangeant dans son auge. Mais l'arrière était relevé. Si seulement elle pouvait y grimper... Elle chercha une prise. La voiture dériva vers elle. Elle était plus droite, tout à l'heure. Miss Seeton posa une main en haut de la portière et tira. Conciliante, la voiture s'inclina gentiment vers elle. Elle la lâcha tout de suite. Le véhicule tangua sous ce nouvel angle. Mon Dieu ! Elle avait raison, elle était plus droite tout à l'heure et maintenant, doucement, sûrement, elle était en train de basculer sur elle. Elle devait sortir de là tout de suite. Elle enfonça ses doigts dans la vase au bord de la rive et essaya de lever un pied. En vain. Elle essaya l'autre pied. *Idem.* Elle essaya de toutes ses forces. Inutile. Oh, mon Dieu... mon Dieu ! Elle avait les deux pieds enlisés dans la boue. Que faire ? Elle... Non, elle ne devait pas paniquer. Elle devait réfléchir et s'en sortir. Mais oui, bien sûr ! Les enlever de là ! Elle se pencha et tâtonna sous l'eau pour essayer de retirer la boue autour de ses chevilles. Tout près d'elle, elle entendit quelque chose tinter et, plus loin, un cliquetis. Elle leva les yeux : le sac et son parapluie... Ils avaient disparu.

La voiture s'inclina un peu plus. Miss Seeton tourna la tête. Elle était en train de s'enfoncer doucement. Oh, non, je vous en prie ! Miss Seeton se jeta sur la rive, s'étira au maximum et s'agrippa. Ses pieds restèrent enlisés. Au-dessus d'elle, la voiture vacilla, soudain hostile et menaçante.

Elle sentit une tape sur son poignet. Quelqu'un

l'empoigna et la tira péniblement. L'autre poignet fut saisi dans un étau. Elle leva la tête. Un visage maussade et trempé lui faisait face. Des yeux furieux la toisaient à travers des cils mouillés.

Le garçon timide.

— C'est si gentil à vous, hoqueta Miss Seeton... Tellement désolée... Un peu difficile... mes pieds... ils sont enlisés.

Bras et jambes écartés sur la rive, les pieds enfoncés dans le sol, il maintint la tension. Miss Seeton crut que ses bras allaient se désarticuler. Il faudrait bien que quelque chose cède. Avec un bruit vulgaire, un pied se libéra. Elle assura sa prise sur la rive, se hissa et libéra le deuxième dans une brusque secousse. Perturbée par toute cette agitation, la voiture poussa un soupir et se coucha dans un bruit de clapotis. Une main puis l'autre relâchèrent ses poignets, glissèrent sur ses épaules et le long de ses bras, pour la saisir par la taille. Le garçon se tortilla en arrière et remonta de quelques centimètres la pente perpendiculaire toute proche, s'arc-bouta et attendit. Soutenue par sa poigne, Miss Seeton réussit à se hisser en rampant et fit une pause. Ainsi, tant bien que mal, ils parvinrent enfin en haut et s'assirent pour souffler, avec un sentiment de victoire.

Sur la route tout juste assez large pour lui, un camion attendait, le nez pointé vers Plummergen. Les phares éclairaient le sac et son parapluie.

— Mon Dieu, il y a plein d'argenterie dedans ! fit Miss Seeton.

C'était tellement difficile d'expliquer les choses, mais ce n'était que justice. Elle se rendit compte que cela devait paraître étrange.

— Ils l'ont laissé quand ils sont sortis du canal. Et je me sens responsable parce que c'est uniquement de ma faute s'ils y sont tombés... Le parapluie, voyez-vous,... Mais dans un sac comme ça, c'est plutôt curieux et ce n'est peut-être pas à eux, vous ne croyez pas ? Il faut le porter à la police, non ?

— Sûr, acquiesça le garçon.

Il se leva, prit le sac et, se faufilant entre le camion et le bas-côté étroit, il le jeta par-dessus le hayon. Miss Seeton récupéra son parapluie, suivit le garçon et se hissa près de lui dans son taxi improvisé. Le garçon sauta dans le camion, mit le contact, donna un coup d'accélérateur, passa une vitesse et démarra dans le petit bruit sec des essuie-glaces. Miss Seeton dégoulinait à côté de lui.

La police quitta les Farmint guère plus avancée qu'à son arrivée. Les Farmint avaient allongé la liste de l'argenterie et des objets de valeur volés, sans aucune précision supplémentaire quant aux voleurs. A chaque fois les cambrioleurs étaient entrés par une fenêtre à l'arrière de la maison et la fenêtre portait des marques évidentes d'effraction. Dans les deux cas qu'il avait vus, Delphick soupçonna que les égratignures et les éclats autour du loquet avaient été faits après coup. Les fenêtres avaient pu être forcées, mais dans les deux cas les traces étaient si semblables qu'elles en devenaient suspectes. Pour lui, les cambrioleurs avaient agi de l'intérieur ou du moins ils avaient eu des renseignements de l'intérieur.

Peu de choses avaient été dérangées. Le voleur était allé droit vers ce qu'il cherchait. On n'avait entendu aucun bruit alors que, même s'il est possible de forcer une fenêtre sans être vu, il est impossible de le faire sans bruit. Le cambrioleur avait une chance incroyable qu'on n'ait entendu aucun bruit, dans aucune des trois maisons.

Les premières victimes avaient découvert le vol lorsque la fille de la maison était descendue chercher du lait et avait trouvé la fenêtre de la cuisine ouverte. A Lilikot, Mrs. Blaine avait remarqué que le tiroir de sa coiffeuse était mal fermé et que sa bague avait disparu au moment de se coucher. En entendant une voiture dans l'allée, le propriétaire de Glenvale House avait regardé par la fenêtre de sa chambre juste à temps pour voir sa voiture disparaître. Mrs. Farmint avait appelé la police pendant que son mari fouillait la maison. Il avait rappelé en découvrant que l'argenterie et la boîte à bijoux de sa femme avaient disparu.

Le commissaire pensait — et l'inspecteur d'Ashford était d'accord avec lui — que le fait que Doris Quint était employée depuis peu dans les trois maisons était un indice à ne pas négliger. Et bien qu'il soit presque une heure du matin, ils décidèrent de rendre visite aux Quint sans plus tarder et de voir ce que Mrs. Quint trouverait à dire. Delphick demanda aux Farmint la permission d'utiliser leur téléphone avant de se mettre en route. Bob n'avait rien de nouveau. La pluie ne s'était pas calmée et Delphick était de plus en plus inquiet pour Miss Seeton. Bien qu'il sache que c'était pratiquement inutile, il commençait sérieusement à envisager la possibilité de faire appel à des réservistes et d'organiser une battue de nuit.

A peine le camion arrêté, le garçon sauta en lui faisant signe de rester assise. Miss Seeton le suivit des yeux. Il se dirigea vers une petite maison. Une lumière brilla. Un instant plus tard, une autre lumière s'alluma à l'une des fenêtres du premier. Il avait dû aller expliquer la situation à sa femme. Quel garçon charmant ! Et si attentionné ! Miss Seeton scruta la nuit à travers le pare-brise et la pluie. Ah oui ! Ils habitaient juste près du pont sur le canal qui conduisait chez elle. Le garçon revint au bout de deux minutes. La silhouette menue d'une jeune fille se dessina sur le seuil. Elle leva une main comme pour esqùisser un bonsoir, puis referma la porte. Miss Seeton lutta avec la poignée réticente et s'extirpa de la voiture. Il se précipita pour l'aider.

— C'est vraiment tellement aimable de votre part, lui dit Miss Seeton, et je vous en suis plus que reconnaissante. Mais j'habite juste à côté d'ici. Je peux y aller à pied. J'ai les clés de la porte de derrière dans mon sac, ajouta-t-elle en fouillant le triste contenu de son sac trempé. C'est aussi bien que vous ne m'y conduisiez pas, à cause du bruit qui pourrait réveiller les gens. Alors que si j'y vais à pied, je m'y glisserai sans qu'on me voie. Et puis de toute façon, je ne peux pas être plus trempée.

Elle baissa les yeux sur ses vêtements qui pendouillaient en s'égouttant. Son superbe chapeau, celui avec le bout qui rebiquait sur le dessus et qu'on reconnaîtrait entre mille, n'était plus superbe du tout et le bout, toujours aussi reconnaissable, pendait comme une mèche triste sur son front.

— Sûr, répondit le garçon en esquissant l'ombre d'un sourire.

Elle voulut lui serrer la main. Il l'ignora. Elle se détourna pour rentrer chez elle. Il la suivit. Ils remontèrent ensemble l'allée en pataugeant. Elle ouvrit la porte du jardin et entra. Il la suivit. Elle lui tendit la main. Il l'ignora. Une fois la porte fermée, ils traversèrent le jardin jusqu'à la cuisine. Elle ouvrit la porte et se prépara à lui dire au revoir. Il l'ignora et entra. Elle le suivit. Il alluma les lumières, ouvrit les portes, regarda dans les pièces. Elle voulut dire quelque chose. Il l'ignora et monta au premier. Elle le suivit. Il trouva la salle de bains, ouvrit les robinets et lui fit signe d'aller dans sa chambre. Miss Seeton prit une serviette de toilette et l'étendit par terre, puis enleva ses vêtements qui lui collaient au corps et les laissa tomber sur la serviette. Elle prit sa chemise de nuit et mit sa robe de chambre. Mon Dieu, quel jeune homme absolument prévenant ! Elle se rendit à la salle de bains. Le garçon était parti.

Miss Seeton se détendit dans son bain et remercia en pensée cousine Flora d'avoir fait installer un chauffe-eau électrique. Une fois sèche et complètement rétablie, elle revint à sa chambre. Ses vêtements avaient disparu.

Le contenu de son sac était disposé sur la serviette, avec le deuxième cachet que lui avait donné Mr. Geldson, bien enveloppé dans un plastique. Ah, oui ! elle devait le prendre avant d'aller se coucher. Eh bien, c'est ce qu'elle allait faire, bien qu'elle n'ait ressenti jusque-là aucune douleur. Mais elle s'était tellement activée ! Elle se mit au lit, prit le comprimé et allait verser un peu d'eau de la carafe, lorsque le garçon entra, un verre fumant à la main. Il le lui tendit. Elle le prit par le bord. Le liquide avait une chaude couleur d'ambre et était bouillant. Elle mit le comprimé dans sa bouche, avala une gorgée et faillit s'étouffer. Bonté divine ! C'était fort et bouillant ! Et ça n'avait pas très bon goût, mais c'était réconfortant, se dit Miss Seeton en sentant le liquide couler en elle. Elle tendit le verre au garçon. Il secoua la tête. Elle but une nouvelle gorgée et finit le verre. Non, ce n'était vraiment pas bon. Mais très, très réconfortant. Les choses lui parurent étranges. Le plafond était plus incliné que d'habitude. Le lit alla à sa rencontre, descendit et s'éleva de nouveau. Comme elle avait de la chance de n'être pas sujette au mal de mer ! Deux garçons se penchèrent sur elle et prirent deux verres.

— Tellement gentil... dit-elle d'une voix pâteuse.

Trois garçons éteignirent trois lumières et quittèrent la pièce.

Miss Seeton sombra dans ses oreillers.

Une lumière s'alluma derrière un rideau au Saturday Stop. Doris Quint vint ouvrir la porte en robe de chambre, une serviette autour de la tête, et regarda les policiers ruisselants d'un air mécontent.

— La poulaille ? A cette heure-là ? Qu'est-ce que vous voulez ?

Ils le lui dirent. Elle eut l'air secoué, mais insista, un peu trop, sur le fait qu'elle ne voyait pas en quoi ça la concernait. Puis elle leur dit qu'elle ne pouvait pas les faire entrer puisque, comme ils pouvaient le voir, elle n'était pas habillée, vu qu'elle venait juste de se laver les cheveux avant de se coucher. Elle avait pas beaucoup de temps dans la journée avec tout ce qu'elle avait à faire et puis, comme ils pouvaient le voir, son mari dormait et le petit garçon était couché. Comme ils n'avaient pas de mandat pour entrer chez elle, elle les fit rester sous le déluge tandis qu'elle leur assenait la dépression de son mari, son besoin de sommeil, les risques qu'il y avait de lui causer la moindre inquiétude, les problèmes de son petit frère, les siens et qu'elle ne savait vraiment pas comment elle arrivait à s'en sortir. Au bout du compte, elle se montra volubile, mais ne leur apprit rien.

Les policiers durent s'en contenter et partirent, peu convaincus. Ils discutèrent dans la voiture. L'attitude de Doris et le mot « poulaille » qu'elle avait employé instinctivement suggéraient qu'elle devait connaître le milieu. Elle s'était peut-être lavé les cheveux, mais peut-être les séchait-elle parce qu'elle était sortie sous la pluie, bien qu'avec ce temps elle aurait dû porter quelque chose pour se protéger. Son mari dormait peut-être, ou bien il n'était pas visible, ou bien il était sorti. Leurs vagues soupçons ne leur donnaient aucun droit d'insister pour le voir. Quant au petit frère, on pouvait l'écarter : il était trop jeune. L'inspecteur d'Ashford rappela à Delphick que la famille Quint avait un alibi pour le hold-up de la poste.

— Oui, un pique-nique en plein mois de mars, grogna Delphick.

La voiture de police déposa le commissaire au *George and Dragon* avant de rentrer au poste.

Delphick hésita, inquiet et incapable de prendre une décision. Devait-il aller se coucher et refréner son angoisse jusqu'à demain matin, ce qui était la chose la plus sensée à faire, ou entraîner une flopée d'hommes exténués pour battre toute la région sur des kilomètres par ce temps abominable, sachant qu'une telle action, qui pourrait apaiser sa conscience, ne servirait pratiquement à rien avant le jour ? Quand on y verrait assez clair, on pourrait appeler un hélicoptère, qui, en plus des avantages d'une vue aérienne, pourrait faire la liaison entre ceux qui fouillaient la campagne, et cela ferait gagner un temps appréciable. Miss Seeton pouvait se trouver n'importe où, à des kilomètres de là ou tout à côté, terrée quelque part à cause de la tempête, ou même, vu son curieux talent pour se sortir des situations difficiles où elle s'était fourrée avec un égal génie, elle dormait peut-être tout simplement, bordée dans un lit quelque part par un bon Samaritain.

Delphick regarda en direction de Sweetbriars et décida sur un coup de tête d'aller vérifier et de s'assurer qu'il n'y avait pas d'autre problème avant de prendre sa décision finale. La police avait décidé de ne pas fermer à clé la porte d'entrée car il semblait peu probable qu'il y ait d'autres ennuis, mais surtout au cas où on retrouverait Miss Seeton et qu'on ait besoin d'entrer rapidement sans avoir à réveiller Martha Bloomer au petit matin.

Dès qu'il ouvrit la porte, Delphick sentit que quelque chose avait changé. Il n'avait pas l'impression d'être dans une maison vide. Quelque chose... Oui, l'odeur de vêtements mouillés. Il dépista l'odeur jusque dans la cuisine. Les vêtements trempés de Miss Seeton étaient étendus sur les chaises et la table. Son sac à main vide et retourné s'égouttait sur la paillasse, à côté d'un verre rincé. Son parapluie était posé dans l'évier.

Delphick jeta un coup d'œil rapide dans les autres pièces et monta les escaliers quatre à quatre. Sans se soucier des convenances, il ouvrit la porte à toute volée et alluma la lumière. Il se figea sur le seuil, les yeux écarquillés. Miss Seeton ignora son intrusion. Elle dormait.

Aux pieds de Delphick, la serviette avec le fouillis de son sac à main éparpillé attira son attention. Il s'agenouilla. Tout était trempé. Mais qu'est-ce qu'elle avait fabriqué ? Elle s'était baignée tout habillée ou quoi ? Et pourtant... Il se souvint qu'elle était tombée une fois dans un étang. Ça s'était aussi passé la nuit et, sans l'intervention de Bob, elle se serait noyée. Tiens, une bague ! Il ne l'avait jamais vue porter une bague. Peut-être appartenait-elle à sa marraine, ou à sa mère, et avait une valeur sentimentale ? Un héritage en quelque... Un rubis serti d'or ? Un héritage ? Elle n'avait quand même pas... ! Est-ce qu'elle avait... récupéré ce truc ? Delphick bondit sur ses pieds et tint la bague dans la lumière. Non, ce n'était pas un rubis, mais un grenat, un simple grenat taillé en cabochon. Mais les gens avaient toujours tendance à surévaluer leurs trésors. Particulièrement s'ils étaient du genre de Mrs. Blaine.

Delphick fronça les sourcils et remit la bague en place. Il renifla, s'approcha du lit et se pencha. C'est bien ce qu'il pensait : whisky ! Il secoua doucement Miss Seeton par l'épaule. Elle ne bougea pas. Il la secoua plus fort.

Vaguement, comme dans un rêve, une pluie d'argenterie et de bijoux dérivait au fil de l'eau au milieu de cygnes noirs, suivis du navire de Cléopâtre ornée de plumes de paon. La reine reposait sur des coussins.

— Blond, ça va pas, murmura Miss Seeton.

La reine s'assit. De longs cheveux bruns ruisselaient sur ses épaules.

— Beaucoup mieux, avec des cheveux bruns...

Delphick fit un effort pour capter ce qu'elle disait. Blond ? Des cheveux bruns ? Mais qu'est-ce que ça signifiait ? Pour le bien de Miss Seeton, et à cause de la bague, il ne pouvait pas laisser tomber. Il devait savoir ce qu'elle avait fabriqué !

— Miss Seeton, réveillez-vous ! lui ordonna-t-il en la secouant. Réveillez-vous, réveillez-vous !

Une silhouette majestueuse apparut sur la rive et nagea dans le courant, puissante et dominatrice. « Tu vas te réveiller ! cria-t-elle. Réveiller... Réveiller... »

Comme c'était ennuyeux. Elle était si fatiguée. Non, pas tout de suite, décida Miss Seeton avec fermeté. Non, décidément, pas tout de suite. Elle se redressa, bien droite, les yeux grands ouverts.

— Pas maintenant, ô roi, articula-t-elle distinctement avant de retomber dans une sorte de coma.

Delphick la regarda, impuissant. Sa main le démangeait de la frapper. Comment osait-elle rester couchée, complètement ivre et hébétée, avec ce grand sourire, alors qu'ils avaient tous été malades d'inquiétude ? Il la regarda. Ses lèvres se contractèrent pour réprimer un sourire. Le petit visage fripé, les joues roses, les lèvres entrouvertes sur un demi-sourire. Miss S. Ce surnom affreux lui allait, malgré tout. Où cette idiote de petite ferrailleuse était-elle allée, pour revenir trempée et soûle ? Et qui lui avait servi du whisky ? Il n'y en avait nulle part chez elle. Il le savait puisqu'il avait déjà retourné toute la maison. Ce verre sur la paillasse... Mais non, avec un tel déluge, elle n'aurait pas pu rapporter un verre plein pour picoler chez elle.

Delphick se rua en bas et appela le Dr. Knight. Il s'excusa de le déranger et lui décrivit aussi clairement que possible l'état dans lequel se trouvait Miss Seeton, en ajoutant qu'il était sûr qu'elle avait pris autre chose que du whisky. Elle n'aurait jamais pu être aussi soûle autrement. Puis il demanda au Dr. Knight si ça ne l'ennuierait pas de venir la voir.

Le Dr. Knight répondit que ça l'ennuyait beaucoup, vu l'heure, mais qu'il serait là dans cinq minutes.

Soulagé, Delphick appela Bob et lui demanda d'avertir Ashford que Miss Seeton avait été retrouvée.

Bob arriva avec des nouvelles : le butin des cambriolages avait été retrouvé et le voleur arrêté. Une patrouille qui avait reçu pour instructions d'interroger tous les conducteurs dans le cadre de la recherche de Miss Seeton avait arrêté un camion sur la route de Brettenden. Intrigués par le comportement du conducteur, ils avaient fouillé le camion et trouvé l'argenterie et les bijoux volés dans un sac mouillé. Ils étaient en train de vérifier avec la liste. D'après le permis de conduire, le conducteur s'appelait Leonard Hosigg et habitait près de Rochester. Il prétendait qu'il travaillait pour une société de transports routiers à Brettenden, société à laquelle le camion appartenait, et l'explication qu'il avait donnée pour le sac était le vieux gag éculé : il se rendait justement au poste de police de

Brettenden pour remettre le sac qu'il avait trouvé au bord de la route. Quand les gars lui avaient posé d'autres questions, il l'avait bouclée et il avait refusé d'en dire plus. Il était en détention provisoire à Brettenden. Ils ne pouvaient pas l'inculper avant l'inventaire complet des objets volés. Les policiers étaient fiers comme Artaban. Les cambriolages avaient été résolus en deux heures et au moins un des types du hold-up à la poste était sous les verrous. La petite Goffer n'était plus en danger maintenant, mais la surveillance était maintenue cette nuit. On attendait la consigne officielle.

Delphick arpenta le salon puis se dirigea vers le téléphone et appela le quartier général d'Ashford pour savoir s'ils avaient terminé l'inventaire des cambriolages de Plummergen. On le fit patienter, le temps de vérifier avec Brettenden... Oui, c'était terminé — Delphick leur demanda alors s'il ne manquait pas une bague. On le fit attendre de nouveau. Oui, il manquait bien une bague. Mais après tout, avec un sac grand ouvert et les objets entassés dedans n'importe comment, c'était un miracle que davantage d'objets n'en soient pas tombés. Ce n'était pas si mal d'avoir perdu une seule petite bague et puis ils la retrouveraient peut-être coincée quelque part dans le camion ou tombée en chemin.

Le commissaire demanda le numéro de téléphone privé de l'inspecteur principal Brinton et l'appela. Il était de mauvaise humeur. Delphick lui suggéra que ce n'était peut-être pas une bonne chose d'inculper le jeune Hosigg avant d'avoir recueilli de plus amples informations. Réveillé en plein sommeil à une heure et demie du matin et au courant seulement de la moitié des événements, Brinton se mit en rogne. Mais bon Dieu ! qu'est-ce que l'Oracle voulait ? On attrapait un loustic la main dans le sac et il fallait le relâcher ? De plus amples informations sur quoi ? Ils avaient bouclé l'enquête de l'Oracle, non ? Sa copine était de retour au bercail, non ? Alors tout marchait comme sur des roulettes, non ? Qu'est-ce qu'il voulait de plus ? Ils avaient eu une bonne petite affaire bien simple et pour une fois Miss Seeton n'y avait pas joué du pébroc pour récupérer le magot.

— C'est bien ça le problème, Chris, dit Delphick d'un ton d'excuse. Je n'en suis pas encore certain, mais je crois qu'il y a une petite chance pour qu'elle y soit mêlée. Elle a une bague chez elle qui est peut-être celle qui manque.

— Qu'est-ce qu'elle en dit ?

— C'est là le problème. Elle ne peut rien dire. Je le lui demanderai tout à l'heure, dans la matinée.

— Dans la matinée ? Et pourquoi pas maintenant ?

— Je ne peux pas, Chris, elle dort.

— Bon, d'accord. Elle dort. Eh ben, réveille-la ! On doit faire une pause thé parce qu'elle pique un roupillon ?

Delphick commença à comprendre les difficultés que Miss Seeton avait parfois à expliquer les choses.

— Ce n'est pas aussi facile que ça, Chris. Tu vois, elle euh... eh bien, elle est soûle.

— Elle est quoi ? aboya Brinton.

— Tu as bien compris, enchaîna rapidement Delphick. J'ai appelé le médecin.

— Bon, d'accord, elle est soûle. Bon, t'as appelé le médecin. La prochaine fois que j'ai un verre dans le nez, je dirai à ma bourgeoise de pas se foutre en rogne et d'appeler le vétérinaire.

Il poussa un énorme soupir.

— J'arrive, Oracle. Je passe un coup de fil à Brettenden pour leur dire de pas aller trop vite en besogne et d'attendre jusqu'à demain. Et pour l'amour de Dieu, quand ta bonne femme sortira des vaps, je voudrais bien savoir si c'est du lard ou du cochon, dit-il en raccrochant.

— Vous voulez dire que Miss Seeton est pompette, monsieur ? fit le sergent, les yeux écarquillés. Ce n'est pas vrai ! Enfin, elle n'a pas pu... Je veux dire que...

— Je comprends ce que vous voulez dire, Bob, fit Delphick, l'air fatigué, mais les faits sont là. Elle est bourrée.

— Je suis sûr qu'elle ne touche pas à la bouteille, monsieur. Et puis, où elle s'en serait procuré ?

— C'est bien le problème, Bob, si seulement on le savait, on ne serait pas là où on en est.

Delphick tendait la main vers le téléphone lorsque le Dr. Knight arriva. Avant de le suivre à l'étage, il demanda à Bob de joindre Brettenden pour leur demander si Hosigg avait du whisky sur lui ou dans son camion et d'aller sentir les vêtements de Miss Seeton et le gobelet mis à sécher sur la paillasse dans la cuisine, pour voir s'il n'y trouvait pas trace de whisky.

Le Dr. Knight resta peu de temps dans la chambre et redescendit de très bonne humeur. Il dit que la police ferait bien de prendre des cours de secourisme. Rien de difficile, juste pour les débutants. Ils seraient peut-être alors capables de se rendre compte qu'une femme était allée chez le dentiste pour se faire extraire une dent, qu'elle avait pris un sédatif ou un barbiturique quelconque et bu de l'alcool par-dessus, ce qui l'avait achevée. Alors, au lieu de la manipuler dans tous les sens et de vouloir tailler une bavette avec elle, ils auraient dû avoir assez d'esprit pour la laisser tranquille, qu'elle dorme tout son soûl.

— Et n'essayez pas de la réveiller en lui portant une tasse de thé à huit heures du matin, ajouta le

Dr. Knight sur le pas de la porte, ou elle sera à moitié groggy toute la journée et elle aura un mal de tête atroce. Attendez qu'elle se réveille toute seule. A vue d'œil, pas avant midi.

Il regarda sa montre.

— Je vous souhaite le bonjour.

Il fit un signe de tête et partit.

Bob vint avertir Delphick que les gars de Brettenden avaient trouvé une flasque de whisky à moitié vide dans la poche du manteau de Hosigg, ce qui eut l'air de faire plaisir à Delphick. Puis les deux hommes montèrent dans la chambre pour jeter un dernier coup d'œil sur Miss Seeton et regarder plus en détail le pauvre petit étalage d'objets sur la serviette de toilette. Ils s'agenouillèrent et fouillèrent soigneusement, mais rien ne leur sembla inhabituel en dehors de la bague et du fait que tout était mouillé.

— Vous jouez aux dés, les gars ? leur demanda Mel sur le pas de la porte. Je peux jouer avec vous ?

Bob se sentit gêné et Delphick furieux. Il se leva lentement et, par égard pour Miss Seeton, n'éleva pas la voix.

— Et maintenant, la presse ! C'est charmant. Violation de domicile, effraction, obstruction de la police dans l'exercice de ses fonctions...

— J'obstrue rien du tout ! Si vous voulez vous amuser à lancer les dés dans la chambre d'une dame à deux heures du matin, ça me dérange pas. Je vous en empêcherai pas. Je n'ai rien fracturé et quant à la violation de domicile, eh bien, je crois que vous pourriez me considérer comme une amie du cadavre, dit-elle en regardant le lit où reposait Miss Seeton. Bon, quoi de neuf ?

Sans répondre, Delphick se dirigea vers la porte et fit sortir Mel qu'il accompagna jusqu'en bas. Bob éteignit la lumière, ferma la porte et les suivit.

Mel s'assit dans le salon, parfaitement détendue, Delphick resta debout et Bob hésita quant à l'attitude à adopter.

— Peut-être auriez-vous l'amabilité de nous expliquer votre intrusion dans cette maison, même si vous n'avez aucune excuse pour une telle impertinence, dit Delphick.

— Bien sûr! répliqua Mel avec ironie. Une visite amicale. D'un intérêt purement humain, vous savez.

— Vraiment! Par intérêt humain, je suppose que vous voulez dire curiosité malsaine. Vous est-il jamais arrivé de penser aux dégâts que vous causez en traquant les gens, en fourrant votre nez dans les affaires des autres, en déformant les faits et en insinuant des choses à la limite de la diffamation, pour pouvoir raconter vos salades? Oh, non... Il n'y a rien de sacré quand il s'agit de la presse, et on peut tout excuser pour raconter n'importe quelle salade!

— Mais dites-moi... c'est Galaad en personne! fit Mel admirative.

Elle se pencha en avant, les traits durcis.

— Alors qu'est-ce que vous dites de ça? « La police en pleine orgie dans la chambre du Pébroc Vengeur. Miss Seeton disparue une partie de la nuit. La police à sa recherche. On signale trois cambriolages. On ne sait toujours pas où est Miss Seeton. Est-elle mêlée aux cambriolages? A deux heures du matin passées, on trouve deux policiers dans la chambre de Miss Seeton endormie, forte odeur de whisky. »

— Vous savez, dit Delphick d'un air menaçant, la police a les moyens de rendre la vie difficile aux journalistes quand elle le veut. Si difficile qu'à la longue les rédacteurs en chef préfèrent parfois engager un autre journaliste, s'ils veulent avoir leur histoire dans les temps.

— Mais vous êtes en train de me menacer ou je me trompe ? Et il ne vous est jamais venu à l'esprit, espèce de chevalier de mes fesses, que je sais que vous avez traîné Miss S à la morgue de Lewisham pour qu'elle vous dessine un macchabée. Au nom de la chevalerie, je suppose. Qui plus est, j'ai vu le portrait de la petite Goffer. Ah, ça vous en bouche un coin, hein ! s'exclama-t-elle en voyant Delphick relever brusquement la tête. Et j'ai ma petite idée sur ce qui vous amène ici et je sais grosso modo tout ce qui se trame à droite et à gauche, et j'en ai pas soufflé un mot ! Non, j'ai joué le jeu. Miss S défraye la chronique ? Je n'y peux rien, mais est-ce que j'en ai parlé ? Au contraire, j'ai matraqué sous l'angle du Pébroc Vengeur pour qu'on oublie son nom. Oui, je suis l'histoire ! J'ai des ordres ! Oui, j'espère bien avoir un scoop ! Mais pas à ses dépens, imbécile ! Pour quoi me prenez-vous ? Une feuille à scandale ?

Delphick tendit les mains et s'assit.

— Miss Forby, je m'excuse...

— Si vous êtes sincère, appelez-moi Mel.

— D'accord. Je suis désolé, Mel.

— Bon, on reprend tout ! Je n'enverrai rien avant que vous l'ayez lu et on va tous protéger notre vieille petite candide là-haut. Vous savez, dit-elle d'un air songeur, elle me fait quelque chose.

Leur point de désaccord résolu et les bases de leur coopération posées, Delphick fit comprendre à Mel Forby que ce serait une infraction à la loi que de donner des informations, quelles qu'elles soient, à la presse. Mais Mel étant une amie de Miss Seeton, il n'avait aucune autorité pour la mettre à la porte. Si elle décidait de rester là tandis qu'il discutait avec son sergent des événements de la nuit, il ne pouvait pas l'en empêcher.

En fin de compte, Mel prit des coussins, trouva une carpette et fit un lit par terre pour Bob, le canapé étant beaucoup trop petit. Ils étaient tombés d'accord qu'en aucun cas Miss Seeton ne devait rester seule chez elle. Delphick irait à Ashford tôt le matin pour calmer l'inspecteur principal. Mel resterait à Sweetbriars le matin et quand Miss Seeton se réveillerait, elle lui demanderait si elle voulait bien se rendre à Ashford pour y faire sa déclaration. Ils écrivirent un petit mot pour Martha Bloomer pour la tenir au courant de la situation, qu'elle ne dérange surtout pas Miss Seeton.

Blottis en toute amitié sous le parapluie trop petit de Mel, le commissaire et elle se mirent en route pour aller déposer leur mot et rejoindre le *George and Dragon*.

Bob s'installa avec philosophie pour quelques heures de veille inconfortable.

Miss Seeton dormait.

CHAPITRE VII

Miss Seeton se réveilla, détendue et peu disposée à sortir de son lit. Lentement, les événements de la nuit précédente lui revinrent en mémoire. Ce Mr. Geldson était décidément très bien. Sa dent ne lui faisait pas mal du tout... Allons, allons, paresseuse ! Elle n'avait aucune raison de traîner au lit.

Elle se leva, prit un bain, revint dans sa chambre et sortit des vêtements propres. Un instant, elle se demanda où étaient passés ses vêtements mouillés, mais elle avait bien le temps de s'en occuper. Elle se mit à faire son lit. Tiens ! Voilà qui était curieux. Ce n'était pas son matelas. Elle regarda autour d'elle. Le coussin du fauteuil n'était pas le sien non plus. Mais d'où venaient-ils ? Martha avait peut-être commencé son nettoyage de printemps, et ils lui appartenaient. Elle avait dû les lui prêter tandis qu'elle faisait nettoyer les siens. Il faudrait qu'elle lui pose la question. Elle commença à s'habiller puis s'arrêta soudain, agitée. La nuit dernière... Ses mains se mirent à papillonner. Elle ouvrit un tiroir de la coiffeuse, y prit un bloc à dessin et des crayons. La nuit dernière... Oui, c'est ça, elle allait dessiner ce qu'elle avait vu, tout ce qu'il lui était arrivé, tant que c'était encore clair dans son esprit. Heureuse, elle s'accroupit et se mit au travail.

Lorsqu'elle eut fini, elle mit son bloc de côté, l'esprit et les mains en paix. Mais il fallait quand même qu'elle s'habille. Elle se sentait fatiguée et, en se relevant, un peu ankylosée. Elle ferait peut-être mieux de... quelle était l'expression du professeur d'éducation physique ? Ah oui ! de s'entraîner. Avant de prendre son thé et des toasts, elle allait faire ses exercices.

Mel Forby ouvrit doucement la porte d'entrée et monta les escaliers sans bruit. Elle souleva le loquet de la porte de la chambre et regarda dans la pièce. Miss Seeton était à genoux en chaussettes, short et pull-over. Les genoux joints, elle était assise entre ses pieds ; elle se tenait les mains dans le dos, un bras par-dessus l'épaule, l'autre par-dessous. Elle avait les yeux fermés et retenait son souffle. Seules ses lèvres bougeaient en comptant. Mel resta bouche bée.

— Je veux bien être pendue ! Qu'est-ce que vous faites, Miss S ?

Miss Seeton ouvrit les yeux et tourna doucement la tête. Quatre... Cinq... C'était vraiment gênant. Elle devait continuer à garder son souffle et à compter. En même temps, il fallait bien qu'elle réponde. Finalement, tout en comptant, en retenant son souffle et avec un effort pour maîtriser le tout, elle lâcha :

— Vache !

Eh bien ! Ça lui apprendrait à poser des questions indiscrètes ! Mel referma doucement la porte et descendit. Dans la cuisine, elle rassembla les affaires encore humides de Miss Seeton et en fit un paquet pour les porter chez le teinturier. Elle mit la bouilloire en route, coupa du pain, sortit le beurre du réfrigérateur, la marmelade, et mit la table. Dans le salon, le sergent, qui était retourné à l'auberge au petit matin, avait tout laissé en ordre. Elle l'appela pour lui dire que Miss Seeton était réveillée, mais pas encore habillée, ni restaurée. Qu'il leur laisse, disons, une demiheure. Elle raccrocha. Le téléphone sonna : les Colveden. Le téléphone sonna : Miss Treeves. Le téléphone sonna : Anne Knight. Le téléphone sonna : l'Oracle. Mel se débrouilla très bien avec tous. Elle prit le courrier sur la petite table dans l'entrée et le mit sur l'assiette de Miss Seeton. Elle ne put éviter d'être intriguée par une enveloppe d'allure officielle libellée : *Miss S, Sweetbriars, Plummergen, Kent.*

Mel laissa Miss Seeton prendre son petit déjeuner tranquillement, refréna sa curiosité et s'abstint de lui poser des questions sur ce qu'il s'était passé la nuit précédente. Une fois le petit déjeuner terminé, elle débarrassa la table et fit la vaisselle en refusant que Miss Seeton l'aide. Elle lui dit que Bob n'allait pas tarder à arriver et lui parla de la balade à Ashford qu'elle allait devoir faire sous peu. Miss Seeton était résignée. Elle le déplorait, mais puisqu'il le fallait... Au moins, elle pourrait rendre cette bague qui lui causait bien du souci et oublier toute cette affaire. Elle s'attaqua à son courrier et regarda l'enveloppe officielle, perplexe. Puis son visage s'épanouit et elle sourit en l'ouvrant. Elle contenait un chèque avec un mot. Mel l'observait depuis l'évier. Miss Seeton lut le mot, fronça les sourcils et secoua la tête. Elle regarda le chèque, l'approcha de ses yeux et laissa échapper un petit « oh ! » de consternation. Le mot était des plus gentils, mais totalement immérité. Delphick expliquait qu'il pensait, et sir Hubert Everleigh aussi, que le portrait d'Effie Goffer constituait une pièce de leur dossier et qu'avec sa permission il le gardait et joignait donc un chèque du double de ce qui avait été convenu pour les deux dessins. Elle regarda à nouveau le chèque. Mon Dieu ! en dehors de son montant généreux, elle avait bien vu. Il était signé : « Le receveur[1], pour la police de Londres. » C'était affreux ! Bien sûr, elle savait que les choses allaient mal et elle avait lu que les policiers étaient sous-payés. Mais que le receveur... Elle n'aurait jamais cru que les choses allaient si mal que ça. Bien entendu, elle n'allait pas encaisser ce chèque, mais elle se demanda si elle devait envoyer un don, ne serait-ce que modeste. Miss Seeton était bouleversée.

— Qu'est-ce qui vous tracasse, mon chou ? demanda Mel.

Mon Dieu ! Comme c'était difficile. Devait-elle en parler ? La police préférait peut-être passer ces choses-là sous silence. Mais elle savait très bien que les journalistes étaient au courant de tout et faisaient toujours attention à ce qu'ils disaient. Elle ne pouvait pas demander au commissaire — trop gênant — et ce gentil sergent ne comprendrait peut-être pas. Alors que Miss Forby... Enfin, Mel... Miss Seeton la regarda. Elle étudia son visage. Les yeux étaient beaucoup mieux maquillés. Les traits durs, les grands aplats, la bouche généreuse, les pommettes hautes qui faisaient ressortir son large front, tout cela était adouci et réconcilié par ses yeux absolument magnifiques... Bon. Où en était-elle ? Ah, oui ! Mel pourrait certainement la conseiller. Elle lui montra le chèque et lui exposa son problème. Mel essaya de toutes ses forces de garder son sérieux, mais baissa les bras et se mit à hurler de rire.

— Y a que vous pour croire que le Yard a fait faillite, hulula-t-elle, en joie.

1. En anglais, *receiver* désigne aussi l'administrateur judiciaire, qui intervient lors de faillites. *(N.d.T.)*

Miss Seeton eut un sourire hésitant. Mais elle se sentit soulagée après que Mel lui eut expliqué que le receveur n'était pas un administrateur judiciaire, mais une personne haut placée qui contrôlait les finances pour l'ensemble de la police à Londres.

— Mais dites-moi, pourquoi « Miss S » ? demanda Mel.

— Je pense qu'ils ne pouvaient pas faire autrement. Tout le monde en fait autant aujourd'hui. A titre officiel, je veux dire.

— Tout le monde fait quoi ?

— Appeler les gens par leurs initiales. Fut un temps, il y avait seulement CR — contre remboursement — ou PP — port payé. Mais maintenant, il y en a tellement que c'est devenu compliqué. Vous avez AC — achat à crédit. Mon Dieu ! les gens achètent sans réfléchir. Et PM — Premier ministre —, MP — membre du Parlement —, MG — médecin généraliste —, ou JP — juge de paix. On voit ça partout. Bien sûr, dans mon cas, les initiales n'ont pas lieu d'être. MS pourrait passer pour « manuscrit » et prêter à confusion. Alors ils ont fait un compromis, et c'est tellement astucieux de leur part !

On frappa à la porte. Ce devait être Bob. Mel alla ouvrir. C'était une jeune fille, qui demanda à voir la dame. Mel la conduisit à la cuisine. La jeune fille courut se jeter aux pieds de Miss Seeton et déversa un flot de paroles.

— Je vous en prie, Miss, s'il vous plaît ! Ils l'ont pris. C'est pas Len, il a rien fait, vous le savez ! Mais il dira rien, je sais qu'il va rien dire, il peut pas, à cause de moi.

Miss Seeton lui prit les mains. Elle avait reconnu la femme du garçon timide et sourit au visage ruisselant de larmes.

— Allons, il ne faut pas pleurer. Qui a pris... Len ? Et pourquoi ?

— Les flics, parce qu'ils disent qu'il a piqué les trucs la nuit dernière, mais il aurait jamais fait ça, vous le savez.

— Bien sûr, dit Miss Seeton d'un air outré. C'est ridicule. Qu'est-ce qui leur fait croire ça ? Et pourquoi ne veut-il rien dire à cause de vous ?

— Je suis mineure. On n'avait pas le droit de se marier. C'est pour ça qu'on est venus ici. Len est encore en liberté surveillée, parce qu'on a eu des problèmes chez moi.

— Des problèmes ? Je vois, fit Miss Seeton en hochant la tête. Je crois que vous feriez mieux de me dire ce qu'il s'est passé exactement chez vous.

— C'est mon beau-père. Ma mère a rien vu, et lui il a essayé avec Rosie, c'est ma sœur, et comme une imbécile, je l'ai dit à Len. Et puis il a essayé avec moi et Len est devenu fou furieux et l'a envoyé valdinguer dans les escaliers. Le beau-père s'est pété trois côtes. Ils ont arrêté Len pour agression, c'est pour ça qu'il est toujours à l'essai. Len il a dit que je devais pas rester alors on a eu une dispense et on est partis mais bien sûr on n'a pas le droit, sans l'accord de ma mère, puisque je suis mineure. C'est pour ça que Len fait ce boulot et qu'on est venus ici pour nous cacher, comme qui dirait. Mais on n'a rien fait de mal.

— Bien sûr que non. Len a eu raison. C'est votre beau-père qu'on aurait dû inculper. Il s'est comporté de façon odieuse. C'est tellement évident !

— Ils savaient pas, répondit la jeune fille, l'air désespéré.

— Pourquoi ?

— Len voulait pas. J'ai voulu en parler mais il était contre. C'est à cause de maman et de Rosie et puis des voisins. Vous savez comment sont les gens. Il voulait pas que je sois mêlée à des histoires comme ça, avec les gens qui disent du mal de vous. Ils ont dit qu'il y avait pas eu de provocation. Mais Len a bon caractère et il avait jamais rien fait avant, alors ils l'ont libéré sous condition. Je suppose qu'il a eu de la chance, dit la jeune fille avec un pâle sourire.

— Allons, allons, cessez de vous faire du souci, fit Miss Seeton en lui tapotant la main. Ce sont des sottises. Len était avec moi la nuit dernière et il a été absolument adorable.

Mel était littéralement aux anges. Miss S dans un nouveau rôle : l'institutrice en train de remonter le moral à une gosse qui a des problèmes. Et elle allait tout savoir sur ce qui s'était passé la nuit précédente, si elle ne se trompait pas.

— Je sais, répondit simplement la fille. Il est passé en coup de vent, il était tard. Il a pris du whisky et dit qu'il avait peur que vous attrapiez la mort et que vous étiez trempée comme une soupe.

Le sergent, qui attendait dans la voiture, avait fini par frapper à la porte. Comme il n'avait pas obtenu de réponse et qu'il avait entendu des voix, il était allé à la cuisine et était resté sur le pas de la porte sans qu'on fasse attention à lui, subjugué.

— Et je l'étais, dit Miss Seeton. Il m'a sortie du canal et a ramassé le sac sur la route. C'est le garçon le plus adorable que je connaisse. Et prévenant avec ça, ajouta-t-elle en faisant des gestes avec les mains. J'ai couché tout cela sur le papier en me réveillant ce matin, tant que c'était encore clair dans ma tête. Nous avions décidé qu'il fallait le porter à la police. Je parle du sac. J'étais un peu fatiguée, dit-elle d'un air contrit, alors il m'a ramenée chez moi et... je ne sais plus trop ce qu'il s'est passé après.

Bob toussa. Elles se retournèrent, surprises.

— Si vous êtes prête, m'dame.

— Bien sûr, répondit Miss Seeton en se levant. Je suis désolée, j'avais oublié. Je vais juste prendre un chapeau et un manteau.

— Peut-être que si ça ne vous gênait pas de prendre avec vous ce que vous avez mis sur le papier au sujet de la nuit dernière, ça nous ferait gagner du temps et ça nous faciliterait les choses.

— Je ne pense pas que ça puisse vous aider, fit Miss Seeton, l'air dubitatif.

— Oh, s'il vous plaît, Miss ! dit la jeune fille.

— Allez, Miss S, l'encouragea Mel, filez-leur votre boulot.

Toujours sceptique, Miss Seeton monta les escaliers.

— Où vous l'emmenez ? demanda la jeune fille.

— A Ashford, pour qu'elle y fasse une déposition.

— Et Len sera plus coupable ? demanda-t-elle, les yeux brillants. Oh, s'il vous plaît, je peux venir ?

— Vous êtes Mrs. Hosigg ?

— Oui. Dites, je peux venir ? J'en ai le droit ! Moi aussi je sais ce qu'il s'est passé. Len m'a raconté.

Comme Bob hésitait, ce fut Mel qui trancha.

— On y va tous, dit-elle à la jeune fille.

— Non, pas vous, Miss Forby.

— Bien sûr que si. Essayez un peu de m'en empêcher et je donne pas cher de votre peau !

Sachant qu'il n'aurait pas le dernier mot, Bob baissa les bras et se mit en route avec appréhension en emmenant sa cargaison de femmes.

L'inspecteur principal Brinton était furieux. Les Casseurs d'Ashford avaient remis ça. Leur raid avait eu lieu dans un dancing à Brettenden et ils avaient laissé l'endroit dévasté, plus cinq blessés dont deux graves. L'un de ses hommes était au dancing pour son propre plaisir. Quand le grabuge avait commencé, le policier avait pris le parti de l'ordre et de la loi.

Trois Casseurs l'avaient alors plaqué au sol et deux d'entre eux l'avaient maintenu tandis que le troisième lui rouait la tête de coups de chaîne de bicyclette. Il était maintenant à l'hôpital d'Ashford avec des lésions au cerveau, dans un état critique. Ce matin, au tribunal, l'avocat des Casseurs avait répété combien la jeunesse fougueuse de ses clients était incomprise, leurs avances amicales mal interprétées et leur désir de sympathiser peu apprécié. Quant à l'allégation que ses clients étaient armés de couteaux, de coups-de-poing américains, de chaînes de vélo et de matraques, c'était un malentendu extrêmement grave et tout à fait regrettable. Ses clients n'avaient jamais porté — ne porteraient jamais — d'armes. Puis il dressa un portrait émouvant du jeune qui avait été arrêté une chaîne de vélo autour du poing, avant de pouvoir s'en débarrasser. C'était un garçon pur qui n'avait fait que regarder avec horreur un engin mortel qui, cela va sans dire, avait été exclusivement utilisé par l'autre camp. Son éloquence l'avait emporté, et, une fois de plus, le juge avait relâché les garçons avec un avertissement et une amende de cinq shillings par personne pour les dégâts occasionnés. De colère, Brinton se sentait prêt à faire endosser tous les problèmes qui surviendraient dans le coin aux Casseurs et l'irruption de Len Hosigg qui embrouillait tout l'avait rendu furieux. Il n'avait trouvé aucun lien entre Hosigg et le gang d'Ashford. Mais au moins, en ce qui concernait Hosigg, c'était tout vu. Et maintenant, pour couronner le tout, Delphick semait le doute et lui demandait de mettre la pédale douce.

— Y a pas à tortiller, Oracle. Il a la réputation

d'être un violent, il a passé à l'as sa mise en liberté surveillée, il s'est enfui avec une mineure et s'est planqué.

L'inspecteur principal reposa le rapport de la division de Rochester sur son bureau.

— On vient de le pincer avec le pacson avant qu'il ait eu le temps de le fourguer. C'est du tout cuit. Qu'est-ce que tu veux de plus ?

Delphick faisait les cent pas dans le bureau.

— On garde le dossier ouvert, Chris. Jusqu'à ce qu'on ait vu Miss Seeton.

Brinton grogna.

— Malgré tout ce que tu as dit, il y a quand même quelque chose qui ne va pas. Qu'est-ce que tu fais du whisky ? Et de la bague ?

— J'en fais rien du tout ! Tu m'as dit toi-même que la bague, c'est un grenat. Celle qu'on a piquée est un rubis. Et pour le whisky, qui te dit que la dame boit pas en douce ? Tes petites Miss, là, avec leur air de pas y toucher, y en a qui s'en donnent à cœur joie et qui biberonnent. Une bouteille planquée dans chaque manche et hop ! On voit ça tout le temps.

On frappa à la porte et Bob entra, l'air penaud.

— J'ai amené Miss Seeton, Mrs. Hosigg et Miss Forby, monsieur.

— Vous prenez cet endroit pour quoi ? gronda Brinton. Un foyer pour bonnes femmes ?

Delphick se contenta de le regarder.

— Je n'ai pas pu faire autrement, monsieur, dit Bob. Elles ont insisté pour venir et... et elles sont là.

— Bien. Dites à Miss Seeton de monter. En ce qui concerne la jeune Hosigg, c'est aussi bien comme ça. On aura besoin d'elle. Et vous pouvez dire à Miss Forby de ma part, dit Delphick en roulant des yeux, qu'elle peut rester en bas. Et qu'elle ne pousse pas trop le bouchon !

Bob revint avec Miss Seeton et une grande enveloppe. Après les cérémonies d'usage, il installa Miss Seeton sur une chaise et posa fièrement l'enveloppe sur le bureau de Brinton.

— Qu'est-ce que c'est ?

— Une déclaration de Miss Seeton, monsieur.

Miss Seeton ouvrit la bouche pour protester.

— C'est vous qui l'avez rédigée ?

— Non, monsieur. Je ne l'ai pas vue. Mais Miss Seeton m'a dit que... enfin, Miss Forby a dit que... En fait, j'ai entendu Miss Seeton dire que ce matin elle avait couché sur le papier tout ce qu'il s'était passé cette nuit, alors je lui ai demandé si je pouvais le prendre. J'ai pensé qu'on gagnerait du temps, monsieur.

Il alla s'asseoir dans un coin, avec son calepin et son stylo.

Delphick passa derrière le bureau tandis que Brinton ouvrait l'enveloppe et en sortait une feuille de papier. Il y eut un long silence durant lequel l'inspecteur principal lutta pour ne pas exploser.

— Vous avez bien dit que vous n'aviez pas lu ceci, sergent ?

— Oui, monsieur.

— Eh bien, venez le lire, maintenant.

Avec le sentiment d'un désastre imminent, Bob s'approcha du bureau et regarda la feuille. Une caricature du « Chevalier en prière ». De profil et en armure, le jeune chevalier était agenouillé devant un autel, en train de prier. Les cheveux bien coiffés encadraient un visage maussade transfiguré. Les mains jointes ne tenaient pas une épée mais un lis virginal qu'il regardait d'un air extatique, les yeux brillants. Bob poussa un soupir. Il aurait dû savoir que c'était mal barré. Sacrément mal barré, même.

— Je vous avais bien dit que ça ne pourrait rien vous apporter, dit Miss Seeton d'une petite voix, alors que Bob regagnait sa chaise.

— Je n'en suis pas si sûr, répliqua Delphick en souriant. C'est le jeune Hosigg ?

— Oui.

— C'est l'impression qu'il vous fait ?

— Oui.

— En deux mots, poursuivit Delphick, toujours souriant, en montrant le dessin, cela résume votre point de vue sur tout ce qu'il s'est passé d'important la nuit dernière.

Miss Seeton le regarda, éperdue de reconnaissance.

— Eh bien, oui. Vous voyez...

Et elle leur raconta comment il l'avait sauvée. Puis elle répéta ce que la jeune fille lui avait dit, expliquant la raison pour laquelle ils étaient venus à Plummergen.

Delphick prit le téléphone et appela Rochester. Il s'entretint avec l'agent chargé de surveiller Hosigg, à qui il exposa les grandes lignes de l'histoire et demanda de vérifier le tout. D'essayer de faire parler la belle-sœur de Hosigg, une dénommée Rosie. Puis il lui demanda de le rappeler. Miss Seeton était contente. Ces pauvres enfants... Tout allait s'arranger maintenant. Delphick regarda de nouveau le dessin.

— Dites-moi, pourquoi un lis ?

Miss Seeton fronça les sourcils d'un air étonné.

— Un lis ? Oh, oui, je me souviens maintenant. Il m'a semblé que c'était plus approprié.

Delphick fronça les sourcils à son tour, songeur.

— Comment s'appelle sa femme ?

— Je suis désolée, répondit Miss Seeton, mais je n'en sais rien, je n'ai pas pensé à le lui demander.

— Je vais vous le dire, intervint Brinton en feuilletant des papiers. Leonard Hosigg... épouse : Lil Hosigg, née Lily[1] Smale.

Il regarda Miss Seeton ; pour la première fois il la vit vraiment.

Elle ouvrit son sac à main et en sortit la bague.

— Voici la bague qui est tombée du sac. Avant la théière. Quelle chance ! elle s'est accrochée dans mon parapluie. Elle aurait pu tomber dans l'eau. Je n'ai pas voulu la remettre dans le sac, parce qu'elle aurait pu se perdre.

— Une bague de valeur en rubis appartenant à Mrs. Blaine a été dérobée et n'a pas été retrouvée, lut Brinton. Vous voulez dire que c'est celle-là ? dit-il en la regardant sévèrement.

— Mais celle-ci est un grenat, fit Miss Seeton d'une voix mal assurée. Du moins, j'en ai l'impression.

Puis elle comprit soudain.

— Oh ! je vois. Il vaut peut-être mieux la rendre sans rien dire.

L'inspecteur principal la dévisagea et sourit.

— Comme sa théière en argent de l'époque géorgienne qui est un truc récent en plaqué ? Et la broche en camée serti d'or de Miss Nuttel qui s'est transformée en toc dans la nuit ?

— C'est parfois très tentant, monsieur l'inspecteur principal, d'imaginer que ce que l'on possède a un peu plus de valeur que dans la réalité, dit Miss Seeton en lui retournant son sourire.

— Mais dites-moi, Miss Seeton, enchaîna Delphick, la voiture qui est tombée dans le canal — véhicule volé à Mr. et Mrs. Farmint, chez qui le dernier cambriolage a eu lieu, entre parenthèses —, vous avez

1. *Lily* : lis. *(N.d.T.)*

vu ce qu'il s'est passé ? En dehors du pare-brise qui a probablement éclaté quand la voiture s'est renversée, le labo nous a signalé un trou qui aurait pu être causé par une balle.

— Oh, non, ça, c'est moi, dit Miss Seeton en rougissant sous le regard perçant de Brinton. Enfin, c'est mon parapluie. Je l'ai laissé tomber quand j'ai glissé et avec le vent qui soufflait tellement fort, il est allé frapper la voiture. Mon Dieu, c'est horrible ! Ils auraient pu être tués tous les deux.

— Dommage qu'ils l'aient pas été, dit Brinton.

— Vous les avez vus ? demanda Delphick.

Bob se redressa, le stylo suspendu dans l'air.

— Oh, oui ! Enfin, très rapidement, quand j'étais dans l'eau, près de la voiture. Ils étaient en train de remonter de l'autre côté. Je veux dire de l'autre côté du canal. Je ne les voyais pas bien parce qu'ils me tournaient le dos et étaient sortis de la lumière. Enfin, la lumière des phares. Je veux dire, bien sûr, avant qu'elle se mette à grésiller et qu'elle s'éteigne.

Bob se détendit. Mais pourquoi ne pouvait-elle pas parler comme tout le monde ? se demanda-t-il. L'Oracle comprenait ce qu'elle disait et même ce vieux persécuteur de Brinton avait l'air de suivre, mais on pouvait dire ce qu'on voulait, les rapports de police avaient au moins l'avantage d'être clairs ! Il fit un essai : « J'avançais sous l'eau le long du canal en direction de l'est lorsque j'entendis un grésillement. » Il laissa échapper un petit rire. Delphick fronça les sourcils. Miss Seeton poursuivit.

— Mais juste avant que la lumière grésille, elle a glissé et elle s'est trouvée dans la lumière. Il a dû la retenir.

— Elle ? répéta Delphick. Vous êtes certaine qu'il s'agissait d'une femme ?

— Oh oui, elle avait des cheveux longs.

— Ça n'aurait pas pu être un garçon avec des cheveux longs ?

— Oh, non ! Non, c'est tout à fait impossible. Ses vêtements étaient trempés et la moulaient. Je ne pouvais pas me tromper.

Soudain, une voix résonna dans l'esprit de Delphick : « Je viens juste de me laver les cheveux... Je n'ai pas beaucoup de temps dans la journée, avec tout ce que j'ai à faire. » Il fallait à tout prix qu'il casse cet alibi du pique-nique. Il prit une vieille enveloppe dans sa poche, sur laquelle il avait écrit quelques mots.

— Vous avez dit... excusez-moi, Miss Seeton, c'était plus tard, quand vous... quand vous dormiez. Vous avez dit, je cite : « Blond, ça va pas. » Vous savez si cela a un rapport ?

Miss Seeton réfléchit un instant, puis son visage s'éclaira.

— Oh, non ! ça, c'était la reine de Saba. Cela m'a paru faux. A moins, bien sûr, qu'elle ne soit comme Cléopâtre. Grecque, voyez-vous. Tout est dans le détail, ajouta-t-elle en guise d'explication.

Même Delphick était perdu.

— La reine de Saba ? répéta-t-il.

— Oui. Voyez-vous, je suis allée voir *La Reine de Saba* à cause du thé, poursuivit-elle. Impossible de le boire. Avec ma bouche, je veux dire.

Soudain, la lumière se fit dans l'esprit de Delphick.

— Ah, oui ! Vous parlez du film. Je vois... Vous avez dit autre chose : « Beaucoup mieux, avec des cheveux bruns. »

Miss Seeton réfléchit un instant.

— J'imagine que je devais parler de la jeune fille. Celle qui a glissé en sortant du canal. Elle avait de longs cheveux bruns. Mais c'était peut-être à cause de la lumière, ou plutôt de l'absence de lumière.

Miss Seeton ne pouvait plus rien leur apprendre.

Il y eut un appel de Rochester : la jeune Smale avait lâché le paquet et, après s'être fait prier, la mère l'avait soutenue. Sous le feu des questions et devant la défection de sa femme, le beau-père avait avoué. Apparemment, il craignait plus d'être inculpé pour faux témoignage que pour tentative de viol : il fallait bien que les belles-filles ça serve à quelque chose...

Le jeune Hosigg était lavé de tout soupçon et on devait réexaminer toute l'affaire. Ils n'avaient plus besoin de voir sa femme. Brinton appela Brettenden et leur donna l'ordre de libérer le jeune Hosigg. On se dit au revoir et Bob raccompagna Miss Seeton en bas avec pour instructions de retourner à Plummergen via Brettenden avec son sérail et de prendre Hosigg en passant.

Une fois la porte fermée, l'inspecteur principal éclata de rire.

— Alors c'est ça, ta Miss Seeton, Oracle ! Elle me plaît ! Je te l'emprunterai de temps en temps, mais pas trop souvent ! Dis donc ! Tu peux pas la tenir à l'écart ? « Vous comprenez, cette voiture me barrait le chemin, si vous voyez ce que je veux dire, fit-il en imitant Miss Seeton, alors je lui ai balancé un pain avec mon pébroc et elle a atterri dans le fossé. Alors bien sûr, j'ai dû y sauter moi aussi, si vous comprenez ma position, pour voir ce qu'il se passait, si je puis m'exprimer ainsi. »

Il partit d'un gros rire puis se calma.

— Bon, tout ça, c'est bien gentil. Tout baigne et elle nous a ramené le pacson comme d'habitude. Mais tu te rends quand même compte, Oracle, que ça met pas pour autant le petit Hosigg hors du coup. C'est peut-être un chevalier avec une armure qui brille et tout, je dis pas, et pour ce qui est de faire pousser des lis, il peut en avoir chez tous les pépiniéristes du coin si ça le tente, mais ça veut pas dire qu'il a pas fait le coup. Quand elle l'a foutu à la baille, il a pu en ressortir, aller chercher son camion, faire demi-tour et reprendre son magot.

— Et la fille qui était avec lui ? demanda Delphick.

— Sa femme, bien sûr. Une fois sortis de l'eau, elle s'est grouillée de rentrer chez eux pendant qu'il faisait demi-tour pour tenter à nouveau sa chance.

— Ça cadre mal avec son comportement après. Pourquoi a-t-il secouru Miss Seeton ? Pourquoi ne l'a-t-il pas laissée là ? Pourquoi a-t-il perdu son temps à la ramener chez elle, lui donner du whisky et mettre ses vêtements à sécher ? Parce c'est ce qu'il a fait, Chris. Ce jeune homme s'est donné beaucoup de mal.

— Bon, je suis d'accord avec toi, c'est un peu tiré par les cheveux. Alors les Hosigg sont pas dans le coup, les Quint non plus. On recommence à zéro et avec les partants qu'il reste, les paris sont en faveur de la bande d'Ashford. Tu vas voir que j'ai raison, Oracle, et c'est pas une idée en l'air. Rien ne nous dit que cette affaire de cambriolages a quelque chose à voir avec les gosses assassinés, rien, sauf ce foutu dessin ! Pour moi, ta Miss Seeton vous a embobinés, toi et le DA. Qu'est-ce qu'on a ? Des vols uniquement sur la région et des gars du coin qui pourraient très bien les avoir commis. Pourquoi se compliquer la vie ?

— Tu as peut-être raison, répondit le commissaire en haussant les épaules. Je sais que cela tient debout, mais...

— Mais tu ne marches pas.

— Je ne peux pas me le permettre, répondit Delphick en secouant la tête. Tous ces gosses assassinés... fit-il avec une grimace de dégoût. Oh, je reconnais qu'il y en a toujours eu, mais ça a grimpé en flèche tout d'un coup, cinquante pour cent d'augmentation ces deux dernières années. Mais qu'est-ce que les gens ont ! s'écria-t-il en secouant à nouveau la tête. Maintenant qu'on est confrontés à cette série de meurtres tous identiques, je ne dois pas laisser tomber, Chris. Je dois aller jusqu'au bout. Il y a trop de choses en jeu. Je sais que n'importe qui peut copier un crime qui fait la une, mais tu n'as jamais copie conforme comme avec le hold-up du bureau de poste. Sauf une fois tous les trente-six du mois. Il y a quelqu'un ici, poursuivit-il en fronçant les sourcils, qui est complètement dingue et il faut que je lui mette la main dessus.

— D'accord, fit Brinton, alors t'as qu'à miser sur les Casseurs. C'est une bande de demeurés.

— Quelque part, un grain de sable s'est glissé dans les rouages et il y a quelqu'un qui a pété les plombs, continua le commissaire comme s'il n'avait pas entendu. C'est comme si on était en face d'une rangée de voitures et qu'on nous dise que l'embrayage de l'une d'entre elles a sauté. Si tu n'essaies pas toutes les voitures ou si tu ne démontes pas tous les systèmes d'embrayage, comment veux-tu deviner laquelle c'est? Au premier abord, je miserais plutôt sur la petite Quint. Elle est peut-être mignonne, mais bas de gamme. Elle a un front étroit et un menton fuyant. Oui, elle a un côté fourbe. Je me demande si elle est équilibrée. Je voudrais tellement découvrir quelque chose sur eux : leur milieu, leurs origines ; il y a peut-être quelque chose là ; mais on a fait chou blanc avec toutes les lignes qu'on a lancées.

Brinton referma le dossier posé sur son bureau et le mit de côté.

— Bon, d'accord, Oracle. Je te laisse à tes cogitations. Cernons le problème. Je vais sonner les cloches aux Casseurs et voir si c'est pas une de ces petites serpettes qui se serait transformé en hache bien affûtée. Toi, tu joues le côté psycho et nos routes vont peut-être se croiser quelque part.

— Chris, les Quint... dit Delphick en recommençant à faire les cent pas. Tout tient grâce à leur alibi. Si seulement on pouvait trouver quelque chose pour le démolir...

Puisqu'ils passaient par Brettenden, elle pouvait peut-être en profiter pour aller à la banque et régler ce problème, songea Miss Seeton. Enfin, si cela ne dérangeait pas le sergent d'attendre. Elle ne serait pas longue. Elle aurait bien sûr préféré envoyer le chèque par la poste, mais là, il fallait qu'elle voie le directeur pour lui expliquer pourquoi il était libellé à ses initiales. Ou plutôt, non. Ses initiales, c'était E. D., pour Emily Dorothea, alors que le chèque était à l'ordre de Miss S. D'ailleurs, c'était toujours ainsi que Mel l'appelait. C'était bien normal. La presse et l'administration faisaient toujours cela : utiliser les initiales. Le directeur devait connaître beaucoup de cas similaires et comprendrait sûrement. Elle n'essaierait même pas d'en parler avec le jeune homme au guichet. Il avait l'air si hautain ! Enfin, quand elle disait jeune, tout était relatif. Il devait avoir trente ans passés. Mais c'était quand même jeune pour être caissier principal. Lorsqu'elle allait à la banque, elle essayait toujours de voir son collègue, mais elle y arrivait rarement. Il faut dire qu'il n'y avait pas beaucoup d'argent sur son compte. C'était presque insignifiant et cela lui donnait envie de s'excuser pour le temps qu'elle leur faisait perdre. Mais le caissier prenait des airs tellement supérieurs et ses gestes respiraient un tel ennui ! C'en était si gênant qu'elle s'arrangeait en général pour tout régler par la poste.

Le sergent déposa Miss Seeton à la banque et elle refusa qu'il repasse la prendre. Elle les rejoindrait à pied. Il emmena Lil Hosigg au poste de police. Mel suivait. En bonne journaliste, elle restait au cœur de l'action. L'histoire vue sous l'angle du Pébroc marchait au poil. Le public avait tout de suite accroché et les projecteurs n'étaient plus braqués sur Miss S, ce qui donnait aux différents actes de « La paix de la campagne anglaise » l'attrait d'une bande dessinée sous forme de récit. Elle était sur la piste d'une histoire en direct, du tonnerre ! Et si elle jouait le jeu avec l'Oracle, ça allait faire un scoop. En attendant, les gosses Hosigg feraient l'affaire, dans le genre mélo. Ça leur ferait pas de mal et, que ça leur plaise ou non, ça ferait un ou deux paragraphes quand il comparaîtrait à nouveau.

Cela devait arriver : l'employé n'était pas là. Il était certainement en train de déjeuner, ce qui ne lui laissait pas le choix. Elle ferait avec le caissier. A moins qu'elle ne puisse passer outre et aller voir directement le directeur ? Non, décidément, c'était ridicule. Elle se conduisait stupidement. Elle n'était pas obligée de lui expliquer quoi que ce soit et donc elle ne le ferait pas. Elle ne se laisserait pas intimider. Elle allait le regarder droit dans les yeux, lui sourire, lui donner son chèque et lui demander à voir le directeur. Elle prit sa respiration, rassembla ses forces et se dirigea d'un pas ferme vers le guichet où elle remplit un formulaire, mais elle perdit sa contenance en fouillant dans son sac. Où avait-elle donc mis le chèque ? Ah, voilà ! Toujours aussi résolue, elle s'approcha et fixa l'homme droit dans les yeux... Comme c'était étrange ! Elle ne l'avait jamais regardé, enfin, pas vraiment. Ses yeux surtout. Ce n'était pas courant d'avoir des yeux d'un bleu si pâle, et si brillants. Perçants serait plus juste. Et avec ces pommettes aplaties et cet épicanthus... D'habitude, on associait plutôt ce repli au coin de l'œil avec le visage plus rond des Asiatiques et, de toute façon, avec des yeux bruns et des cheveux noirs et raides. Mais la conjonction d'un épicanthus et d'yeux clairs était tout à fait étonnante, et l'éclat du regard en semblait exagéré. Et puis avec ce long visage et une telle morphologie, elle ne l'aurait pas imaginé blond et bouclé. Oui, c'était vraiment curieux. Et très intéressant...

Miss Seeton lui tendit le chèque sans un mot d'explication, sourit et dit :

— Il faut que je voie le directeur.

Elle alla frapper à la porte du saint des saints.

Le caissier la suivit du regard, les yeux plissés, et relâcha doucement sa respiration.

Ce qui lui tenait lieu de conscience commença à lui parler. Après des années de silence, brutalement réveillée par un choc, non seulement elle prit la parole, mais elle devint volubile. « Si tu as pris de l'argent qui ne t'appartenait pas, lui fit-elle remarquer, tu as aussi pris un risque et si tu as pris des risques tu dois en accepter les conséquences. C'était facile de décider ou d'imaginer que tu pouvais maîtriser ton destin, que tu pouvais faire ce que tu as fait, quand, comment et pourquoi. Mais il y a des choses qu'on appelle les impondérables : des événements ou des personnes imprévus qui peuvent surgir au moment où on s'y attend le moins et qui en pointant leur nez, si tu n'es pas assez souple et prêt à toute éventualité, peuvent littéralement te mettre à nu. »

Mais en l'occurrence, le caissier avait fait exactement ce qu'il fallait faire. Il avait mûrement réfléchi, il avait tout prévu et il était prêt à toute éventualité.

Alors comme ça, ils avaient pigé sa combine ! Et

c'était elle qui avait tout découvert ! Il était toujours tendu mais son esprit reprenait le dessus. Elle lui avait fichu une sacrée trouille, mais il se rendit compte qu'il lui restait une chance. Pendant une minute, il avait cru que tout était fini. Mais maintenant... Il regarda par la fenêtre. Aucune voiture de police dans la rue. Aucun curieux. Mais s'ils faisaient bien leur boulot, il ne pouvait pas les voir. Peut-être l'attendaient-ils ? Il fallait prendre le risque. Oui, il lui restait une chance. Une chance que cette vieille carne stupide lui avait apporté sur un plateau. En se trahissant, elle lui avait donné le *signal* ! C'était fatal qu'on le découvre un jour, il l'avait toujours su, mais il avait cru pouvoir le prévoir, avant un audit, et mettre les voiles avant qu'ils lui tombent dessus. Mais cette vieille gâteuse... une moucharde à la solde des flics ! Comment diable aurait-il pu le deviner ? C'étaient vraiment des malins, dans la police, de se servir de vieille biques pareilles. Avec la meilleure volonté du monde, jamais il ne l'aurait soupçonnée. Heureusement pour lui, elle n'avait pas pu s'empêcher de crâner. Elle entrait d'habitude comme une souris, et comme une souris elle avait creusé et fouiné. Mais maintenant elle attaquait, comme un gros chat, gonflée d'orgueil. Et elle s'amusait à lui agiter sous le nez un chèque de la police, avec son nom de code dessus en plus, cette vieille folle ! Et comment elle l'avait dévisagé ! Elle était tellement contente d'elle qu'elle n'arrivait pas à le cacher. Et puis bégueule avec ça : « Il faut que je voie le directeur. » Ben voyons ! Mieux encore : elle devait l'avoir prévenu maintenant. Mais ni lui ni elle ne le reverraient jamais. Posément, sans avoir l'air de se presser, il prit les liasses de billets dans sa caisse et les glissa sous sa chemise. Ça ferait toujours de l'argent de poche. Il mettrait ce petit magot en lieu sûr à Ashford avec

Maryse, jusqu'à ce qu'il soit certain qu'ils n'aient pas relevé les numéros des billets et le temps de voir comment les choses se passaient. Maryse... son cœur battit plus vite. Maryse... Lui et Maryse. Le seul fait de penser à elle le stimulait et faisait que le jeu en valait la chandelle.

Il allait se faufiler jusqu'au parking et garer sa vieille voiture dans le bois, derrière chez lui, juste à la sortie de Brettenden. Une baraque que cette vieille fouineuse ne pouvait pas avoir découverte, même en furetant partout. Il allait traverser le jardin sans être vu et, une fois chez lui, se teindre les cheveux, mettre sa moustache et ses lentilles de contact. Puis il sortirait la Rover du garage et traverserait l'autoroute de Douvres pour laisser sa voiture près de la carrière. Il devrait rentrer à pied à Brettenden. Ça faisait une trotte, mais il avait tout son temps. Il n'osait pas retourner à son appart d'Ashford. Trop dangereux. Il se moquait que la police aille y fouiller. Il irait rechercher sa vieille voiture dans le bois à la nuit tombée. Avec les plaques minéralogiques couvertes de boue, ça devrait aller. Il la laisserait près de la carrière, en haut, dans les broussailles. Puis reprendrait la Rover pour aller à Ashford, rejoindre Maryse. Il resterait avec elle dans son appartement, jusqu'au moment d'aborder l'étape principale de son plan. Sa veste étant trop serré pour la boutonner, avec sa chemise bourrée de billets, il la laissa ouverte et se tourna vers la dactylo qui tapait une lettre derrière le guichet.

— Garde la boutique, mon chou. J'en ai pas pour longtemps.

... et des prêts sans garantie. Nous regrettons, mais dans les circonstances actuelles, nous ne pouvons... La femme s'arrêta, surprise, et leva les yeux pour lui demander... Mais il était déjà parti.

Miss Seeton se dirigea vers le poste de police. Le directeur de la banque avait été très compréhensif et un peu impressionné. Mais mon Dieu, pourquoi ? Il l'avait raccompagnée à la porte et avait paru surpris de voir que le caissier n'était pas à son poste. La fille derrière le guichet lui dit qu'il était sorti et n'en avait que pour une minute. Le directeur avait fait des histoires et semblait plutôt inquiet. Bien sûr, à la réflexion, un caissier ne quittait jamais son poste, autrement, comment les gens pourraient-ils avoir leur argent ? Il était certainement parti déjeuner un peu plus tôt avant que son collègue ne soit revenu et sans avertir quiconque.

La voiture l'attendait au poste. Bob en sortit d'un bond pour lui ouvrir la portière. Miss Seeton s'assit devant. Les Hosigg étaient derrière, main dans la main, à côté de Mel, qui était en train d'écrire sur un bloc-notes. Len avait toujours son air maussade et l'œil vigilant, mais il semblait détendu. Il se pencha en avant, serra le bras de Miss Seeton, qui réprima un tressaillement, et se rencogna sur son siège.

— Je suis désolée, dit-elle, que la police se soit trompée. Mais ce n'est pas de leur faute. Enfin, pas totalement. Je crains que ce ne soit entièrement de la mienne. Vous voyez, j'ai dormi trop longtemps, à cause du whisky. Je ne suis pas habituée. Mais c'est parce que j'avais pris ce comprimé.

Elle les regarda avec un sourire épanoui. Si jeunes, si timides, et on pouvait vraiment compter sur eux.

— Mais tout va bien, maintenant ?

— Sûr, fit Len.

Ils se mirent en route pour Plummergen.

Le village était en effervescence. Tout le monde s'était donné le mot. Les tam-tams avaient résonné et les nouvelles s'étaient répandues. Il y avait eu des cambriolages, c'était incontestable. Mais la bataille faisait rage autour de qui avait volé, quoi et pourquoi ? La très obligeante Doris Quint, en profonde sympathie avec les victimes des cambrioleurs et absolument choquée de ce qui leur était arrivé — « c'était une sacrée veine qu'on ait tout retrouvé » —, avait largement participé aux rumeurs. Miss Seeton, bien entendu, tenait inévitablement le premier rôle : elle avait piqué une voiture et l'avait abandonnée ; on l'avait arrêtée ; on lui avait retiré son permis de conduire. Les Hosigg étaient mêlés à l'affaire. Miss Seeton avait rejoint Rye à la nage pour éviter toute poursuite et brouiller les pistes. C'était bien sûr une histoire de drogue. Et d'alcool. Des litres d'alcool. Le whisky avait coulé à flots. Miss Seeton avait organisé une orgie chez elle ; le mobilier avait été saccagé, les coussins et les rideaux déchirés. Les Colveden y étaient, et la police !... On ne savait décidément plus à qui se fier. Et puis Miss Knight et cette femme journaliste ; et Miss Treeves... C'était affreux ! Qui aurait pu penser que la sœur du pasteur... C'était épouvantable, la façon dont se conduisaient les gens ! Et puis trop beurrés pour s'apercevoir qu'il pleuvait à verse, ils s'étaient embringués dans une chasse au trésor en pleine nuit, tandis qu'elle et ce Hosigg, dans un camion, revenaient discrètement et fauchaient tout. Et dire que pendant tout ce temps ils s'inquiétaient de savoir si on ne l'avait pas assassinée ! Les gens, vraiment !

Peu habituée aux commérages d'un village, Mel était furieuse. Elle allait leur faire le coup de la position de la Vache.

Daily Negative, 29 mars

LA PAIX DE LA CAMPAGNE ANGLAISE

par Amelita Forby

Acte 3. Les vaches sont dans le pré

Dans le paisible petit village de Plummergen où règne la sérénité, dans ce coin de la vieille Angleterre d'un naturel si doux, les moutons paissent dans les marais et les vaches dans les prairies. Leurs bêlements et leurs meuglements se font doucement écho dans le crépuscule.

Dans le paisible petit village de Plummergen, les vaches meuglent aussi dans les maisons. Et tels des singes les imitant, les moutons bêlent aussi dans les maisons.

Dans le paisible petit village de Plummergen, où la vie s'écoule doucement et où rien ne se passe, hormis la violence et le vol... trois en une nuit...

Où le Pébroc fait des heures supplémentaires pour une opération sauvetage...

Où on transforme une simple visite chez le dentiste en orgie...

Où un amour pur et noble est sali et calomnié...

Où la police travaille jour et nuit pour aider, protéger et chérir, et ne rencontre qu'incompréhension...

Dans le paisible petit village de Plummergen, où tout peut arriver, ce qui est le cas, la seule chose qui manque au tableau jusqu'à présent, c'est un meurtre.

Pouvons-nous être certains, direz-vous, qu'il n'y aura pas un meurtre, dans le paisible petit village de Plummergen ?

CHAPITRE VIII

Effie Goffer s'amusait comme une petite folle. On la conduisait à l'école, on la raccompagnait... Où qu'elle aille, il y avait toujours un jeune homme costaud pour l'escorter. Peu importait qu'aucun de ses chevaliers servants ne l'aimât. Personne ne l'avait jamais aimée. Elle n'avait rien pour elle. Elle était laide, précoce et mal élevée. Chaque fois qu'elle harcelait ses camarades de classe, elles se vengeaient. Mais plus maintenant. Que ce soit dans la cour de récréation ou dans la rue, elle pouvait lâcher son venin en toute sécurité. A la moindre langue tirée, à la moindre menace de coup de pied ou de poing, elle courait se mettre sous la protection de son chien de garde. Personne avant ne s'était jamais intéressé à elle. Plus maintenant.

Mais elle finit par s'en lasser. Elle ne pouvait plus se livrer à son petit jeu favori qui consistait à espionner les gens. On ne pouvait plus espionner les autres quand on était soi-même espionné, et cela l'ennuyait. Elle se rendit compte peu à peu qu'avec ses anges gardiens sur les talons, on savait toujours tout ce qu'elle faisait. Eux aussi jouaient à l'espion, et ils l'espionnaient, elle! Elle ne pouvait laisser passer ça. Elle allait leur montrer qui elle était. Un soir, elle attendit la relève de son garde, s'esquiva sur le chemin du retour et disparut sans laisser de traces.

Un ouvrier agricole retrouva son corps dans un fossé le lendemain matin en allant travailler.

Plummergen fut assiégé. L'ÉTRANGLEUR A ENCORE FRAPPÉ ! La police, la presse, les badauds arrivèrent en masse, et la consternation aussi. On veut bien lire des histoires de meurtres dans les journaux, mais il y a des règles. Le meurtre doit rester là où il est, ne pas sortir de son cadre naturel. Au-delà de toute autre considération, au risque de perdre sa popularité, le meurtre doit avoir lieu loin de chez soi. Les règles étaient violées et le village était mécontent.

A Rytham Hall, le petit déjeuner était gâché et les journaux restèrent pliés.

— Je crois que ce qui choque le plus les gens, dit lady Colveden, c'est qu'ils ne sont pas choqués. C'est vrai, insista-t-elle sous le regard de Nigel. Tu vois bien que nous ne le sommes pas, ou seulement parce que c'est arrivé si près de chez nous. Tu sais, c'est comme cette femme dans Shakespeare, qui dit quelque part que cela n'aurait pas dû se passer dans sa maison. C'est dans *Hamlet*, je crois. C'est toujours dans *Hamlet*. Je sens bien que ça devrait me faire quelque chose, que je devrais compatir pour Effie, mais non. C'était une enfant odieuse. Je suis désolée pour sa mère, vraiment, bien que si j'étais à sa place, je me sentirais... Je n'y peux rien, George ! fit-elle en réponse au regard que lui lança son mari. C'est ce que j'essaie de... Tout cela est horrible, parce qu'en fait ça ne l'est pas !

Lady Colveden prit un autre toast et but une gorgée de thé avant de poursuivre, visiblement préoccupée :

— Je dois aller voir sa mère, vous ne croyez pas ?

Un silence marqua l'approbation de sir George et de Nigel.

— Que vais-je lui dire ? Enfin, je suppose que ce serait pire de ne rien dire du tout. Et puis je ne peux rien lui apporter, ce qui rend toujours les choses plus faciles. Non, décidément, je ne vois pas. Et toi ? demanda-t-elle à son fils.

Mais il secoua la tête.

— Moi non plus. Enfin, je veux dire, je ne peux pas arriver chez elle et lui dire : « Je suis désolée que votre fille ait été assassinée. Tenez, je vous ai apporté un pot de confiture. » Je pourrais peut-être laisser tomber, dit-elle en faisant appel à son mari. Ne pas y aller, non ?

Mais n'obtenant pas de réponse, elle se résigna.

— C'est bien ce que je pensais. Bon, j'irai, dit-elle en poussant un soupir.

Puis elle se leva et se mit à ramasser les assiettes.

La police réagit avec une fureur mêlée de désespoir chez le commissaire. Ils appelèrent des renforts, déployèrent leurs forces et interrogèrent tout le monde. Delphick se réserva les Quint. Le résultat fut négatif. Le rapport du médecin légiste situait l'heure du crime entre six et huit heures du soir. Quant aux autres détails médico-légaux : le fil de fer, la méthode, les contusions, Delphick les connaissait par cœur.

Très à l'aise, Quint se montra enjoué et coopératif. Dans ses notes, le sergent le qualifia de « culotté ». Il avait fait une promenade l'après-midi, juste pour prendre l'air. Il était rentré à quatre heures et s'était reposé en attendant le retour de Dorrie. Il avait un problème avec le palpitant. Le docteur lui avait recommandé de faire attention. Delphick se fit la remarque que la dépression nerveuse due au surmenage était devenue une maladie de cœur, mais ne fit aucun commentaire. Après tout, ce n'était pas contradictoire.

L'un pouvait découler de l'autre. Quant au gosse, il avait traîné dans la maison, il n'avait pas fait attention. Après le thé, ils avaient regardé des conneries à la télé et puis ils étaient allés se coucher. C'est le laitier qui leur avait appris ce qu'il s'était passé ce matin.

La version de Doris concordait. Elle avait fini chez ces dames à cinq heures, c'est-à-dire à Lilikot —, chez celles qu'on appelait les Cinglées et c'était pas étonnant, elles étaient toutes les deux plus timbrées qu'un paquet poste, elles mangeaient que des légumes et tout. Elles arrêtaient pas de râler après le cambriolage. L'horreur! En plus, elle voyait pas pourquoi puisqu'elles avaient tout récupéré. Enfin, elle était rentrée à cinq heures dix et avait préparé le thé. Ils avaient mangé des œufs, un bon paquet de spaghettis avec du jambon et du fromage pour finir. Après, comme Dick l'avait déjà dit, ils avaient regardé la télé et étaient allés se coucher. Ils avaient été horrifiés par la nouvelle ce matin. Avec tout ce qu'il se passait dans un trou perdu comme ici, c'était à se demander...

C'était bien ce que faisait Delphick. L'histoire des Quint se tenait. Elle était même plausible. Mais il n'y avait aucune preuve d'un côté comme de l'autre. Doris s'était montrée très loquace et curieusement assez directe. Mais il avait remarqué qu'elle était nerveuse. Elle devait cacher quelque chose. C'est égal. Pour lui, les Hosigg, c'était réglé, mais quelque chose clochait avec les Quint. L'explication de leur présence au village et tout ce qu'ils avaient raconté avaient l'air de tenir debout, mais Delphick sentait qu'ils mentaient. Il avait demandé des renseignements sur eux et Londres était en train de vérifier. Mais jusqu'à maintenant, personne ne savait quoi que ce soit sur les Quint. C'est comme s'ils étaient tombés du ciel et avaient atterri là. Mais avec en tout et pour tout des impressions et de vagues soupçons contre leur alibi, Delphick ne pouvait rien faire. Il avait même caressé l'idée de faire venir la logeuse qui avait soupçonné son aide ménagère de la voler en pensant qu'elle reconnaîtrait peut-être Doris. Mais même s'il le faisait et qu'elle la reconnaisse, il ne serait pas plus avancé. Il n'aurait pas davantage de preuves, seule une vague confirmation discutable pour un point sur lequel il avait déjà sa petite idée. Il dévisagea le jeune frère de Doris qui lui rendit son regard. Un instant, Delphick crut y déceler... oui, il en était presque sûr, un changement dans son expression, une étincelle trop rapide pour l'analyser. Était-ce de la peur ? Le visage du garçon était redevenu doux, inexpressif, mais il y avait eu quelque chose. Le commissaire essaya de faire le vide dans son esprit, de le laisser retrouver seul l'impression qu'il avait ressentie pour lui permettre de développer ce négatif flou qu'il avait capté du coin de l'œil sans que l'image soit au point. Était-ce de l'hostilité ? De la moquerie ? Il n'en était pas sûr. Si voilée et sombre soit-elle, l'impression qui restait gravée dans son esprit était un sentiment de peur. Mais peur de quoi ? De lui parce qu'il était un inconnu ? Parce qu'il était un policier ? Peur de sa propre famille ? Comment faire pour interroger un sourd-muet ? Pouvait-il lire sur les lèvres ? Avait-il déjà appris, à son âge ? En articulant de façon exagérée, Delphick essaya de lui poser une question. Pour toute réponse, il reçut des sons horribles et forcés, une sorte de bafouillage incompréhensible.

Doris s'emporta et lui ordonna de laisser le gosse tranquille. Pour qui il se prenait de venir tyranniser un gamin qui pouvait même pas dire un mot, sans parler de comprendre ce qu'on lui disait ? Elle connaissait ses droits, quand même !

Delphick regarda alors le couple. Le visage de Dick

Quint était quelconque, avec un front bas et fuyant, des lèvres épaisses un peu grossières. Un visage insipide. Le visage de Doris ressemblait à celui de son frère : chez elle, le menton fuyant et la bouche molle semblaient instables, légèrement obstinés, les yeux globuleux lui faisaient penser à un goitre exophtalmique. Sur le visage de son jeune frère, les mêmes traits donnaient à sa bouche ce contour à peine modelé et attendrissant qu'ont les enfants et un regard totalement innocent. S'il y avait là déséquilibre mental, à moins que son instinct et sa conviction personnelle ne se soient trompés, où diable cela se cachait-il ?

La réaction mentale de Dick Quint fut simple et directe. Le flic avait rien de solide contre eux. Il faisait que fureter un peu partout. Fallait le laisser faire. Il avait aucune preuve. Il reluquait le gosse d'un peu trop près, c'est tout.

Doris fut moins nuancée. Ce sale flic pouvait aller se faire voir. Il était vraiment pas malin. Il fourrait juste son nez partout, la routine, quoi. Qu'il fasse ce qu'il voulait après tout. Il trouverait rien. Mais fallait pas qu'y touche au gosse. Doris connaissait bien son frère et de toute la famille, c'était lui qui avait le plus de volonté. Et quand il avait décidé quelque chose, rien pouvait le faire changer et elle savait bien que si on essayait, ça le mettait dans des colères terribles et elle savait aussi que quand il le voulait il trouvait moyen de communiquer avec les autres. Elle avait eu peur et ça la faisait enrager à la fois, que Delphick ait osé lui poser des questions. Mais elle l'avait remis à sa place, et comment ! Il ficherait la paix au gosse ou elle lui montrerait de quel bois elle se chauffait !

Quant au frère de Doris, qui peut savoir ce qui se passe dans un esprit coupé du monde extérieur ? Les psychiatres et autres psychologues peuvent toujours argumenter et faire des suppositions. On peut toujours faire des électrocardiogrammes ou des électro-encéphalogrammes, mais ce ne sont que des conjectures. Il est difficile de cerner un esprit malade et aucun raisonnement ne peut prévoir avec précision ses agissements et ses réactions On peut déterminer certaines causes d'après certains effets mais sans résultats, et si on ne peut pas en tirer des conclusions, il n'y a aucun terrain de discussion possible, et tout n'est que devinettes. Le frère de Doris avait-il compris les tentatives de Delphick de lui poser des questions ? Avait-il essayé de lui répondre ? Avait-il compris le but de sa visite ? Et s'il l'avait compris, s'était-il volontairement dérobé ? Tout n'était que conjectures. Des conclusions fondées sur des suppositions.

Sur le point de partir, Delphick observa de nouveau le gamin. Il avait indéniablement du charme. Puis il jeta un dernier regard à Doris et son mari et les imagina un fil de fer entre les mains. Il en eut la nausée.

A Ashford, l'inspecteur principal regrettait amèrement d'avoir libéré Len Hosigg.

— Si seulement on l'avait gardé ! On saurait mieux où on en est. Mais voilà, on le secoue un peu, on le laisse filer, et ça recommence. Ça va mal.

— De toute façon, il y aurait eu sa femme, fit remarquer le commissaire. Et dans cette affaire, je parie sur l'élément faible.

A la demande de Delphick, ils s'arrangèrent pour que si l'on apercevait la camionnette des Quint sur la route, on l'arrête sous prétexte d'une vérification technique, qu'on demande le permis de conduire du conducteur afin qu'ils puissent vérifier le nom et l'adresse. Pour pouvoir l'examiner au garage de la police, il leur fallait un mandat de perquisition, ce qu'aucun juge digne de ce nom n'accepterait de leur délivrer sans preuves.

Bob Ranger était allé jeter un coup d'oeil chez eux pendant que les Quint étaient absents et n'avait trouvé aucune trace de motos, rien dans la remise, et somme toute, aucun signe qu'ils aient jamais possédé ce genre d'engin. Il n'avait trouvé que la petite camionnette qui avait besoin d'un sérieux nettoyage et dont les portières étaient fermées à clé.

Puis Brinton eut une idée. Pourquoi Delphick n'emmènerait-il pas Miss Seeton à l'école du village pour qu'elle y fasse un portrait de tous les gamins ?

Delphick hésita.

— Tu lui en demandes beaucoup. Il n'y a jamais eu deux affaires au même endroit, Chris. Et puis je ne savais pas que tu avais autant confiance en elle.

— J'ai pas confiance, répliqua Brinton, mais y a pas à tortiller, Oracle. Il y a quand même eu cet affreux portrait de la petite Goffer et puis celui avec le lis. Bon, d'accord, ça veut peut-être rien dire, mais ça donne au moins à réfléchir. On peut pas se permettre de laisser passer le moindre truc. C'est une petite école. On n'a pas besoin de portraits à l'huile, juste une vague idée. Elle va bien nous faire un prix pour le tout.

Le commissaire appela Scotland Yard. Sir Hubert Everleigh donna son accord en faisant remarquer avec aigreur qu'au rythme où ils allaient, cela coûterait moins cher d'engager Miss Seeton.

Les journaux se mirent au diapason sur le thème de l'indignation générale. L'opinion publique était indignée. C'était le sixième enfant assassiné et toujours aucune arrestation. C'était scandaleux que les meurtres aient lieu sous le nez de la police. Sous le nez du commissaire Delphick de Scotland Yard, qui était chargé de l'enquête et se trouvait en plus dans le village où le dernier crime atroce avait été commis.

En insistant sur le fait que la police était sur les lieux mêmes au moment du crime, ils faisaient fi de l'implication évidente qu'elle commençait à se rapprocher de sa proie. Mais la véritable indignation de la presse était secrètement dirigée contre le *Negative* et Mel. Mel, qui avait plus ou moins annoncé le meurtre dans son article paru la veille, devait bien avoir été renseignée. Quel tuyau avait-elle eu ? Comment avait-elle mis le doigt dessus ? Pourquoi n'avaient-ils pas tous su que l'Oracle était à Plummergen ? Comment le *Negative* l'avait-il su ? Et pourquoi la Forby n'en avait pas parlé ?

Le plan que le rédacteur en chef du *Daily Negative* avait mis sur pied marchait exactement comme il l'espérait. Les concurrents du *Negative* avaient regardé les articles de Forby sur le Pébroc Vengeur comme une perte de temps, et la façon dont elle traitait le sujet les avait fait mourir de rire : elle aurait mieux fait d'écrire pour un magazine féminin que pour un quotidien. A aucun moment l'un d'eux n'avait pensé que, malgré son style singulier et personnel, elle était sur l'une des histoires les plus importantes de l'année, et le style importait peu, alors que l'action et le fait de le vivre en direct seuls comptaient.

Mel avait régulièrement appelé son journal durant la nuit, en les informant de la disparition d'Effie Goffer, des recherches frénétiques de la police, des craintes pour la sécurité de l'enfant, des chiens auxquels on avait eu recours et finalement, avec le consentement de Delphick, du fait que l'étrangleur avait peut-être encore frappé. Cette cerise sur le gâteau, arrivée trop tard pour faire la une, était parvenue juste à temps pour l'emplacement de la dernière heure. La découverte du corps, qu'avaient manquée les journaux du matin, faisait la une des journaux du soir. Mais Mel avait refilé son tuyau et elle était contente. Le *Negative* aussi. Elle avait laissé Miss Seeton et le Pébroc Vengeur en dehors de tout ça. Pour les non-initiés, Miss S n'était pas clairement impliquée dans l'affaire et, en matière de rédaction, cela ne cadrait de toute façon pas avec ses morceaux choisis sur « La paix de la campagne anglaise ». Elle allait continuer à les rédiger à sa façon et balancer les gros titres comme ils venaient.

Pour les badauds, le public indigné, leur attitude et leurs sentiments étaient en général fonction de leur point de vue personnel.

« Non, Gertie, pas là, tu reçois le soleil en plein objectif. On voit mieux d'ici. » « Je vois vraiment pas pourquoi on est venus ici, si on ne connaît pas l'endroit exact. » « A mon avis, on s'est fait avoir. Y a pas de sang ni rien ! »

Miss Seeton fit ce qu'on lui avait demandé. Elle remplit sa mission, assise dans les salles de classe de l'école, qui se trouvait presque en face de la clinique du Dr. Knight. Elle dessina environ cinquante petits visages. Les résultats, tout à fait déprimant du point de vue artistique, furent encourageants pour la police. Bien que dessinés de façon assez quelconque, ils étaient tous entiers. Delphick était en train d'examiner avec soin les croquis dans la salle de bar du *George and Dragon* lorsque Mel entra pour déjeuner. Elle lui demanda si elle pouvait y jeter un coup d'œil, mais le commissaire se montra intransigeant.

— Certainement pas, Miss Forby. Cela ne regarde que la police. Ce serait tout à fait incorrect. Et ça ne vous gênerait pas de vous mettre derrière moi pour ne pas me cacher la lumière ?

Mel grimaça un sourire et se pencha sur son épaule tandis qu'il étalait les dessins devant elle. Il y avait cinq feuilles en tout, avec plusieurs visages sur chacune d'elles. Elle y jeta un coup d'œil rapide, tendit le bras par-dessus son épaule, les rassembla et les posa d'un coup sec sur ses genoux en les retournant.

— Perdez pas votre temps, mon vieux. Vous avez pas encore pigé ? Miss S est peut-être un bon prof, j'en sais rien. Tout ce que je sais, c'est qu'elle dessine sacrément mal. De temps en temps, quand quelque chose la frappe et que ses mains s'en mêlent, elle a vraiment un truc, un don... je ne sais pas, moi, ce n'est pas mon domaine. Mais je sais qu'elle l'a. Au jugé, je dirais qu'elle est coincée.

Delphick se mit à rire. Il avait du mal à imaginer quelqu'un de moins inhibé que Miss Seeton.

— Non, elle n'est pas coincée, simplement elle manque de confiance en elle. Miss Seeton croit beaucoup en la liberté d'expression, pour ceux qui sont vraiment brillants. Ou, ajouta-t-il en souriant, pour ceux qui ont une grande expérience. Ça ne lui est jamais venu à l'esprit — et cela ne lui viendra probablement jamais —, qu'elle-même est brillante... ou qu'elle aurait pu l'être.

— C'est du gâchis. Si elle nous faisait quelques caricatures au mieux de sa forme, ça nous aiderait bien. Allez, mon vieux, venez prendre un verre. C'est ma tournée. Sur ma note de frais.

Mel le précéda vers le bar. Delphick rangea ses papiers et la suivit.

— Vous savez, ce n'est pas du gâchis, d'être satisfait de sa vie.

— Moi ? épouser un escroc ? Tu as perdu la tête !
— Mais, Maryse...

— Tu me prends pour qui ? s'écria Maryse Palstead en prenant une cigarette dans son sac à main. Tu crois que je vais passer le reste de ma vie à me demander quand la police va te mettre la main dessus ? Tu crois que je vais avoir une crise cardiaque à chaque fois que je croise un flic dans la rue ?

Elle mit la cigarette entre ses lèvres.

— Tu crois que chaque fois que je récolte une amende je vais me demander s'il n'y a pas un coup fourré et si la police ne va pas débarquer à la maison pour me poser des questions sur toi ?

— Maryse...

Elle alluma le briquet en or qu'il lui avait offert et le regarda par-dessus la flamme.

— Pour qui me prends-tu ? ricana-t-elle. La poule d'un gangster ? Tu crois que je vais abandonner une vie respectable ?

Elle aspira la fumée et la lui souffla au visage.

— Tu crois vraiment que je vais vivre sur des charbons ardents pour l'amour de tes yeux bleus et de tes cheveux bouclés ?

Elle rit en regardant ses yeux sombres, ses cheveux raides et noirs, sa fine moustache.

— Tu es devenu fou, mon ami. Reprends-toi !

— Mais, Maryse, tu as dit que...

— J'ai rien dit du tout ! dit-elle d'un ton sans réplique.

Elle jeta le briquet sur la table basse à côté d'elle, s'enfonça sur son siège et lança ses pieds sur le canapé.

— Tu as de l'argent. Tu veux le dépenser, te donner des airs, jouer aux gendarmes et aux voleurs, te déguiser et te faire une nouvelle identité. Pourquoi pas ? dit-elle d'un ton railleur. Vas-y ! Ça te regarde. Tu veux une aventure avec moi, très bien, mais là, ça me regarde ! lança-t-elle, la bouche dure. Je me moque d'où vient ton argent. Je ne veux pas le savoir, poursuivit-elle en laissant tomber sa cendre. Tu jettes l'argent par la fenêtre ? Très bien. Qui suis-je pour t'en empêcher ? Je ne suis pas là pour te poser des questions.

Mais comme il essayait de protester, elle lui coupa la parole brutalement.

— Si tu veux vider ton pauvre petit cœur et me raconter ce que tu fais, tout ce que tu as l'intention de faire et, Dieu m'en garde, tous tes plans pour l'avenir, c'est ton problème ! Mais ça, et tu peux en être certain, mon ami, ce n'est pas et ce ne sera jamais le mien !

Abasourdi, le caissier se laissa tomber dans le fauteuil face à elle. Sa serviette avec l'argent qu'il avait pris à la banque était par terre, à côté du journal du soir. On ne parlait pas encore de lui. Il releva la tête, regarda autour de lui, hébété, et contempla l'appartement, le mobilier luxueux, les bibelots qu'il avait presque tous achetés, pour plus tard, pour leur avenir à tous les deux.

Elle le regarda froidement.

— Tu te croyais tellement malin, hein ? dit-elle d'une voix posée, presque douce, qui lui provoqua une sensation cuisante. Parlons-en ! La police est peut-être après toi depuis des mois. Pourquoi autrement ils auraient envoyé une vieille harpie à la banque pour te faire paniquer ? Et toi qui crois qu'elle s'est trahie ! Tu me fais rire ! Pourquoi tu penses qu'elle y est allée ? Ils ne sont pas fous. Ils voulaient que tu t'enfuies. Et ils y ont réussi. Alors tu disparais et tu réapparais sous les traits d'un autre. Non mais tu t'es vu, railla-t-elle, avec tes lentilles de contact de couleur, tes cheveux teints et tout ! Eh bien, moi, je laisse tomber. Nous deux, c'est terminé, mon ami !

Le caissier ne dit rien. Terminé ? Il découvrait Maryse. Il resta là sans bouger, engourdi, le temps de réaliser ce qu'il venait d'entendre. Elle s'était montrée si amoureuse, si douce, si prévenante, une compagne gaie, curieuse, et elle l'avait encouragé, jusqu'à ce qu'elle fasse partie de ses plans. Il lui avait offert des bijoux comme garantie : une part de leur capital à tous les deux pour leur nouvelle vie ensemble. Tout cela, plus l'argent et la sécurité. Enfin, pour elle. Et maintenant que le moment critique était arrivé, que le temps de changer radicalement était venu, le temps pour lui de se débarrasser de son ancienne identité et de l'enterrer, ou plutôt de laisser les autres l'enterrer, au sens propre du terme, maintenant que le danger était là, elle « laissait tomber ». Pourtant, il n'y avait aucun danger. Son plan était trop simple, trop bien calculé. Il y travaillait depuis trop longtemps pour qu'il y ait le moindre risque.

Cela avait été sacrément facile de piquer l'argent à la banque. Il avait fallu seulement un peu de doigté et de sang-froid. Et il avait les deux. Mais, encore mieux, il était intelligent. Ils découvriraient très vite les petites combines. Mais les grosses sommes, une fois qu'il avait été dans la place depuis suffisamment longtemps pour qu'on lui fasse confiance... les reçus contrefaits de ces pauvres idiots qui donnaient à la banque un pouvoir discrétionnaire sur leur compte... Si les gens avaient tellement d'argent qu'ils pouvaient se permettre de le laisser dormir en confiant à la banque le soin de s'en occuper pendant qu'ils partaient à l'étranger, parfois pendant des années d'affilée, il fallait bien que quelqu'un avec un peu de bon sens et de courage s'en occupe. Ils ne s'en apercevraient même pas. La banque n'aurait qu'à combler le trou. Il avait bien profité de leur argent et sous le nez des comptables, depuis trois ans. Il n'avait eu aucune plainte. Il avait une maison à son nom, les bijoux de Maryse, le mobilier, la Rover et plus de trente-cinq mille livres en liquide et en titres, qu'avec son savoir-faire il devrait pouvoir doubler d'ici deux ans. Une fois qu'on avait un capital, l'argent faisait des petits.

Le « plan simple » consistait tout simplement à se construire une nouvelle identité à Brettenden, celle d'un homme assez riche; éliminer son ancienne identité en faisant en sorte que l'on découvre ses restes carbonisés dans sa vieille voiture qui aurait explosé dans un accident. Et puis une fois que le corps du caissier en fuite aurait été identifié et que la chasse serait finie, s'installer à Brettenden sous un nouveau nom, dans sa maison, avec sa voiture, et Maryse.

Le plus frappant dans son apparence, c'était ses yeux bleus étonnamment clairs. Trois ans auparavant, pendant ses vacances, il avait pris l'avion pour Munich pour se faire poser des lentilles de contact de couleur extrêmement fines. En les portant de plus en plus longtemps, la nuit, il s'y était tellement habitué qu'il pouvait les porter en permanence sans aucune gêne. Ses yeux marron foncé, presque noirs, changeaient complètement son apparence. Avec ses cheveux blonds et bouclés défrisés et noircis grâce à une teinture qui partait à l'eau et sa moustache fine comme un trait de crayon, il était méconnaissable. Il en avait eu la preuve lorsque, au bout d'un an d'entraînement, pendant ses vacances, il s'était rendu ainsi à la banque où il était employé et y avait ouvert un compte sous son faux nom. S'il avait éveillé des soupçons, il aurait fait passer cela plus ou moins pour une plaisanterie, en disant qu'étant scrupuleux il voulait vérifier la sécurité et voir s'il était possible de frauder. Mais l'expérience avait marché et il avait pu ouvrir son compte sans aucun problème. De plus en plus confiant, il avait acheté une maison dans la banlieue de Brettenden, une Rover automatique et passé son permis de conduire sous sa nouvelle identité. Il raconta à ses voisins que ses affaires l'obligeaient à voyager pendant quelque temps et qu'ensuite il espérait bien s'installer définitivement. Il était donc normal qu'on l'aperçoive seulement de temps en temps le week-end, ce gentleman au type étranger qui avait acheté Ivy Manse. Au pire, il était peu probable que l'on fasse un lien quelconque entre ce gentleman qui avait des moyens et ce caissier de la banque qui n'en avait pas et qui se rendait d'Ashford, où il avait un meublé, à Brettenden, où il travaillait, dans une vieille voiture délabrée.

Maryse Palstead était le seul élément qu'il n'avait pas prévu dans son plan initial. Il l'avait rencontrée par hasard à une soirée et elle lui avait plu, sans réciproque. Mais il avait décidé de faire impression. Il l'avait sortie et avait dépensé de l'argent pour elle, traitement auquel elle ne resta pas insensible. Il s'entiche d'elle et elle aussi, sembla-t-il. Puis il se mit à faire des allusions jusqu'à ce que, finalement, il lui raconte son plan et son projet. Elle lui avait donné des idées : investir dans des bijoux, ouvrir un compte sous sa nouvelle identité et puiser dedans pour alimenter l'ancien. Cette idée-là l'avait mis en joie : méthode parfaite pour dépouiller Pierre afin de payer Paul, la banque jouant le rôle du gogo qui en reversant de l'argent à Pierre renflouerait par la même occasion Paul, sans le savoir. Peu disposée à s'engager avant que leur projet ne se soit révélé sûr et efficace, Maryse avait décidé qu'ils ne se marieraient pas avant au moins trois mois après sa soi-disant mort.

Le caissier changea de position dans son fauteuil. Il était devenu blanc comme un linge. Ainsi c'était la fin.

Terminé. Fini avec Maryse. Elle avait bien raison. Il avait été fou. Fou de lui révéler son plan, de « vider son pauvre petit cœur ». Maintenant, elle pouvait vendre la mèche. Ses yeux fixaient sans le voir le journal à ses pieds. Puis les mots commencèrent à devenir plus nets. L'ÉTRANGLEUR A ENCORE FRAPPÉ ! LES CAMBRIOLAGES DE PLUMMERGEN ONT-ILS UN LIEN ? Un lien ? Un lien... Son cerveau se mit à cogiter. Tout tombait pile. Il regarda l'heure à sa montre : dix heures vingt. Oui, ça tombait pile. Mais il ne devait pas perdre de temps.

— J'ai envie d'un verre, dit-il en se levant.

— Pas moi.

— Mais moi, si.

Il alla dans la kitchenette, entrechoqua des verres, ouvrit un tiroir où se trouvaient quelques outils, un tournevis, des pinces et, il ne s'était pas trompé, un rouleau de fil de fer. Il en coupa un bout, fit tinter à nouveau un verre et revint dans le salon.

Maryse l'entendit derrière elle.

— Finis ton verre et fous le camp ! Je ne veux plus te revoir !

Elle se pencha sur la table basse pour écraser sa cigarette.

— Bien.

Il se pencha derrière elle sur le canapé, les poignets croisés, et passa le fil de fer par-dessus sa tête alors qu'elle s'adossait. Il serra. Elle se cabra, la bouche ouverte, en s'agrippant. Il serra jusqu'à ce que le fil de fer lui cisaille les mains. Il relâcha la tension. Le corps s'effondra en se tassant.

Avec des gestes précis et mécaniques, il prit son sac à main, soupesa le briquet en or et le mit dans sa poche, prit les billets et la petite monnaie et jeta le sac de côté. Il alla dans la chambre et chercha la boîte à bijoux. Il la brisa et jeta les bijoux, qui n'étaient ni assurés ni répertoriés, dans sa serviette. Il ouvrit les tiroirs, les armoires et en éparpilla le contenu. Puis il prit son journal, son manteau et quitta l'appartement.

La police devait être en train de rechercher sa vieille voiture, maintenant. Mais ils ne la trouveraient pas avant qu'il en ait décidé ainsi. Il fallait qu'il s'en serve ce soir, mais il n'aurait pas à rouler longtemps sur la nationale. C'était un léger risque à prendre, mais il le fallait. Le seul mauvais moment avait été de se faufiler chez lui à Brettenden, sans qu'on le voie, pour se changer et prendre la Rover. Mais il s'en était tiré. On ne l'avait pas vu.

D'Ashford, il se dirigea directement vers l'autoroute. Environ trois kilomètres avant, il bifurqua vers une route secondaire, puis à nouveau vers une petite route qui passait devant une carrière abandonnée. En haut de la carrière, à droite, une petite pente recouverte d'herbe conduisait tout droit au bord du trou. A gauche, il y avait des buissons et des broussailles à la lisière d'un petit bois. Il dissimula la voiture derrière les buissons en faisant attention à ne pas l'érafler aux ronciers qui pendaient en grappes. Sa vieille voiture l'attendait là, les plaques d'immatriculation bien couvertes de boue. Il les examina à l'aide d'une lampe de poche et se dit qu'elles étaient illisibles à distance, sans être trop visiblement masquées. Il se mit au volant, enleva sa montre portant ses initiales et la posa sur le siège du passager, prit un portefeuille avec son vieux permis de conduire et l'assurance et les glissa dans le capitonnage derrière lui. En restant sur les petites routes, il se dirigea vers le nord, coupa l'A 20 et s'en retourna lentement vers Maidstone. Il avait eu l'intention d'attendre deux ou trois nuits pour cette opération afin de se laisser le choix, mais maintenant que cette sale vieille bonne femme à la banque l'avait forcé à fuir, il allait devoir s'en remettre au sort, en espérant qu'il lui serait favorable.

Un auto-stoppeur tendait le pouce. Il ralentit : c'était un gamin avec un gros sac à dos. Il accéléra. Quelques minutes plus tard, il croisa un autre auto-stoppeur. Au moins, ce n'était pas ça qui manquait. Il ralentit de nouveau. Celui-là avait l'air mieux. Il s'arrêta et se pencha pour ouvrir la portière.

— Vous allez à Douvres ? demanda l'auto-stoppeur.

Il se baissa. Son visage fut éclairé par la lumière du plafonnier. Il devait avoir la trentaine et portait un paquet. Il ferait l'affaire.

— Oui, répondit le caissier, si ça ne vous gêne pas qu'on fasse un petit détour. J'ai quelque chose à faire en cours de route. Ça ne prendra qu'une ou deux minutes. Oh ! attendez, dit-il alors que l'homme montait dans la voiture.

Il prit sa montre sur le siège du passager.

— Ça ne vous dérange pas de la tenir ? Pour plus de sûreté, vous voulez bien la mettre ? Je me suis brûlé au poignet et ça me gêne. Je ne voudrais pas qu'elle tombe entre les deux sièges.

L'auto-stoppeur fut surpris mais acquiesça en haussant les épaules et mit la montre.

Le caissier dépassa Maidstone et fila sur l'autoroute, puis bifurqua à gauche. Au bout de trois kilomètres, il tourna à droite sur la route secondaire et prit la petite route. Il offrit une cigarette à son passager et en prit une. Il les alluma. La voiture grimpait. Il vira à gauche vers les buissons et les broussailles, fit demi-tour, puis éteignit les phares. Il s'arrêta en laissant le levier de vitesses au point mort, le frein à main baissé. Le moteur tournait toujours.

— Je n'en ai que pour un instant, dit-il en jetant sa cigarette allumée sur le plancher.

Puis il sauta de la voiture et courut à l'arrière. L'auto-stoppeur se retourna.

— Eh ! vous ne devriez pas... ?

Il sentit le mouvement, chercha la poignée frénétiquement.

— Vous êtes dingue ! Vous...

Le reste se perdit dans la nuit alors que la voiture quittait l'herbe pour basculer lentement dans le vide.

Le temps se suspendit et sembla s'étirer indéfiniment. Puis il y eut en bas un bruit de pierres, un cri de bête blessée, le fracas du métal, un tintement de verre brisé. Et le silence. Un miaulement imperceptible. Un gémissement. Le silence.

Le caissier regarda en bas. Scruta et attendit. Ça devait marcher. Il fallait que ça marche ! Quand on lit des histoires de bagnole qui s'écrase en tombant de haut, le grand danger, c'est qu'elle prenne feu. Avec le moteur qui tournait, un bidon d'essence dont le bouchon était à moitié dévissé dans le coffre et les deux cigarettes allumées, ça ne pouvait pas rater. Il n'y avait aucune lumière. Les feux de position avaient dû être cassés dans la chute. Dans son imagination, il avait pris racine ici depuis une heure, quand après quelques secondes l'obscurité sous lui fut trouée par une petite étincelle rouge qui mourut. Les battements de son cœur s'accélérèrent. Il y eut à nouveau une étincelle, puis soudain une grande fleur orange au pistil rouge. Le bruit de l'explosion lui parvint au moment où des flammes commencèrent à se propager au cœur du rougeoiement.

CHAPITRE IX

On avait aperçu l'incendie depuis une ferme. Le temps que les pompiers arrivent et que la police soit prévenue, on ne put rien faire, hormis attendre que les débris refroidissent suffisamment pour pouvoir s'en approcher. Un jeune agent aida les ambulanciers à extraire le corps mais lorsqu'il se désagrégea, il se décomposa lui aussi, et l'inspecteur chargé de l'enquête l'envoya à l'hôpital se faire soigner. Un homme resta sur place et les restes de la voiture furent remorqués jusqu'à Ashford où l'équipe scientifique pourrait les examiner le lendemain. La plaque d'immatriculation de devant était encore lisible et l'hôpital envoya la montre avec les initiales trouvée sur le cadavre. Si bien que lorsque l'inspecteur principal Brinton arriva après un copieux petit déjeuner, tous les détails déplaisants et les premiers éléments pour l'identification l'attendaient sur son bureau.

L'identification fut confirmée dans l'heure quand le service scientifique apporta un morceau de permis de conduire à moitié roussi et un bout de papier brûlé sur lequel ils découvrirent des chiffres et qui devait être l'assurance de la voiture. Le cadavre fut officiellement reconnu comme étant celui du caissier disparu, et la cause de la mort : le suicide ou tout bonnement la stupidité. Le dossier fut clos. Il n'était pas midi lorsqu'il fut rouvert.

C'est la femme de ménage de Maryse Palstead qui la découvrit en arrivant à dix heures. Elle hurla, appela au secours et alerta les locataires des appartements voisins qui alertèrent à leur tour des voisins. Après que tout le monde eut jeté un coup d'œil rapide, la femme de ménage appela le concierge qui appela le propriétaire, lequel appela finalement la police.

Après avoir minutieusement examiné le fil de fer et constaté la méthode utilisée, l'inspecteur chargé de l'affaire appela le quartier général. L'inspecteur principal Brinton appela alors Delphick pour lui dire que son petit copain l'étrangleur avait encore frappé et que si les cravates en fil de fer devaient faire rage dans tout le Kent parce que l'Oracle s'y trouvait, il rendait son tablier.

Quand Delphick arriva à Ashford, l'inspecteur lui transmit l'affaire avec soulagement. Mais après une rapide inspection, Delphick la lui rendit. L'assassin n'était pas celui qui étranglait les gosses. C'était une imitation, et une piètre imitation. Ils allaient attendre le rapport du médecin légiste, mais il était pratiquement sûr que l'assassin, cette fois, avait plus de force et que le fil de fer n'était pas le même. Il ramassa le bout qui traînait près du corps. Les marques des fibres torsadées étaient profondément enfoncées dans le cou et la peau était coupée en deux endroits. Les contusions étaient aussi plus importantes. Delphick accepta cependant d'assister à l'interrogatoire. La femme de ménage, qui en était à sa troisième théière, leur apprit que son aîné se débrouillait bien et travaillait dans un garage, que son second était un fainéant et n'arrivait pas à se fixer, que sa fille ne valait pas mieux, ce qui ne disait pas ce qu'elle faisait, que le plus jeune était encore à l'école et que son mari était un bon à rien, ce qui ne donnait pas plus d'explication, sauf que sa fille semblait tenir de lui. Quant à elle, elle se sentait toute chose et c'était bien normal vu qu'elle s'était attendue à rien et que si elle s'était doutée de quelque chose et que si on lui avait dit ça, elle serait pas restée, non, pas un jour de plus. Si elle y pensait, et elle le leur disait tout net, elle avait eu le choc de sa vie.

L'inspecteur d'Ashford était furieux. Patient, Delphick parvint à soutirer à la femme que Miss Palstead était une femme légère, ce qui sembla être tout ce qu'elle savait de sa défunte patronne.

Le concierge leur fut plus utile. Oui, Miss Palstead avait eu beaucoup de petits amis, mais un seul régulier, tout récemment. Sa description et celle de sa voiture correspondaient à l'avis de recherche affiché la veille et qui concernait un caissier, d'après les renseignements fournis par une banque à Brettenden. L'inspecteur était perplexe. Un agent zélé sortit son bloc-notes dans lequel il avait recopié l'avis. L'inspecteur téléphona de nouveau au poste. Au quartier général, les choses avancèrent et les soupçons furent confirmés lorsqu'ils comparèrent les empreintes digitales prises dans l'appartement et dans son meublé. A l'heure du thé, le dossier du caissier fut de nouveau clos et l'affaire Palstead bien au propre à l'intérieur. Puis le calme revint.

Plummergen respirait de nouveau. Les gros nuages accumulés au-dessus du village s'étaient dispersés. Le meurtre de la petite Goffer, bien sûr absolument affreux, et, encore plus affreux parce que bien concrets, les cambriolages — la grande affaire du village — n'avaient été que le fruit du hasard. Comme tout le monde le savait, la foudre ne frappe jamais deux fois au même endroit, ce qui était réconfortant.

La sœur du pasteur était soulagée.

— Je me sens plus tranquille de savoir que tout est rentré dans l'ordre et que ce n'était pas quelqu'un du village, dit Miss Treeves. Je sais bien que je ne devrais pas dire ça, mais je dois reconnaître que je suis soulagée que cet horrible bonhomme de la banque soit mort, ajouta-t-elle en tendant à son frère sa deuxième tasse de café. Je ne l'ai jamais aimé. Il avait toujours l'air de s'ennuyer tellement, comme s'il ne fallait pas le déranger. Tu ne l'avais jamais remarqué ?

Le pasteur mit deux sucres dans sa tasse et remua son café.

— Si je l'ai remarqué ?

— Oui, fit Molly Treeves en se levant pour enlever les assiettes. Quand on pense que pendant ce temps-là, avec cette femme à Ashford... Bien sûr, je suis désolée pour elle, mais je ne peux pas m'empêcher de penser que, dans un sens, elle a eu ce qu'elle méritait. Et ce hold-up à la poste, et le meurtre d'Effie... C'est de la folie ! poursuivit-elle en mettant les assiettes empilées sur un plateau, les couverts par-dessus. Et tous ces cambriolages dans les maisons... Une fois qu'on commence, je suppose qu'on ne peut plus s'arrêter, dit-elle en prenant la cafetière qu'elle mit avec sa tasse sur le plateau. Je sais qu'il ne faut pas dire ça, mais honnêtement, je crois qu'il vaut mieux mourir, non ? Tu n'es pas de mon avis, Arthur ? répéta-t-elle, le plateau dans les mains sur le pas de la porte.

Mais comme son frère ne répondait rien, elle sortit.

Le révérend n'en savait rien. La question était aussi complexe que toute énigme concernant l'inconduite des hommes et les voies de Dieu. Et une femme, en plus ! C'était infiniment plus grave. Il était pourtant presque sûr d'avoir entendu la police parler d'un homme. Pour la centième fois, il fit le serment de faire davantage attention, d'être plus attentif. L'air sombre, il essaya de se remémorer la caissière qui avait l'air de s'ennuyer. Mais elle refusa de se matérialiser. Il poussa un soupir et reconnut humblement que, sans Molly, il se sentirait souvent perdu. Qu'est-ce qu'elle lui avait demandé ? S'il n'était pas de son avis ?

— Oui, bien sûr, répondit-il à la pièce vide.

A Lilikot, rien n'avait pu calmer ces dames face à l'insinuation scandaleuse de la police quant à la valeur des trésors qu'on leur avait volés. Tout le monde savait qu'il était très facile pour certaines personnes de mettre la main sur du vrai, d'en faire une copie et de rendre une imitation. Mais c'était un réel soulagement de savoir que les meurtres avaient été commis par quelqu'un qui n'était pas du village. Bien entendu, c'était différent en ce qui concernait les vols. On avait beau essayer d'être impartial et de se montrer indulgent, mais c'était tellement évident, sans vouloir dire de nom, qu'il y avait anguille sous roche. Quant à cette journaliste innommable avec ses *vaches*... Elles lui avaient dit leurs quatre vérités pour lui river son clou. Elles considéraient également comme un affront personnel que leur propre banque ait eu le mauvais goût de se retrouver compromise dans un scandale à cause du caissier. Ce fut Miss Nuttel qui trouva la solution.

— Je vais faire transférer mon compte.

A Rytham Hall aussi, il était question du calme retrouvé.

— Ça fait du bien de savoir que tout est fini, dit lady Colveden en tendant une tasse de café à Nigel qu'il passa à son père, même si je n'y crois pas.

— Ah non ? fit Nigel.

— Bien sûr que non ! Naturellement, pour la police,

ça leur épargne bien des soucis. Mais avoir des aventures amoureuses à Ashford et magouiller les comptes d'une banque, ce n'est pas la même chose que de parcourir la région à la recherche d'enfants pour les tuer. Ça me semble parfaitement clair, pourtant, poursuivit-elle comme son mari et son fils la regardaient d'un air interrogateur. Si j'avais une aventure à Ashford, bien que, franchement, je choisirais un autre endroit, et que j'en aie assez ou que l'autre en ait assez de moi et qu'un morceau de fil de fer traîne à portée de ma main, je ne me vois pas en train de l'étrangler sur un coup de tête. Quant à voler de l'argent, n'importe qui en ferait autant si on savait comment s'y prendre. Mais tout cela n'a rien à voir avec l'histoire des bureaux de poste et Effie, dit-elle avec un petit hochement de tête pour s'encourager. Vous verrez que j'ai raison. Tous les journalistes sont rentrés chez eux, mais vous avez remarqué que Miss Forby est restée ? Et le commissaire aussi ? Et son sergent ? Si tout était terminé, ils seraient partis eux aussi, conclut-elle d'un air triomphant.

Dans la maison du vieux Dunnihoe, les jeunes étaient trop jeunes pour remettre en question le calme retrouvé.

— Oh, Len, c'est extra, non ? s'écria Lil Hosigg en coupant une énorme part de pudding sur laquelle elle versa du sirop d'érable avant de tendre l'assiette à Len. Je veux dire qu'on s'est tirés d'affaire avec la police et tout. Bien sûr, c'est terrible à cause de ce nouveau meurtre et tout, et avec ce que le mari de maman a fait ou du moins a essayé de faire et qui ressort. T'aurais jamais dû te taire. Moi je voulais le dire, tu le sais, et j'aurais pu faire parler Rosie aussi, mais tout ça va se calmer et c'est extra ! s'exclama-t-elle en le regardant tendrement. Toi aussi, t'es super, tu sais ! Et tout ça à cause de cette drôle de petite vieille. Un vrai volcan !

C'est elle qui nous a souri la première quand on est arrivés ici et qui t'a dit que t'étais super de t'être arrêté à temps quand cette gosse s'est jetée sous les roues de la voiture, au lieu de faire des histoires. Et puis après, quand tu t'es occupé d'elle comme tu l'as fait, au lieu de dire merci et de plus y penser, elle s'est précipitée à la police pour leur dire ce qu'elle pensait de toi et elle a tout arrangé et puis elle a fait ce beau portrait qu'elle m'a donné parce que je lui ai demandé si elle me le vendrait, poursuivit-elle en le regardant avec amour. Fais pas cette tête d'enterrement, c'est un vrai dessin fait par une artiste et c'est tout à fait toi. Je ne m'en séparerais pour rien au monde ! Je vais le mettre sous verre et l'accrocher. Je l'aime bien, elle est vraiment sympa. Et maintenant que la police te connaît et que le type de Londres va arranger les choses avec ta mise en liberté surveillée et que c'était personne d'ici en fin de compte mais quelqu'un d'Ashford, tout ça est fini et c'est extra ! Tu crois pas, gros bêta ? dit-elle en lui souriant avec fierté.

Le visage maussade de Len se métamorphosa. L'admiration et l'amour le submergèrent et se déversèrent.

— Sûr, dit-il.

Mais à Saturday Stop, ce n'était pas vraiment le calme.

— Des clopinettes ! Rien ! Zéro ! C'est tout ce qu'on a gagné avec ce coup foireux ! Tu sais tout, toi, hein ? Londres commençait à sentir le roussi, hein ? Et pourquoi on ferait pas un coup dans le Kent, un coin où y voient pas plus loin que le bout de leur nez, hein ? Facile comme bonjour, hein ? C'est du billard ! On se fait un paquet d'oseille et on revient à Londres. Ben voyons ! tempêtait Dick Quint. Et on se retrouve coincés dans cette cambuse, sans un, et on manque de se faire épingler par les flics !

— T'as la trouille ? railla Doris. Qui c'est qui fait tout ici ? Moi ! Je me crève au boulot toute la journée à me rancarder sur les baraques pour voir laquelle vaut le coup pour la fauche et à monter le coup ! Je fais la tambouille pour toi et le gosse, et toi, qu'est-ce que tu fais ? Tu restes le cul sur une chaise et tu fais que dalle !

— Et c'est pas rien, ma vieille ! lui lança-t-il. Qui fait le boulot quand y faut s'y mettre ? Et quand c'est fait, je tombe sur quoi ? La moitié c'est du toc ! Le problème avec toi, c'est que tu sais pas faire la différence entre ce qui a de la valeur et le toc. Ces deux gonzesses, les Cinglées, ben, elles t'ont bien roulée !

— Est-ce que je pouvais savoir, moi ? s'insurgea Doris. « Cela a une valeur absolument inestimable ! » fit-elle en les imitant. Les gens ont pas le droit de mentir sur ce qu'ils ont et de charrier comme ça. C'est sacrément malhonnête ! Mais la récolte a été bonne chez les deux autres.

— Et ça nous rapporte quoi ? ricana-t-il. On a tout paumé, non ? quand cette vieille roulure a balancé son riflard à travers le pare-brise et nous a envoyés dans le fossé.

— Celle-là, ça fait deux fois qu'elle nous fait le coup avec son pébroc. Elle nous porte la poisse.

— La poisse, la guigne, tu peux dire ce que tu veux, fit Dick Quint en haussant les épaules. Tout ce qu'on a hérité, c'est de la flicaille qui grouille dans tous les coins, avec cet Oracle qui débarque juste après qu'on est rentrés et qui te tombe dessus avec tes cheveux trempés.

— Et après ? se défendit Doris. Je l'ai plutôt bien baratiné, non ? Je fais pas des courbettes aux flics, moi ! C'est rien qu'un bêcheur.

— Ah oui, pour ça, tu lui as causé ! fit Dick Quint d'un ton sarcastique. C'est peut-être un gars de la haute, mais il est méfiant. Il est bien revenu, non ? Et son gorille a même fouiné dans le jardin et fourré son nez dans la remise.

— Il pouvait rien trouver. Y avait pas de traces et les motos étaient à l'abri, la camionnette fermée à clé, et sergent ou pas, il pouvait pas aller y fouiner. Il a pas le droit.

— Et t'as vu comment l'Oracle reluquait ton taré de frère ? fit Quint en lançant un regard furieux au gamin.

— Fous-lui la paix au gosse ! lança Doris.

— Lui foutre la paix ? Bien sûr que je lui fous la paix ! Un mec qui agresse les autres... Merde, t'es complètement dingue de le laisser faire. Vous êtes vraiment une famille de tarés ! Qu'est-ce qu'il a à agresser les gosses ? Pourquoi tu l'empêches pas ?

— Pourquoi tu le fais pas toi-même ? s'écria Doris en lançant un regard oblique à son frère. Tu sais bien dans quel état il se met quand on lui met des bâtons dans les roues, dit-elle en se passant la main sur le cou, comme pour se protéger. Une fois m'a suffi. Si tu lui avais pas refilé une tarte vite fait, c'est moi qui y aurais eu droit. Merci ! je tiens pas à courir à nouveau le risque. Il fait pas de vague tant qu'on le laisse tranquille. Et puis, on risque rien tant qu'y fait attention. Personne le soupçonne, non ? Et y sont pas près de le faire. Et puis il a pas beaucoup de distractions dans son état. On s'en fout des gosses.

— On va tous finir en taule avec ses histoires. Pourquoi il grandit pas ? Dix-sept ans et regarde-le ! On dirait Peter Pan, merde ! S'il veut faire clamser les autres, pourquoi y s'en prend pas à quelqu'un d'utile ? Cette vieille roulure avec le riflard par exemple, elle l'aura bien cherché, non ? Qu'est-ce qu'il leur prend aux flics de bosser avec des vieilles bonnes femmes comme ça ?

Le jeune sourd-muet ne quittait pas leurs lèvres des yeux en s'efforçant de les suivre. Il fit un petit signe de tête, comme pour lui-même, et sourit en portant sa main à sa poche.

— Enfin, ça nous laisse respirer un peu que les flics aient cette histoire du type qui a piqué de l'argent à la banque, continua Dick Quint. Ça nous tire d'affaire pour l'instant mais on n'a plus un rond. Il faut qu'on trouve du fric et je vais m'en occuper. J'ai discuté un peu avec les mecs d'Ashford, les Casseurs, ils s'appellent. On a monté un coup. Ils font une fête ici au village, samedi, à la salle paroissiale, et les Casseurs vont débarquer pour tout bousiller.

— Et ça nous mène à quoi ?

— Ça nous fait une couverture. Pendant qu'ils ameutent tout le monde, nous, on se fait une ou deux baraques. Celle des Colveden pour commencer. Elle se trimbale avec un chouette diamant énorme à la paluche. Je l'ai vu. Il doit y en avoir pour une fortune chez eux.

— C'est pas le genre à aller à la fête, fit remarquer Doris. Ils doivent pas traîner avec des bouseux, eux.

— On va leur faire le coup du bureau de poste, répondit Quint. On les pointe avec un flingue, et on les boucle quelque part. S'ils crient, on les rectifie. J'ai piqué un pétard à Ashford — quelle andouille, il croyait que je voulais me faire la caisse ! Et ce coup-là, ajouta-t-il méchamment, la vieille roulure aura pas l'occasion de nous coller son pébroc dans le cul et de chiper le flingue et le magot.

Le petit sourd-muet était assis, détendu, rêveur, avec un air de profonde satisfaction sur son trop jeune visage. Un fil de fer avec une poignée en bois à chaque extrémité pendait nonchalamment au bout de ses doigts.

Pour Mel, les bonnes nouvelles arrivèrent par la poste. En revenant au pub, elle n'arrêtait pas de penser à ce que lui avait suggéré le *Negative* : de rebaptiser le village et de traiter ses articles comme une bande dessinée. Une bande dessinée... Et pourquoi pas une émission avec une sorte de journal à suivre ? L'Amérique... Elle avait peut-être trouvé le filon. Une petite vieille l'arrêta dans la Rue. « Oh ! se dit Mel, des problèmes à l'horizon à cause des " vaches sont dans le pré ". »

— Vos articles dans le journal sont si spirituels ! siffla son interlocutrice. Quel humour ! Il faut les yeux d'un étranger, pour nous voir sous notre vrai jour. Vous autres les Américains, vous êtes si malins, fit-elle en agitant son doigt.

— Qui nous ? fit Mel complètement abasourdie.

— Absolument, répondit Miss Wicks. Et si perspicaces ! J'ai une nièce qui vit aux États-Unis. Vous l'avez peut-être rencontrée. Elle s'appelle Sybil.

— Non, jeune fille, répondit Mel avec un terrible accent du Nord en tapotant sa frêle épaule. J'ai jamais dépassé Liverpool. Je suis de là-bas.

Le petit visage se plissa. Les lèvres flétries s'entrouvrirent. « Bon sang, c'est pas vrai ! pensa Mel. Elle va se mettre à chialer ! » Mais la vieille émit un petit « hi hi hi » en lui tapotant le bras d'un air espiègle, les dents étincelantes, et tourna les talons. Mel se retourna à son tour pour regarder, stupéfaite, Miss Wicks qui traversait la Rue en riant pour rentrer chez elle.

Voilà un rôle pour sa bande dessinée !... La vertu récompensée ? Pour avoir tendu la main à Miss S ? En attendant, du point de vue nouvelles, elle n'avançait pas d'un pouce. Tout était fini ? Ah oui ? Alors pourquoi l'Oracle n'avait pas bougé, ni Bob Ranger ? Elle resterait jusqu'à ce qu'ils partent.

Ayant recouvré son calme habituel, les dangers et la mort s'étant éloigné vers la ville, le village était redevenu lui-même et pouvait respirer de nouveau, et parler de la « vérité » concernant les voisins, sans le désagréable sentiment que cette « vérité » puisse correspondre à la réalité.

Pour la police, les nuages menaçants ne disparaissaient jamais vraiment. Ils se déplaçaient, et la police les suivait, pour s'amonceler ailleurs. La violence et le crime sont impérissables. Quoi qu'il en soit, la division d'Ashford trouvait du réconfort à avoir montré au Yard comment résoudre une affaire qui avait perturbé tout le pays.

Que les pronostics de Brinton quant au rôle des Casseurs dans cette affaire se soient révélés mauvais et qu'en réalité les forces de police locales aient eu peu à faire en dehors du nettoyage avaient peu d'importance. Ce qui comptait, c'était la vérité qui émergeait du nettoyage. Et c'était sur cette question de vérité que la police était divisée.

La division d'Ashford était peut-être satisfaite, mais Delphick avait des doutes. Miss Palstead avait des bijoux. Où étaient-ils passés ? Le caissier avait volé et détourné de grosses sommes d'argent. Où était-il ?

— Il a tout bouffé, dit l'inspecteur principal Brinton. Pourquoi chercher des problèmes là où il n'y en a pas ? Surtout que cette fois-ci on n'est pas dans les emmerdes et autres réjouissances jusqu'au cou grâce à ta Miss Seeton qui est pas venue fourrer son pébroc dans cette affaire.

N'étant pas chargé du dossier, Delphick ne voulut pas insister sur le sujet, face au plaisir évident de son ami ; les suspects se comportaient une fois de plus comme tout bon suspect, nettoyaient leurs petites cochonneries derrière eux et dérangeaient la police le moins possible.

Pourtant, Delphick refusait de participer au sentiment général de la division, à savoir que l'affaire de l'étrangleur était close, le meurtrier étant mort. Brinton lui-même était prêt à reconnaître que l'Oracle n'avait peut-être pas tout à fait tort, le rapport du médecin légiste sur Maryse Palstead confirmant les soupçons du commissaire. Le fil de fer était différent et on avait fait preuve de plus de force que dans le cas des enfants étranglés jusqu'à maintenant. Auparavant, la peau n'avait pas été coupée, mais dans le cas de la femme, la pression sur les muscles sterno-mastoïdo et tout le bataclan avait été plus forte et avait causé des contusions plus profondes. La surveillance des Quint et de leur camionnette continuait donc, mais Delphick craignait que ce soit en pure perte. En son for intérieur, il était convaincu que le meurtre d'Effie Goffer était le résultat du relâchement d'attention chez ses gardiens, lorsque la détention du jeune Hosigg avait semblé momentanément clore l'affaire. Il avait donc décidé qu'avec le sergent ils continueraient à garder l'œil ouvert tant qu'ils le pourraient.

Il était étonné que les Quint soient restés. Il était maintenant personnellement convaincu de leur culpabilité malgré leur alibi dans l'affaire du bureau de poste et le manque de preuves concrètes contre eux. A cet égard, après le fiasco de leur récente tentative de cambriolage grâce à l'intervention de Miss Seeton et avec la présence consécutive de la police au village, il se serait attendu à ce qu'ils s'en aillent et tentent leur chance ailleurs. Ils avaient peut-être l'intention de faire un dernier effort pour se dédommager de ce qu'ils avaient perdu et rentrer dans leurs frais. Mais, au moins, il sentait qu'aucun autre gosse ne courait de danger pour l'instant. Si tel avait été le cas, il était sûr qu'il l'aurait vu dans les portraits que Miss Seeton avait faits à l'école. Elle les avait tous dessinés. Tous ?... Mais non ! réalisa soudain Delphick. Elle n'avait pas fait celui du petit sourd-muet, puisqu'il n'allait pas à l'école. Mais il était peu probable qu'il coure un danger quelconque. Si l'un des deux Quint avait voulu s'en débarrasser, ils en auraient eu souvent l'occasion auparavant. Et puis de toute façon, Doris semblait toujours prête à prendre la défense de son frère. Mais il valait mieux en être sûr. Après tout, Miss Seeton avait déjà vu le gamin et un croquis de mémoire lui apprendrait tout ce qu'il voulait savoir. Il décida de se rendre à Sweetbriars. Il avait de la chance que Miss Seeton fasse rarement des difficultés quand on lui demandait un dessin. En tant qu'artiste professionnelle depuis de longues années, elle trouvait cette requête normale.

Miss Seeton était dans le jardin. Elle avait enfin trouvé le temps de s'occuper de l'herbe qui poussait dans les parterres. C'était un tel soulagement que tout soit maintenant rentré dans l'ordre ! Quelle tragédie ! Elle planta sa fourche dans la terre. Mon Dieu, il y en avait de toutes sortes ! Pour elle, l'herbe, c'était de l'herbe. Mais non. Il y avait l'herbe ordinaire... Elle la secoua pour en faire tomber la terre, qui se répandit sur sa jupe. Et cette histoire à la banque !... Et puis il y avait cette herbe qui faisait des petites touffes. Très difficile à arracher. Elle tira. C'était vraiment malhonnête ! Quelqu'un de confiance, comme un caissier... Et cette horrible chose que les gens appellent du chiendent — bien que cela porte un nom différent dans *Le Guide du parfait jardinier* —, impossible à arracher. Allons bon ! Où en était-elle ? Ah oui ! la confiance... C'était tellement plus grave que ce soit un caissier. Vraiment choquant. Il y eut un vrombissement et Stan Bloomer la dépassa avec le rouleau de jardin épouvantablement lourd. Il l'avait remisé près de la porte-fenêtre un jour ou deux, en attendant que la terre soit au point pour y passer le rouleau, et elle avait tout d'abord craint que le rouleau ne dévale la pente de la pelouse et ne lui passe dessus pendant qu'elle était en train de désherber. Mais il avait mis un morceau de bois triangulaire, comment appelait-il cela ? Ah oui, un coin, ou une cale. C'était parfois si difficile de comprendre ce que Stan disait. Quand il ouvrait la bouche, bien sûr. La plupart du temps, il faisait un grand sourire et disait simplement : « Ah. » Et il était resté en place. Le rouleau, bien sûr.

Une ombre s'étendit sur le parterre. Miss Seeton leva les yeux et sourit.

— Oh, commissaire ! Je suis désolée, je ne vous ai pas entendu venir, avec le rouleau. J'ai cru que c'était Stan.

Elle commença à se relever.

Le commissaire lui fit signe de ne pas bouger.

— Non, je vous en prie. Laissez-moi au moins vous aider. Il n'en reste plus beaucoup.

Il s'assit sur ses talons, prit un déplantoir et ils finirent tous les deux de désherber le parterre dans un silence complice.

Une fois les mauvaises herbes jetées et les outils nettoyés et huilés, ils passèrent au salon, où le commissaire lui demanda si cela ne l'ennuierait pas d'essayer de faire un croquis de mémoire du petit sourd-muet.

Miss Seeton se sentit contrite.

— Je suis absolument désolée. C'est tellement négligent de ma part ! Bien entendu, je savais que vous vouliez un portrait de tous les enfants d'ici lorsque je suis allée à l'école. J'aurais dû penser à lui. D'autant plus que je pense qu'on devrait l'envoyer dans une école spécialisée dans ce genre de chose, dit-elle en se dirigeant vers son secrétaire d'où elle sortit papier et crayons.

— Juste une vague impression, je n'ai pas besoin de plus, fit Delphick.

Miss Seeton demeura quelques minutes le crayon en l'air, pensive, étonnée.

— Vous savez, je me rends bien compte que c'était tout à fait négligent de ma part, répéta-t-elle, mais je m'aperçois seulement maintenant que je ne l'ai jamais considéré comme un enfant.

Elle se mit au travail.

Delphick attendit. Soudain, Miss Seeton jeta son crayon et se leva, les mains agitées.

— Non. Ça ne va pas ! Je veux dire que je n'ai pas envie de continuer. Je ne peux pas ! Non, ça ne va pas ! répéta-t-elle en se tournant vers Delphick, désespérée. Je vous en prie !...

CHAPITRE X

Delphick faisait les cent pas dans le séjour qui se trouvait dans la partie de la clinique réservée à la famille. Mrs. Knight s'était excusée du retard de son mari, mais un médecin de la clinique de Brettenden avait amené une patiente pour une consultation, ce qui était inhabituel pour un samedi matin. Le Dr. Knight ne serait pas long. Elle avait offert du café au commissaire. Mais Delphick avait décliné l'offre et, après l'avoir regardé, elle s'était dit qu'il valait mieux le laisser tranquille.

Le commissaire s'arrêta devant la table où il avait posé une chemise contenant trois croquis de Miss Seeton. Il les étala et resta là à regarder le dernier. Étonnant. Déroutant même. C'était un de ces dessins avec cette force dans le coup de crayon dont Mel Forby disait que c'était « vraiment quelque chose ». Ou plutôt la partie achevée était forte. Non. Ce n'était pas vrai. Il y avait une force, une menace, quelque chose de repoussant dans cette blancheur intacte et nue où aurait dû se trouver l'autre moitié du visage. Un large trait droit descendait jusqu'en bas de la page. D'un côté, le visage plutôt joli du garçon rayonnait, mais ni attirant, ni jeune. De l'autre... Non pas le masque mortuaire flou auquel il aurait pu s'attendre, non. Rien. C'était comme si on avait tracé un trait net coupant un portrait en deux, un portrait si frappant qu'il semblait vivant, et que l'un des côtés du visage avait été collé sur une feuille de papier vierge.

Le résultat était étrange, à la fois monstrueux et pathétique. Delphick se rappela la détresse de Miss Seeton face à ce dessin. Son refus catégorique de le terminer. Mais bien qu'elle ne s'en soit pas rendu compte, il pensait qu'il était bel et bien achevé. Il était sûr que tout ce qu'il voulait savoir était là, devant lui, si seulement il arrivait à le décrypter. Une étincelle jaillit dans son esprit. Il y avait autre chose. Mais quoi ? Delphick fouilla dans sa mémoire. Il examina les deux autres croquis. Celui du petit garçon mort de Lewisham et celui d'Effie Goffer. Mais oui, bien sûr, c'était ça ! L'autre partie du visage ! Dans les deux premiers, c'était la partie droite qui était à moitié effacée, alors que dans le dernier, la gauche manquait. Droite, gauche... Delphick se concentra et essaya de se mettre à la place des croquis. Le côté droit devenait alors son côté gauche qui traditionnellement représente le cœur, la vie. Le gauche, donc le droit du modèle... Il se remémora ses cours de médecine légale. Oui, c'était bien à droite que se trouvait la carotide qui alimente le cerveau. Le côté droit pouvait-il alors représenter le cerveau ? Dans le portrait des deux enfants étranglés, le côté symbole de vie était voilé alors que dans le dernier dessin le côté du cœur était net mais celui du cerveau manquait. Était-ce une allusion, ou une illusion ? Delphick essaya de rester calme, de ne pas succomber au pouvoir hypnotique du dessin, de garder un esprit d'analyse. Avait-il trop d'imagination ou bien tout cela avait-il un sens ?

La porte s'ouvrit brusquement sur le Dr. Knight.

— Je suis désolé de vous avoir fait attendre. Une

idiote ballonnée qui a la frousse d'être enceinte. Pourquoi m'appeler, moi ? Je ne suis pas gynécologue ! Fontiss était sûr de son diagnostic et pensait que c'était peut-être nerveux. Et elle a des raisons d'être nerveuse ! Son mari est dans l'armée. Ça fait un an qu'il est à l'étranger. Une mauvaise conscience et des troubles digestifs, oui ! Je ne peux rien pour elle. Fontiss lui avait déjà dit qu'elle avait besoin de comprimés, pas d'une sage-femme. Un type bien, ce Fontiss. Équilibré. Bon, qu'est-ce qui vous amène? dit-il en rejoignant Delphick devant la table où il aperçut tout de suite les croquis. La petite Seeton refait des siennes, ou vous avez besoin d'un autre regard sur notre vieil ami à deux faces ?

— J'ai dans l'idée que c'est le dernier, dit Delphick en lui désignant les dessins. Mais comme vous pouvez le voir, ou le deviner, Miss Seeton y est mêlée. Elle m'a posé une autre devinette, et celle-là, je n'arrive pas à la résoudre.

— Vous croyez que moi je peux ? dit le Dr. Knight en haussant les sourcils. Je lui ai prescrit une autre dose de meurtre et d'après ce que j'ai entendu dire, elle l'a prise par pintes entières. Voyons voir ce que vous avez là, ajouta-t-il en regardant les croquis. Ils ne me plaisent pas beaucoup, vous savez, dit-il après un instant de silence. Ils ne sont pas beaux à regarder. C'est elle qui les a faits, je suppose ? Celui-là, fit-il en désignant le portrait d'Effie Goffer, doit être celui pour lequel elle est venue me voir. Je ne l'avais jamais vu, mais Anne m'en a parlé. Notre Miss Seeton disait qu'elle avait essayé de dessiner la môme Goffer mais qu'elle n'avait pas pu. Elle croyait qu'elle avait eu une attaque. Foutaises ! J'ai jamais vu quelqu'un en meilleure santé. Ça me dépasse, comment elle y arrive à son âge !

Delphick esquissa un sourire.

— Le yoga.

— Ah, c'est donc ça, son secret ! fit le Dr. Knight en le regardant. Alors ça ne m'étonne pas. C'est une petite bonne femme très raisonnable. Quant à celui-là, dit-il en montrant le dernier croquis, à nouveau penché au-dessus de la table, je le trouve horrible, oui, décidément, il est vraiment horrible, répéta-t-il en ne le quittant pas des yeux. Pourquoi a-t-elle dessiné ce trait ? Pourquoi ne l'a-t-elle pas terminé ?

Delphick se dirigea vers un fauteuil et s'y laissa tomber avant de répondre.

— Elle était bouleversée et elle a dit qu'elle ne voulait pas ou qu'elle ne pouvait pas le finir, dit-il en fronçant les sourcils. J'ai pourtant le sentiment que c'est ce qu'elle a fait sans le savoir. Je crois qu'il est achevé tel qu'il est.

— Ah oui ?

Le Dr. Knight attrapa une chaise avec son pied. Il s'assit et regarda Delphick de l'autre côté de la table.

— Alors je crois qu'il vous faut sonder votre esprit. Vous essayez de vous livrer à ces conneries extrasensorielles, ou c'est elle ?

— Cela vous paraît si invraisemblable ?

Le Dr. Knight lui lança un regard noir.

— Ce sont des foutaises ! Mais après tout, je ne suis qu'un pauvre neurologue. Et qui c'est, celui-là ?

Delphick lui raconta comment Miss Seeton avait dessiné tous les enfants à l'école, lui parla de ses soupçons et de leur fondement et, pour finir, de sa requête concernant le dernier portrait lorsqu'il s'était aperçu qu'il manquait celui de ce gosse.

— Ce gosse ? fit brusquement le médecin. Mais ce n'est pas un gosse ! dit-il en tapotant le dessin du bout du doigt. C'est un cas d'infantilisme, la maladie de Lorain-Lévy, je dirais. Il a la taille et les proportions d'un enfant, expliqua-t-il devant l'air interdit du commissaire. Enfin, si ce dessin est fidèle et s'il a un sens. A vue de nez, je dirais qu'il a dans les dix-huit ans.

Delphick était perplexe.

— J'avais remarqué que la partie du visage dessinée était ressemblante, mais qu'il lui manquait ce côté enfantin.

— Non, il ne manque pas, fit le Dr. Knight. Si tout est exact, il n'existe tout simplement pas. Je crois que vous vous êtes laissé avoir par le teint et l'expression du jeune homme. Quand ils connaissent leur boulot, les artistes vont plus loin. Vous obtiendriez la même chose avec une bonne photo noir et blanc. Regardez, dit-il en indiquant les différentes parties du visage. Regardez l'œil qui commence à se creuser. Et la bouche. Celle d'un enfant n'a pas cette fermeté, ni un début de ride, là, à la commissure. Regardez la mâchoire. Vous avez déjà vu un modelé aussi ferme et qui fait un angle pareil chez un enfant ? Mais c'est le cou la meilleure preuve, continua-t-il en faisant glisser son doigt. Le cou d'un enfant peut être mince ou épais, mais il n'est pas nettement formé, et sur celui-ci, si on avait l'autre moitié, on verrait la pomme d'Adam.

Maintenant qu'on le lui avait montré, Delphick le voyait clairement. Un visage plus mature se dissimulait sous des dehors enfantins. Il n'arrivait plus à le voir autrement. Soudain, il se souvint de ce que Miss Seeton lui avait dit : « Vous savez, commissaire... Je ne l'ai jamais considéré comme un enfant. »

— Dites-moi, docteur, si le gamin a cet âge-là et vu son handicap, puisqu'il est sourd et donc muet de naissance, est-ce que ça pourrait être une question de puberté ? Est-ce qu'elle aurait pu le perturber, le faire disjoncter ? Je veux dire : est-ce que tuer des enfants pourrait être une forme de compensation ? Tuer des êtres de sa taille pour faire ses preuves. C'est possible, ça ?

— La puberté ? Non, je ne crois pas. Dans les cas de la maladie de Lorain-Lévy, l'adolescent reste à un stade d'immaturité sexuelle. Mais l'intelligence est parfaitement normale. Attention ! je ne suis pas un spécialiste. Je ne suis ni psychiatre ni expert en physiologie, mais une activité réduite des cellules éosinophiles ne peut absolument pas affecter le cerveau et la surdité n'a rien à voir. Il s'agit d'un simple accident à la naissance. Comment est son élocution ? Vous savez où il a suivi des cours spécialisés ?

— D'après ce que je sais, il ne parle pas du tout. Et je crois qu'il n'a jamais reçu de soins spécialisés. Je crois que sa sœur l'a toujours gardé auprès d'elle.

— Oh ! alors, dans ce cas, c'est différent, fit le Dr. Knight. Votre idée a peut-être du bon, même si elle ne tient pas la route du point de vue médical. Le problème avec les malformations, c'est d'apprendre à vivre avec. Si votre jeune homme reste pendu aux jupes de sa sœur — qui est mariée, je crois, et il vit avec eux ? — eh bien, il se peut qu'il ait des idées de grandeur, à son âge. C'est fatal. Prenez les mères qui ont un fils unique. Elles les empêchent de devenir autonomes et ils finissent par vous coller des coups de poing dans les dents ou ailleurs. Ça m'a l'air d'être la même chose avec sa sœur. Si elle l'a gardé comme une poupée toute sa vie, il se sent peut-être important maintenant. Il a peut-être décidé de voler de ses propres ailes et de leur montrer qui il était. Ce que vous suggérez, c'est une paranoïa provoquée par un handicap qui remonte à sa naissance, dans le cas présent la surdité, aggravée par une éducation crétine au point de devenir une psychose. Hum... Difficile de le lui reprocher. C'est sa sœur qui est responsable. Je suis désolé, mais je ne peux pas vous aider davantage.

Le Dr. Knight remit deux des portraits dans la chemise et se leva avec le troisième entre les mains.

— On ne peut pas répondre par oui ou par non à ce genre de question. Mais si vous voulez mon avis, poursuivit-il en regardant Delphick, à titre confidentiel et sans préjugé, d'après ce que vous m'avez dit, je dirais que oui, vous avez certainement raison. Tout ça est très désagréable.

Il jeta un dernier regard au croquis avant de le glisser avec les autres et tendit la chemise à Delphick. Le téléphone sonna. Le docteur décrocha, écouta un instant et tendit le récepteur au commissaire.

— Le jeune Bob, pour vous.

Delphick écouta le rapport du sergent sans commentaire, dit simplement « d'accord » et reposa le combiné. Il avait l'air stupéfait.

— Encore des ennuis ?

Le commissaire se donna une tape sur le front. Ça n'aidait pas vraiment, mais cela exprimait ses sentiments.

— Bob sera là dans quelques minutes avec la voiture. Ashford vient de l'appeler. Ils disent que Miss Seeton a ressuscité un cadavre et qu'elle est partie en voiture avec.

— On ne s'ennuie jamais avec elle, commenta le Dr. Knight. Qui est le cadavre ?

— Le caissier d'une banque qui s'est enfui avec la caisse, a tué sa maîtresse à Ashford et dont on a identifié les restes qu'on a trouvés dans son véhicule carbonisé. Ça m'a paru louche sur le moment, ça arrivait trop à point nommé et on n'a retrouvé ni l'argent ni les bijoux de la fille. Mais comment diable Miss Seeton a-t-elle fait pour tomber là-dessus ! Il n'y a aucun lien, poursuivit Delphick en se dirigeant vers l'entrée. Je suppose qu'elle devait le connaître, dit-il en boutonnant son pardessus. Il travaillait à Brettenden. Mais comment l'a-t-elle revu ? S'il est toujours vivant, il ne traînerait surtout pas à Brettenden. Enfin, on nous a donné une adresse.

Le docteur le suivit jusqu'à la porte.

— Vous vous faites du souci pour elle, hein ?

— Je voudrais bien vous voir à ma place ! lui lança Delphick d'un ton presque brutal. Si c'est lui, il a déjà tué deux fois. Et si elle le reconnaît, elle signe son arrêt de mort !

— Je comprends ce que vous voulez dire, mais tenez bon ! répondit le docteur en lui ouvrant l'une des portes battantes. Elle est indestructible. Elle va certainement vous accueillir avec un : « Commissaire, comme je suis heureuse de vous voir ! »

Delphick se détendit et rit de bon cœur, puis sortit. Il descendait les marches lorsque Bob arriva.

Le chèque pour les croquis qu'elle avait faits à l'école lui parvint comme la fois précédente au nom de Miss S. C'était tellement généreux de la part de la police ! Et bien sûr, ça l'aidait énormément. Elle n'aimait pas penser que le commissaire le faisait par gentillesse. Mais quand elle y réfléchissait, il avait toujours l'air d'insister beaucoup et même d'être ferme lorsqu'il voulait quelque chose. Bien qu'en ce qui concerne le dernier portrait... Elle était vraiment désolée de n'avoir été d'aucune aide. Et encore plus de s'être conduite stupidement. Vraiment, à son âge, se laisser aller à des sensibleries ! Miss Seeton fit une moue de dégoût. Enfin, mieux valait ne plus penser à tout cela. Il ne fallait pas qu'elle oublie de passer à la banque. D'une certaine façon, elle devait reconnaître que c'était plus agréable maintenant, même si elle déplorait ce qui s'était passé. Et pourtant, il fallait admettre que ce pauvre homme avait payé cher ses folies. Quelle horrible façon de mourir ! Mais c'était quand même beaucoup plus agréable ainsi. Enfin, d'aller à la banque. Quoique, en songeant à cette femme qu'il avait à Ashford et qu'il avait tuée... Mieux valait ne plus y penser. Miss Seeton avait des courses à faire à Brettenden. Elle pourrait ainsi déposer son chèque à la banque en même temps et économiser un timbre. Ce charmant Mr. Jestin... Quelle bonne idée d'avoir mis une plaque sur le guichet avec le nom du caissier dessus ! Enfin ce Mr. Jestin, donc, bien qu'il soit encore très jeune pour avoir été nommé caissier principal, était, elle le sentait, un homme tout à fait sérieux. Et aussi très agréable. Et il l'accueillait toujours par son nom en lui disant bonjour ou bonsoir, selon le cas. Et il ne donnait jamais l'impression qu'elle lui faisait perdre son temps.

Arrivée à la banque, Miss Seeton déposa ses achats sur le comptoir et remplit un formulaire. Elle avait de la chance, il n'y avait que trois personnes devant elle. Parfois, il fallait attendre longtemps. L'homme en tête de queue parlait avec le caissier. Miss Seeton le regarda. Voilà qui était très intéressant. Enfin, ce qui était intéressant, c'était au contraire que cela ne l'était pas à proprement parler. Mais c'était assez inhabituel de voir un visage si long avec un épicanthus — un indice céphalique inférieur à soixante-quinze, d'après ce qu'elle pouvait en juger. Avec ses cheveux bruns et raides, les yeux foncés et les pommettes plates, il paraissait presque anodin, malgré son air étranger. Presque quelconque. Enfin, comparativement. Bien sûr, il était assez différent de l'autre homme, le caissier qui s'était tué, celui avec des yeux perçants bleu clair et des cheveux blonds bouclés. Mais ils avaient la même ossature.

Étonnant ce que la couleur pouvait tout changer! C'était indéniablement une comparaison intéressante. Sans s'en rendre compte, elle retourna le formulaire qu'elle venait de remplir et se mit à dessiner les deux visages au dos.

Lorsqu'il eut fini, l'homme se retourna et leurs regards se croisèrent. Miss Seeton lui fit un sourire timide. Les yeux de l'homme s'étrécirent et, au bout de quelques secondes, ses lèvres lui rendirent son sourire sous sa fine moustache. Il se dirigea vers elle.

— Vous êtes bien Miss Seeton, n'est-ce pas?

Surprise, Miss Seeton acquiesça en hochant la tête.

— Quelle chance! s'exclama l'homme. J'espère que vous ne me trouvez pas impoli de vous accoster ainsi. Vous ne me connaissez pas, mais j'avais tellement envie de vous rencontrer!

— Oh! fit Miss Seeton, qui ne sut quoi dire d'autre.

Les deux personnes qui étaient devant elle passèrent et l'homme se mit de côté. Puis vint le tour de Miss Seeton et elle tendit son formulaire et le chèque à Mr. Jestin, qui les lui prit.

— Merci. Bonjour, Miss Seeton. Il fait meilleur, aujourd'hui, n'est-ce pas?

— Bonjour, Mr. Jestin, merci. Oui, ça nous change.

Puis elle quitta le guichet.

— Si vous voulez bien me permettre... fit l'homme aux yeux foncés en prenant son sac à provisions.

Elle allait faire une scène ici, à la banque, ou bien ruser? Elle avait l'air d'avoir envie de faire cavalier seul, ce qui ne lui en donnait que plus de panache, se dit-il. Il se dirigea vers la porte. Aucun doute, la vieille bique l'avait vu venir, avec ce petit sourire suffisant et son air entendu. Le fait qu'il ait parlé le premier lui en avait bouché un coin. Elle ne s'attendait pas à ça. Elle était restée plantée là comme une imbécile et tout ce qu'elle avait réussi à dire, c'était : « Oh ! » Il lui tint la porte et attendit. Elle avait sûrement l'intention de demander son nom et son adresse à Jestin dès qu'il aurait le dos tourné. Mais il ne partirait pas. Pas tant qu'elle serait là. Alors soit elle faisait un esclandre, soit elle entrait dans son jeu.

Miss Seeton passa devant lui en murmurant : « Merci. » Il la suivit dehors. S'il pouvait lui faire croire qu'il n'avait pas pigé qu'elle était après lui, elle entrerait peut-être dans son jeu puisqu'elle avait l'air de se croire si intelligente, et il réussirait une fois de plus. Elle voulait son adresse ? Eh bien, il allait lui donner le coup d'envoi et l'occasion de la découvrir.

— C'est très aimable de votre part, fit Miss Seeton en tendant la main pour récupérer son sac à provisions.

Mais il le garda.

— Je me demandais... commença-t-il, l'air gêné, si vous pouviez m'accorder un peu de temps pour m'aider à résoudre un problème.

— Un problème ? répéta Miss Seeton, surprise.

Ah, elle donnait dans le sarcasme ! Bon... Elle la jouait solo ? Elle ne pouvait pas résister, genre « la détective s'empare seule d'un homme recherché par la police ».

Le caissier se félicita de voir que son esprit fonctionnait à merveille, face à cet imprévu, de la même façon que la première fois, quand Miss Seeton était venue présenter son chèque et qu'il avait dû quitter la banque précipitamment et se mettre en cavale quelque temps.

Mais ce que le caissier ne voyait pas, c'est que sa conscience avait complètement faussé la réalité. Elle l'avait forcé à fuir alors qu'il n'y avait aucune urgence. Elle l'avait fait mettre son plan à exécution alors qu'il était en mauvaise posture. Elle l'avait poussé à commettre deux meurtres au lieu d'un seul prévu à l'origine.

Maintenant qu'il avait accompli son plan initial, sa conscience semblait se désintéresser de la suite. A moins qu'elle n'ait déclaré forfait en voyant le résultat de ses interventions précédentes. Désormais, seule la panique le guidait. Et la panique est mauvaise conseillère pour un escroc minable, superficiel, qui se croit perspicace et qui manque sérieusement de jugeote pour le long terme. Elle peut trouver des solutions rapides dans des situations d'urgence et agir sur le court terme, mais sans réfléchir au prix à payer et aux conséquences.

— Je sais que ça peut vous paraître culotté, dit très vite l'homme, sûr de lui, mais ma voiture est là et j'habite tout près, juste à la sortie de Brettenden vers Les Marys. Vous voyez, ce n'est pas le genre de chose dont on peut parler dans la rue ou devant un café avec du monde autour qui vous écoute. Vous l'avez peut-être deviné, c'est au sujet du commissaire Delphick. Si vous vouliez bien venir avec moi, pas longtemps, je vous en serais extrêmement reconnaissant. Bien sûr, je vous reconduirai chez vous après.

— Eh bien, c'est-à-dire que... je ne pense pas que... bégaya Miss Seeton.

Il se dirigea vers sa voiture et ouvrit la portière.

— Je vous en prie, Miss Seeton. Je ne vous le demanderais pas si ce n'était pas si important.

— Eh bien, je...

« Quel homme étrange ! » se dit Miss Seeton. Elle ne voulait pas lui paraître mal élevée, ou peu disposée à l'aider, si, comme il semblait le croire, elle pouvait le faire. Mais comment pouvait-elle être d'un secours quelconque à quelqu'un qui lui était totalement étranger ? D'un autre côté, ils avaient tous les deux la même banque, ce qui était dans un sens un premier contact. Et puis Mr. Jestin avait eu l'air de le connaître, ce devait donc être quelqu'un de bien. Pourtant, elle se demandait en quoi il pensait qu'elle pourrait l'aider, mais c'était plutôt difficile de le lui demander puisqu'il lui avait dit clairement que ce n'était pas le genre de chose dont on pouvait parler en public, ce qu'elle comprenait parfaitement bien, si cela concernait le commissaire Delphick.

— Mais en quoi pensez-vous que je puisse vous aider ? demanda-t-elle.

Quelle langue de vipère ! Elle pouvait l'aider en passant sous le premier bus venu et elle le savait très bien ! Il la regarda d'un air contrit en lui tenant toujours la portière.

— Je suis désolé, je sais que c'est beaucoup demander à quelqu'un que je ne connais pas, mais quand on est aux abois, on perd un peu le nord.

Ça au moins, c'était vrai. Le caissier n'avait pas seulement perdu le nord, mais sous le coup de la panique, il avait sans le savoir perdu aussi la boussole.

— Puisque vous connaissez le commissaire, poursuivit-il, et que vous connaissez bien les méthodes de la police...

— Moi ? répéta Miss Seeton, interdite. Je vous assure que je...

— Je vous en prie. Je me suis dit que je devrais aller voir Delphick au sujet de certaines choses et j'étais sur le point de l'appeler pour lui demander un rendez-vous, et puis quand je vous ai croisée à la banque, il m'a semblé que c'était la solution. Vous pourrez me dire ce que je dois faire avant que je me rende encore plus ridicule.

A sa grande surprise, et sans savoir comment elle avait fait, Miss Seeton se retrouva assise dans sa voiture et la portière claqua derrière elle, tandis que cet homme si pressant se ruait au volant.

— Monsieur ! Monsieur !...

— D'habitude, on frappe avant de faire irruption dans un bureau, Jestin, fit le directeur en levant les yeux.

— Mais, monsieur, il faut appeler la police ! Tout de suite !

— La police ? répéta le directeur en frémissant d'horreur. On l'a assez vue comme ça et la direction est fort mécontente.

— Mais, monsieur...

Le jeune Jestin se dandinait littéralement, tout excité. C'était la chance de sa vie et il le savait. Son père l'avait fait entrer à la banque. Il avait la stabilité et la sécurité. Il était à l'abri du besoin, mais sa nature romantique s'exacerbait dans ses rêves. Il était consciencieux et travaillait bien, mais s'il n'avait eu que cela dans la vie, la frustration aurait corrompu sa nature profonde. Pour compenser un travail routinier, le jeune Jestin avait aspiré à devenir un autodidacte et s'était plongé dans la lecture. Il lisait tout ce qui lui tombait sous la main pour améliorer ses connaissances du monde bancaire tel qu'il le concevait et se préparer à répondre aux exigences et aux demandes auxquelles il ne manquerait pas d'être confronté un jour, en tant que caissier. De par sa situation derrière le guichet, où il encaissait un chèque de deux livres pour Mrs. Furbelow, ou corrigeait un formulaire de versement quand le montant dépassait trois chiffres, parce que Miss Enden qui tenait le *Cosie Tea Rooms* s'y perdait avec les chiffres, il savait très bien le danger auquel il était exposé. Il était inévitable qu'on le braque un jour. Il le savait grâce à toutes ses lectures. Malgré les directives venues d'en haut de donner l'argent et de ne prendre aucun risque, quand le jour viendrait le jeune Jestin leur ferait voir. Leur faire voir quoi et à qui ? il ne le savait pas encore, mais il le ferait. Persuadé de l'imminence de ce jour où il pourrait réaliser de grandes choses, il continuait à étudier et à lire des romans policiers reliés qu'il empruntait à la bibliothèque de prêt ou des livres de poche qu'il achetait au bout de la rue chez Smith & Son. Mais son heure était venue. Il savait très bien sous quelle forme et quoi faire et ça le mettait hors de lui qu'un vieux croulant comme le directeur qui ne lisait jamais rien fasse de l'obstruction.

— C'est Miss S, monsieur ! s'écria-t-il en faisant des efforts pour être patient. Elle m'a fait un signe de l'œil pour me faire comprendre que c'était lui ! Elle est sacrément maligne ! Il devait la braquer et j'ai rien vu ! Elle n'a pas bronché. Elle a simplement dit : « Ça nous change », super calme, en faisant semblant de parler du temps, et elle m'a tendu le dessin au dos de son formulaire avec un sang-froid pas possible. Elle savait que je pigerais le truc. Elle est sacrément intelligente ! Et puis elle est sortie avec lui comme dans les films, en sachant qu'il allait la tuer. Elle m'a laissé me débrouiller tout seul ! ponctua-t-il en gonflant la poitrine. Elle m'a fait confiance. Elle est vraiment épatante, monsieur !

— Mais de quoi parlez-vous, Jestin ? s'exclama le directeur en donnant un coup de poing sur son bureau.

— De Miss S, monsieur ! Miss Seeton, monsieur, je viens de vous le dire !

Et il lui expliqua ce qui d'après lui s'était passé en lui tendant le dessin de Miss Seeton au dos du formulaire.

— Voilà, monsieur, c'est lui tout craché ! L'un avec des yeux foncés, des cheveux bruns et une moustache, et l'autre tel qu'il était avant. On ne peut pas se tromper. Je comprends pas pourquoi je l'ai pas vu. Mais on doit appeler la police, monsieur, ou elle est foutue. Elle m'a fait confiance.

Le directeur fronça les sourcils en se demandant si

Jestin n'était pas en train de lui faire une crise d'hystérie. Néanmoins, Miss Seeton travaillait pour Scotland Yard... La direction serait furieuse. Mais si les choses tournaient mal, ils s'en prendraient à lui. De toute façon, il ne pouvait pas se permettre d'avoir d'autres problèmes. Il choisit de s'en laver les mains.

— Si vous voulez appeler la police pour leur faire part de votre idée saugrenue, c'est d'accord. Mais vous en prenez la responsabilité. Si cette histoire est le fruit de vos divagations, ajouta-t-il d'un ton menaçant, je vous préviens que je ferai un rapport ! Essayez de faire pour le mieux.

— Oui, monsieur !

Jestin referma la porte, se rua sur le téléphone et appela le poste de police de Brettenden. Là, au moins, ils comprendraient vite et réagiraient tout de suite.

— Allô ! police ? Nom de code : « Miss S », lança-t-il avec un enthousiasme des plus sérieux.

— Nom et adresse ? fit la voix au téléphone.

— Miss S ! répéta Jestin. Elle est en danger !

— Quel nom vous dites, monsieur ? fit une voix patiente à l'autre bout. Quelle est votre adresse ?

— Miss Seeton ! brailla Jestin. Son nom de code, c'est Miss S. Elle travaille pour Scotland Yard. Je suis chargé de transmettre un message. Elle est en danger de mort !

— Miss Seeton, vous dites ? Avec Scotland Yard ? Un instant, monsieur.

Le téléphone resta muet et le temps s'arrêta. Puis une voix différente résonna dans l'écouteur, calme, imperturbable.

— Qui est à l'appareil, s'il vous plaît ?

— Jestin, je travaille à la banque, c'est au sujet de Miss S.

— Je croyais que vous aviez dit Miss Seeton, monsieur.

— Oui ! cria Jestin. Vous ne comprenez donc rien ! Elle est en danger de mort, il n'y a pas de temps à perdre !

— Elle est en danger, vous dites ? C'est bien ça ? fit la voix d'un ton étonné. Oui, je vois. Bien. Et qui donc la menace ?

— Notre caissier principal ! hurla Jestin. Celui qui s'est tué !

L'autre encaissa le coup à l'autre bout de la ligne.

— Vous dites qu'il est mort, c'est bien cela, monsieur ?

— Oui ! cria Jestin, au bord du désespoir. Il est mort l'autre jour après avoir tué tous ces gosses, mais il est revenu et il l'a embarquée dans sa voiture en la menaçant avec un revolver !

— Voulez-vous ne pas quitter un instant, s'il vous plaît, monsieur.

L'attente n'en finissait plus. Puis le téléphone se manifesta soudain de nouveau.

— Poste de police d'Ashford, inspecteur principal Brinton à l'appareil. Il s'agit de Miss Seeton, c'est bien ça ?

Une fois de plus, désabusé et ayant perdu tout espoir, le pauvre Jestin réitéra ses explications : Miss S, le nom de code, le dessin, sa confiance en lui, comment elle avait été forcée de monter dans la voiture sous la menace d'un revolver, tout y passa. Il finit même par divulguer le nom et l'adresse de la nouvelle identité de son défunt collègue après avoir été pressé de questions.

Ils remontèrent Virgin's Lane vers Les Marys dans un silence que Miss Seeton cherchait à briser. C'était si difficile de savoir ce qu'il fallait dire dans de telles circonstances. De toute évidence, l'homme n'avait pas envie de discuter de ses problèmes avant d'être arrivé à destination. D'un autre côté, cela pouvait paraître impoli de ne rien dire. Le temps, songea Miss Seeton en regardant par la vitre, n'était pas vraiment le sujet de discussion rêvé. Elle tourna les yeux vers l'homme. Elle ne voulait pas se montrer indiscrète, mais ne résista pas.

— Vous savez, dit-elle, la longueur de votre tête — l'indice céphalique de moins de soixante-quinze, je veux dire — est très intéressante. Avec l'épicanthus, évidemment. Je n'en ai vu qu'un exemple auparavant. Le caissier qui travaillait à la banque avait aussi cette particularité. Vous vous souvenez peut-être de lui ?

Bien sûr, il s'en souvenait. Elle s'amusait à parler à double sens, cette vieille sorcière !

— C'était mon frère, dit-il simplement d'une voix basse et rauque.

Oh, mon Dieu, quelle horreur ! Quel manque de tact de sa part ! Elle aurait dû comprendre qu'il y avait un lien entre les deux.

— C'est la raison pour laquelle je voulais vous demander conseil, ajouta l'homme d'une voix saccadée.

Bouleversée, Miss Seeton ne dit plus un mot. Ils continuèrent à rouler en silence.

Une fois chez lui, il la fit entrer dans le vestibule, lui montra les pièces de chaque côté. Sans pour autant partager ses goûts, Miss Seeton reconnut qu'elles étaient bien aménagées. Le pauvre semblait mal à l'aise et ce n'était pas étonnant, avec les tracas que lui avait infligés son frère.

Comment faire, maintenant qu'il l'avait amenée jusqu'ici ? Il fallait qu'elle ait un accident et vite. Mais comment ? Sa panique lui rappela que la vieille bique peignait. Oui. Le caissier agrippa cette bouée sans même réfléchir. Le toit. On pouvait voir à des kilomètres à la ronde de là-haut. Elle serait venue voir si elle pouvait étudier la vue dans l'intention de peindre de là. Il lui aurait dit que ça ne le gênait pas, lui aurait montré le chemin et l'aurait laissée là. Si elle tombait, c'était son problème.

— Pour une artiste comme vous, commença-t-il, la vue vaut le coup d'œil. C'est un peu haut, mais si vous pouvez monter sur le toit, je vous la montrerai.

Il la pousserait un bon coup et personne ne pourrait prouver que ce n'était pas un accident.

— Oui, je sais bien que cela peut vous paraître un peu stupide, poursuivit-il d'une voix triste, mais ce sera plus facile pour moi de parler à l'air libre plutôt que dans la maison. Vous voyez, je voulais partager tout cela avec lui, ajouta-t-il en embrassant l'espace autour de lui d'un large geste de la main.

Résolue à ne pas parler à tort et à travers et à ne pas commettre une autre gaffe, Miss Seeton le suivit et grimpa l'escalier. Sur le toit — plat, entouré d'un parapet assez bas —, Miss Seeton, essoufflée, essaya d'admirer la vue sans y parvenir. Et pourtant, elle fit de son mieux.

— On peut voir vraiment loin, dit-elle.

Ce qui était vrai, même si la vue était sans intérêt. Il la conduisit jusqu'au parapet. Elle regarda en bas et en eut le vertige. Elle releva vite la tête. Il posa sa main sur son épaule. Miss Seeton le trouva bien familier, mais après tout, ce pauvre homme avait de la peine.

Soudain, un bref appel de sirène les figea sur place, tandis qu'une voiture de police arrivait en trombe dans l'allée, le gyrophare allumé. Des silhouettes en jaillirent et coururent vers la maison en criant et en gesticulant. Leur technique s'améliorait. Dieu sait si Miss Seeton leur donnait des occasions de s'entraîner ! Mais pour l'heure, l'amélioration résidait dans le fait qu'ils étaient arrivés avant et non après les événements.

D'autres voitures surgirent, d'autres hommes en uniforme, et soudain l'endroit se mit à grouiller de policiers. L'un d'eux braqua un haut-parleur vers eux et cria quelque chose avec un enthousiasme dépourvu de technique. Le résultat donna un son rauque, animé et parfaitement inintelligible. Faisant abstraction de la hauteur et de son vertige, Miss Seeton regardait, fascinée.

— Bonté divine, le commissaire Delphick ! Quelle chance ! s'exclama-t-elle en répondant par un signe de la main à celle qui s'agitait en bas. Il est si compréhensif et si sympathique ! Vous allez voir, je suis sûre que si vous lui parlez, il fera tout son possible pour vous aider. Enfin, je veux dire que...

Elle se tut. Cet homme étrange ne l'écoutait pas. Il avait les yeux fixés sur le vide, comme hypnotisé.

Sa main quitta son épaule. Il s'approcha du parapet. Instinctivement, Miss Seeton tendit la main. Il était beaucoup trop près du bord ! C'était dangereux.

— Vous avez gagné, grommela-t-il entre ses dents. Sur toute la ligne. Oui, c'est fini, fini avec Maryse, avec tout. Moi aussi, je suis fini...

— Mais si vous descendiez...

Comme dans un rêve, il monta sur le parapet et fit un pas. La panique lui donna un dernier petit coup de pouce. Il descendit.

La chute causa un choc profond au conducteur de la voiture de police sur laquelle l'ex-caissier atterrit : il cabossa le toit et se brisa, entre autres choses, la nuque.

CHAPITRE XI

— Et voilà ! Elle a fichu mon samedi après-midi en l'air et j'ai pas rentré mes patates ! Si elle doit reprendre à son compte toutes les affaires sur lesquelles on est en se disant qu'on s'y prend comme des pieds et que c'est à elle d'y mettre bon ordre, pourquoi elle peut pas le faire en catimini ? Elle a qu'à me donner un petit coup de pébroc dans les côtes et me dire : « Dites donc, vous déconnez, mon vieux ! » Elle a pas besoin d'aller faire du saut à la corde sur les toits avec un type qu'on a enterré et de le balancer par-dessus bord en sabotant une bagnole ! Bon, d'accord, elle l'a pas balancé, fit-il en croisant le regard de Delphick. Je l'ai vu sauter de mes propres yeux. Mais elle aurait pu tout aussi bien lui donner un petit coup de pouce ! insista l'inspecteur principal Brinton, qui déboutonna sa veste et se renversa dans son fauteuil. J'ai abattu le boulot d'au moins treize gars, aujourd'hui ! Et le coroner qui s'y met, en plus ! Foutrement pas facile, le bonhomme ! Il a été sacrément impressionné qu'on ait pu déterminer le sexe avec tout notre bazar scientifique moderne et tout, mais ça le rend malade d'avoir délivré un certificat de décès pas correct. Il veut savoir qui est le gars qui a cramé. Mais on n'en sait rien. Et on n'en saura jamais rien. Probablement un vagabond. On va l'exhumer, le coller au frigo et faire au mieux, mais j'en attends pas grand-chose. On peut pas obtenir de signalement avec de la barbaque carbonisée, dit-il en bâillant et en s'étirant. Dis-moi, Oracle, ta Miss Seeton, tu peux pas la tenir en laisse ? t'asseoir sur sa tête, faire ce que tu veux, mais bon sang, qu'on finisse le week-end tranquilles !

— Tu as une drôle de façon de la remercier ! Elle a fait le ménage pour toi et elle nous a épargné un procès, Chris. Mais tu es tranquille pour ce soir. Il y a un bal à la salle municipale. Les gens du coin y seront tous et Miss Seeton dîne chez les Colveden. Ils ont pensé que ça lui ferait du bien de ne plus penser à ses fredaines de ce matin. Au fait, sir George a proposé au jeune Hosigg une place de contremaître dans sa ferme, sous les ordres de Nigel. Il dit que c'est un bon gars et qu'on peut compter sur lui. C'est un bon mécanicien. J'espère qu'il acceptera. Ça lui convient beaucoup mieux que de faire le camionneur la nuit.

— Bien, soupira Brinton. Le calme et la joie sont enfin revenus à Plummergen. Maintenant, en ce qui concerne l'œuvre de Miss Seeton, dit-il en se penchant en avant pour examiner le dernier croquis posé sur son bureau, tu sais, Oracle, il n'y a aucune différence entre mon bureau et la Tate Gallery. Je pourrais l'ouvrir au public et faire payer un droit d'entrée. Mais pour celui-là, fit-il en lui donnant une chiquenaude, non, je suis pas d'accord avec toi ! Je sais, tu me l'as expliqué en long, en large et en travers, avec des para ceci et des psy cela. On a un inspecteur ici qui te plairait. Il peut nous causer de psycho pendant des heures, et dans le texte ! Mais moi, je parle qu'une langue : l'anglais de base. Et je vois qu'un seul truc dans ce dessin : c'est qu'on va pas tarder à avoir un autre macchabée sur les bras ! J'envoie nos deux mauviettes surveiller notre petit enquiquineur jusqu'à ce qu'on ait bouclé cette affaire. Et s'ils déconnent comme avec la môme Goffer, je les étripe tous les deux !

— Très bien ! dit Delphick en se levant. Ça devrait aller, peu importe qui de nous deux a raison. Tu rentreras tes pommes de terre demain. Prie pour qu'elles n'attrapent pas de maladie ! Moi, je rentre à Plummergen en espérant que tout se passera bien. On réglera tout ça lundi.

Les portes de la remise étaient ouvertes et Dick Quint bricolait sa camionnette. Doris était avec lui. Le véhicule n'avait pas l'air de vouloir démarrer. Ils montèrent tous les deux pour essayer à nouveau et, finalement, le moteur se mit à tourner. Ils passèrent le portail comme une bombe, tournèrent à gauche en direction du village et disparurent.

Bob était furieux. Ils s'étaient foutus de lui ! Où étaient passés les types d'Ashford qui devaient surveiller ? Il prit son talkie-walkie pour signaler que la camionnette des Quint avait pris la route et qu'on l'arrête dès qu'elle serait en vue. Il se glissa hors des buissons où il s'était dissimulé et se préparait à retourner au *George and Dragon* lorsqu'il entendit des pas rapides derrière lui. Bob se retourna en braquant sa lampe. Un jeune homme avec un manteau de cuir, une chemise violette et une cravate rose courut vers lui et se présenta sous le nom de Foxon, agent de police de la division d'Ashford. Il demanda à Bob s'il avait vu le petit frère. On lui avait demandé de le garder à l'œil mais il n'avait pas pu mettre la main dessus. Bob lui répondit qu'il n'en avait aucune idée et qu'il ne l'avait pas vu. Il n'était pas dans la maison et il était sûr qu'il n'était pas dans la camionnette.

— Mais où je vais le trouver, alors ? s'écria Foxon. Je suis venu ici en cinq sec et je l'ai pas vu. Le chef va m'étriper si je loupe ce coup-là !

Bob lui suggéra de demander à Potter, l'agent du coin. Il était peut-être au courant. Ils quittèrent les lieux et partirent ensemble.

Plusieurs voitures et motos étaient garées dans la Rue. On entendait la musique retentir dans la salle municipale construite en retrait sur un terrain en face du garage. Une foule de jeunes grouillait devant l'entrée. Bob laissa son compagnon au poste de police et poursuivit son chemin. Ça allait être une sacrée fête, ce soir, à Plummergen ! Delphick venait juste d'arriver au *George and Dragon* et Bob lui fit son rapport. Le commissaire se dirigea droit vers le téléphone et joignit à temps Brinton, qui quittait son bureau, pour lui signaler que les Quint étaient partis en virée et que les voitures de patrouille avaient été alertées. Il semblait aussi que le jeune frère avait disparu avant que l'un des hommes qui étaient chargés de le surveiller soit arrivé. Brinton jura et lui dit qu'il attendrait la suite des événements à son bureau, simplement, qu'il le tienne au courant.

Les légumes étaient prêts. Lady Colveden prit un plat qu'elle avait mis à réchauffer dans le four. Elle pourrait les y mettre pour les tenir au chaud. Le poulet était presque cuit et avec une feuille de papier aluminium par-dessus, il pourrait attendre. Miss Seeton devait arriver d'un moment à l'autre et ils auraient le temps de prendre un verre avant le dîner.

Soudain, la porte s'ouvrit à toute volée et deux silhouettes masquées en combinaison noire se précipitèrent à l'intérieur. Lady Colveden poussa un cri et laissa tomber le plat.

— Toi, la ferme ! cria le plus grand en pointant son pistolet sur sa tête.

— Que se passe-t-il, Meg ?...

Sir George se figea sur le seuil. Derrière lui, Nigel eut un hoquet de surprise.

— Si y en a un des deux qui pipe, elle s'en prend une. Vu ?

Poussant lady Colveden devant lui, l'homme armé les força à sortir de la cuisine. L'autre silhouette noire les suivit dans l'entrée, essaya deux portes, laissa la deuxième ouverte, prit la clé, et leur fit un signe. Les Colveden se retrouvèrent entassés derrière la porte qui claqua. La clé tourna dans la serrure.

C'était très gentil de la part de sir George et de lady Colveden de l'avoir invitée à dîner. Le plus aimable dans tout cela étant que lady Colveden avait craint qu'elle ne broie du noir. Ce qui était tout à fait ridicule. Les événements de la matinée l'avaient bouleversée, bien sûr. Mais ce n'était pas comme si elle avait connu cet homme. Elle l'avait peu vu, mais cela ne lui avait pas donné envie de le connaître davantage. La longueur du visage conjuguée au repli au coin de l'œil n'était malheureusement pas, d'après son expérience, un bon signe. La police pensait qu'il s'agissait du caissier et elle supposait que cela devait être vrai. En fait, ils avaient pu le prouver, à leur grande satisfaction, en prenant ses empreintes digitales et en lui enlevant ses lentilles de contact. Quelle invention extraordinaire ! D'après ce qu'elle avait compris, cela venait d'Allemagne, bien qu'ils en aient aussi en Angleterre. Et ils lui avaient dit que sa moustache était fausse et s'était détachée, ce qui était une preuve supplémentaire. Ils — la police — croyaient qu'elle le savait aussi et qu'elle était au courant depuis le début.

Étrange, car comment l'aurait-elle su ? Par quel biais ? Mais devant leur air convaincu et le fait qu'ils aient été très occupés et se soient fait du souci de la voir sur le toit, elle n'avait pas voulu insister. Mais l'homme lui avait quand même bien dit qu'il était le frère de l'autre ! Tout cela était compliqué et, franchement, elle n'avait pas envie de s'étendre là-dessus. Les Colveden étaient toujours si prévenants, si gentils et généreux, qu'elle aurait voulu pouvoir faire quelque chose pour eux en retour. Mais, en y réfléchissant, elle ne voyait vraiment pas quoi. Perdue dans ses pensées et ses bonnes intentions, Miss Seeton se mit en route.

Tiens ! C'était curieux. Le porche n'était pas allumé. Pourtant elle savait qu'à Rytham Hall le porche restait toujours allumé jusqu'à ce qu'ils se couchent. Mais il ne l'était pas ce soir. Il n'y avait aucune lumière, nulle part. Miss Seeton avança en tâtonnant. Quelle négligence de sa part d'avoir oublié de mettre une pile pour sa lampe de poche sur la liste des courses de ce matin ! Ils étaient peut-être sortis. Mais cela ne leur ressemblait pas et paraissait un peu curieux de leur part. De toute façon elle ferait mieux de sonner. Elle se souvint que c'était ce genre de sonnette avec une poignée qu'il fallait tirer. Voyons, elle devait se trouver quelque part sur sa droite. Ou bien à gauche. Miss Seeton tâtonna en vain, mais trouva la porte ouverte. Comment cela, la porte d'entrée ouverte ! Avec un froid pareil ! Non, vraiment, elle n'allait pas... Elle n'aimait pas s'introduire chez les gens ainsi. Mais d'un autre côté... peut-être que si elle allumait simplement la lumière pour voir si tout allait bien... Elle passa la main sur le mur, ne trouva pas l'interrupteur. Elle sentit des odeurs de cuisine, ce qui la rassura. Peut-être que si elle parvenait à trouver la cuisine qui, si elle s'en souvenait bien, se trouvait à l'autre bout du vestibule, à droite, juste après l'escalier... Son parapluie devant elle comme une antenne, elle avança sur la pointe des pieds. Soudain, elle le sentit s'enfoncer dans quelque chose de mou qui poussa un petit cri.

— Oh ! je vous prie de m'excuser, fit Miss Seeton.

Il y eut un hurlement de terreur, un tourbillon, et quelqu'un passa en trombe devant elle et se rua vers la sortie. Elle entendit un bruit de pas précipités dans l'allée. Au-dessus d'elle, un tintamarre, quelque chose tombait et dévalait l'escalier, suivi de quelqu'un qui descendit lourdement, puis fila devant elle dans l'obscurité et s'évanouit à la suite de l'autre fuyard. Deux moteurs démarrèrent en rugissant et le vrombissement se perdit dans la nuit.

Des coups résonnèrent quelque part. Des cris retentirent. Décidément, se dit Miss Seeton, c'était comme à la poste. Quelque chose n'allait manifestement pas. Si seulement elle arrivait à y voir !... Elle heurta une table du bout de son parapluie, tendit la main en tâtonnant et sentit divers objets. Il devait bien y avoir... Oui ! une lampe. Elle l'alluma. Elle arriva à localiser les coups, derrière une porte à sa droite, près de la cuisine. Elle essaya la poignée, mais c'était fermé à clé. Elle tourna la clé. Sir George et Nigel surgirent, suivis de lady Colveden.

— Je suis désolée d'avoir été un peu longue, fit Miss Seeton, mais je n'arrivais pas à trouver la lumière.

— J'ai toujours dit que les clés ne servaient plus à rien et qu'il fallait mettre un verrou à l'intérieur. C'est plus sûr et plus pratique, dit lady Colveden en remettant la clé à sa place et en fermant la porte.

— Il vaudrait mieux appeler un plombier et faire installer un siège à trois places, fit remarquer son fils.

Et, sans plus de cérémonies, ils dînèrent sur des plateaux dans le salon près de la cheminée. Sir George appela la police pour les informer de la tentative de cambriolage. Non, ils n'avaient rien volé. Miss Seeton avait pris l'affaire en main. Elle avait réglé leur compte aux cambrioleurs et les avait envoyés se faire voir ailleurs. L'argenterie et autres bibelots se trouvaient dans un sac au pied des escaliers. La seule perte à déplorer était un plat. Un plat à légumes, réduit en miettes. Et un miroir à main en argent, brisé. Ça porterait malchance à ceux qui avaient tenté le coup.

Et de fait. Il apprit qu'on avait attrapé les Quint. Un fermier qui aidait une vache mal en point à mettre bas avait remarqué une curieuse camionnette garée derrière les dépendances et l'avait signalée. La police avait reconnu celle des Quint et trouvé des traces de pneus et des taches d'huile sur le plancher avec deux combinaisons noires accrochées à une sorte de patère. Ils avaient alors tendu une embuscade et quand les Quint étaient revenus à moto ils les avaient arrêtés. Leur alibi pour le hold-up du bureau de poste tombait à l'eau. La femme avait l'air mal en point et radotait en parlant de poisse, de vaudou ou Dieu sait quoi. Mais la vache et le veau se portaient bien. On n'avait toujours pas retrouvé le frère sourd-muet et les recherches continuaient.

Miss Treeves appela pour dire que toute une bande de garçons était arrivée d'Ashford et avait commencé à faire du tapage au bal. Ils se battaient maintenant dans la Rue. Arthur était sorti et elle se faisait un peu de souci. Nigel partit sur-le-champ voir ce qu'il pouvait faire. Sir George dit à Miss Treeves qu'en tant que juge de paix, il ne voulait pas intervenir, à moins qu'on ne le lui demande, parce que les gens du village pourraient le lui reprocher. Mais si les choses commençaient à mal tourner... Enfin, qu'elle reste en contact. Ce qu'elle lui promit. Miss Treeves raccrocha, soulagée.

Miss Seeton se leva pour partir. Ses hôtes et elle se séparèrent en se remerciant mutuellement. Lady Colveden lui prêta une lampe de poche et réussit à la convaincre de prendre le sentier en face qui conduisait au chemin de halage le long du canal, pour qu'elle rentre chez elle par l'arrière de sa maison. Bien qu'il n'y ait plus rien à craindre maintenant que les cambrioleurs avaient été arrêtés, ce serait plus prudent, s'il y avait des problèmes dans la Rue.

La Rue était effectivement en effervescence. Fidèles à la promesse qu'ils avaient faite à Dick Quint, les Casseurs d'Ashford étaient arrivés en bande joyeuse et en pleine forme. Ils avaient dansé pendant quelques minutes à la salle municipale pour montrer leurs intentions pacifiques, mais leur attitude anormale n'avait duré que le temps de jeter leur dévolu sur une fille du coin, de la bousculer brutalement comme par mégarde et, quand son soupirant avait réagi, de faire exprès de lui marcher sur les pieds. La lutte qui s'ensuivit dégénéra vite en mêlée générale, qui s'étendit jusque dans la Rue. Les Casseurs étaient dans leur élément et les coups de poing pleuvaient, les coups de bâton tombaient, les cailloux volaient et les lames de couteau luisaient dans la nuit.

Le pasteur s'arrêta en rentrant chez lui pour regarder le tumulte d'un œil indulgent. Quelle jeunesse fougueuse ! Bah, c'était bien de leur âge, songea-t-il en se rappelant la fois où, jeune étudiant en théologie, il avait glissé un perce-oreille dans le cou d'une dame à la sortie de l'église. Il avait été si turbulent dans sa jeunesse ! Il jeta à nouveau un coup d'œil vers le champ de bataille. Samedi soir, les jeunes se défoulaient. Il n'y avait pas de mal à ça, non. Ils étaient tout feu tout flamme. Pourvu seulement que ça ne dure pas toute la nuit et que les gens puissent dormir. Avec un sourire débonnaire, il tourna les talons pour rentrer chez lui. Stan Bloomer vint tomber à genoux près de lui, une joue ruisselante de sang.

— Stan ! s'écria le pasteur. Que faites-vous ici ? Vous avez passé l'âge.

— C'est la bande d'Ashford. Y vont tout casser dans le village ! dit-il en suffoquant.

Le pasteur regarda de nouveau autour de lui. C'était vrai, il vit des visages inconnus. Son air bienveillant quitta son visage soudain, pour laisser place à la colère. Stan avait raison. Il ne s'agissait pas d'un simple chahut. Non, c'était du sérieux. C'était une véritable guerre ! Tous les soucis qu'il s'était faits lors des derniers événements remontèrent en bouillonnant et débordèrent. Il fallait que cela cesse. Il en faisait une affaire personnelle. Sans un mot, le pasteur se dirigea à grands pas vers la mêlée.

— Arrêtez ! tonna-t-il.

Personne ne l'entendit.

— J'ai dit, arrêtez ! Tout de suite !

Personne ne fit attention à lui. Il reçut un coup de bâton sur la cheville et un caillou fit voler son chapeau. Une guerre avec des armes ! Ils étaient armés ! Dans ce cas, lui aussi. Il rentra au trot au presbytère, fouilla dans son arsenal et passa ses armes en revue. Une faux ? Une serpette ? Non, trop dangereux. Une binette ? Il empoigna le manche et tâta l'extrémité pointue. Cela pouvait blesser quelqu'un. Ah, voilà ! L'antidote parfait ! Il saisit son nouveau balai de jardin garni d'épines en plastique rouge. Il avait perdu son chapeau. Accroché par la bride à une poutre, son casque de la défense passive qui datait de la guerre, en forme de champignon, avec des croisillons pour que l'eau s'écoule, contenait des géraniums. Il les enleva en renversant le casque et le vissa sur son crâne. Le visage couvert de terre et de toiles d'araignées, il sortit de la cabane de jardin. Des cailloux... Ils jetaient des cailloux ! Il lui fallait un bouclier. Il saisit le couvercle de la poubelle au passage. Il se dirigea vers la Rue affublé de cet impressionnant caparaçon et galopa vers l'échauffourée.

Brinton avait tenu Delphick au courant des événements et lui avait annoncé l'arrestation des Quint. En voyant le grabuge dans la Rue et les Forces locales désespérément minoritaires, Delphick avait appelé des renforts. Entre-temps, il était allé avec Bob mettre son autorité à disposition pour tenter de réprimer l'émeute. Dans cette mêlée, où les envahisseurs avaient déterré les piquets de la barrière qui entourait la salle municipale pour les coups à distance tout en gardant leur harnachement de clés à molette, chaînes et couteaux pour le corps à corps, l'autorité était ignorée et Delphick se retrouva réduit au rang de simple soldat.

Mel, qui suivait les événements de la fenêtre de sa chambre à l'auberge, jaugeait la situation. Super ! alors c'était donc ça, la vie à la campagne ? Elle mit des chaussures à talons plats, attrapa un fourre-tout à longues lanières et dévala les escaliers. Un butoir de porte en bronze attira son attention dans l'entrée. Le truc idéal ! Elle le jeta dans son sac qu'elle balança à titre d'expérience. Ça ferait l'affaire. Bien envoyé, ça devrait étendre quelqu'un. Elle rejoignit les combattants.

Le casque qui sautillait au milieu du tumulte disparut soudain. Le pasteur était tombé. Il se releva, le bouclier levé. Il agita son balai triomphalement. Un autre voyou d'Ashford venait de tâter de ses poils. A côté de lui, Len Hosigg se battait courageusement avec un piquet qu'il avait confisqué.

Delphick était par terre. Imposant, Bob l'enjamba. Il

commençait à ployer lentement sous les trois Casseurs accrochés à son large cou et à ses puissantes épaules. Foxon bondit à son secours et en mit un hors de combat. Bob en attrapa un autre par la jambe et l'envoya à l'agent Potter qui le reçut, le retourna et lui passa les menottes. Bob arracha le troisième assaillant toujours pendu à ses épaules, le jeta par terre et se mit debout sur lui. Tandis que Delphick se remettait sur ses pieds, Bob se retourna pour remercier son sauveur, mais le manteau en cuir, tailladé de haut en bas dans le dos, la cravate rose de guingois, taillait sa route à la rescousse du pasteur.

— Rien de cassé, monsieur ? demanda Bob.

— Non, ça va, répondit Delphick.

Un vilain bleu grossissait à vue d'œil à sa tempe, autour d'une entaille causée par un coup de clé à molette.

— Essayez de vous former en ligne avec Potter. Il faut qu'on arrive à les repousser.

Attirée par le bruit, Miss Wicks était sortie dans son jardin. Quel scandale ! Des étrangers qui se bagarraient. Il fallait absolument qu'elle les sépare. Elle trottina vers sa cabane à outils et revint en traînant un tuyau d'arrosage qu'elle brancha au robinet extérieur et, le bout du tuyau braqué comme un pistolet, elle se dirigea vers le portail de l'entrée. Mel se frayait un chemin vers Nigel, qui perdait du terrain, aux prises avec un butor armé d'une chaîne de bicyclette enroulée en guise de coup-de-poing américain. Le type encaissa un coup bien placé. L'un de ses copains vint à sa rescousse en brandissant un couteau. Miss Wicks visa soigneusement et ouvrit le feu. Nigel reçut l'impact dans l'oreille. Allons bon ! elle avait compté sans le vent. Alors que Nigel restait sous le choc, son adversaire lui sauta dessus, couteau levé, et poussa un cri de triomphe. Miss Wicks ajusta son tir et leva le tuyau. Elle l'atteignit en pleine bouche. Il s'étouffa et recracha de l'eau comme une baleine. Nigel le plaqua et se pencha pour lui retirer son couteau. Son copain, remis du coup qu'il avait reçu, voulut faire le coup du lapin à Nigel. Mel les rejoignit, balança son sac lesté qui atterrit en plein dans la figure du gars. Pour lui, la bagarre était terminée.

Le second coup de téléphone que Miss Treeves passa à Rythham Hall résonna comme un vibrant appel, un appel aux armes. Sir George se précipita dans l'armurerie, prit son fusil et des munitions. Il sortit son gros break du garage et s'arrêta dans l'allée en voyant lady Colveden courir vers lui.

— Non, Meg, dit-il en secouant la tête, pas un spectacle pour une femme.

— Ne sois pas idiot, George, dit-elle en montant dans le break dont elle claqua la porte. Tu ne penses tout de même pas que je vais rester ici toute seule pour qu'on m'enferme une fois de plus dans les toilettes ! Et puis Nigel dit toujours que je parle comme une crécelle. Alors tu vas voir... Tu sais, quand tu allais aux matches de football ? J'ai pensé qu'elle devait être au grenier, et elle y était !

Elle s'enfonça dans son siège, satisfaite. Sir George passa la première et démarra.

Miss Seeton ferma à clé la petite porte du jardin derrière elle. Lady Colveden avait été adorable de lui prêter sa lampe électrique. Même si elle situait très bien les buissons et les parterres de fleurs, dans l'obscurité. Ils avaient tendance à changer de place et elle pouvait tomber dessus par mégarde. Elle traversa la pelouse en direction de la cuisine. Quelque chose bougea derrière elle. Elle se retourna aussitôt et sa lampe éclaira la mince silhouette d'un petit garçon et son visage où flottait un sourire candide. La lumière fit briller un fil de fer qu'il balançait doucement au bout de ses doigts. Miss Seeton recula d'un pas. Il avança. Ce serait stupide de faire comme si elle n'avait pas peur, parce que, bien sûr, elle était terrifiée. Et ça ne servirait à rien de lui parler, d'essayer de le raisonner, puisque de toute façon il n'entendrait rien. Elle fit un autre pas. Lui aussi. Ça avait l'air de l'amuser. Son talon heurta quelque chose qui la bloqua. Pourtant il ne devrait rien y avoir... Ah si ! Le rouleau de jardin. Elle fit un pas de côté pour l'éviter. Lui aussi fit un pas de côté. Il la gardait dans sa ligne de mire. Elle tituba et faillit tomber. La pointe de son parapluie se coinça derrière la cale. La cale se dégagea et alla rouler de côté. Miss Seeton trébucha en s'écartant. Le rouleau, que plus rien ne bloquait, inclina gracieusement sa poignée, roula sur le gravier et se mit à descendre bruyamment la pente. Il traversa majestueusement le sentier jusqu'à la pelouse et, la poignée tressautant, il prit de la vitesse. Miss Seeton suivait la scène, horrifiée. Mon Dieu ! Il allait y avoir un accident. Le garçon, dont toute l'attention était fixée sur elle, s'accroupit pour bondir. Miss Seeton accrocha la poignée du rouleau avec son parapluie et tira, mais le rouleau continua, imperturbable, et entraîna le parapluie qui partit de côté en lui échappant des mains, faucha le garçon au moment où il se jetait sur elle et le fit tomber. En le voyant en danger, Miss Seeton lâcha sa lampe électrique pour aller à sa rescousse, agrippa la poignée qui battait l'air et tira de toutes ses forces. Le rouleau fit une embardée : il y eut un bruit de branche brisée, suivi d'un gargouillement qui ressemblait à un hurlement étouffé. Puis le silence retomba et le rouleau, sa mission accomplie, s'immobilisa sur sa victime. Miss Seeton récupéra la lampe de poche et regarda la forme allongée inconsciente : une jambe tordue prise sous le rouleau. Elle examina le rouleau, tira, mais en vain.

— Ne bouge pas. Reste là et ne bouge surtout pas, répéta-t-elle. Je vais chercher de l'aide.

Elle récupéra son parapluie et partit en courant.

L'entraînement et l'organisation payaient. Les policiers progressaient de front, en ligne. Foxon s'était joint à eux. En les voyant faire, Stan Bloomer avait rassemblé d'autres hommes pour renforcer la ligne qui s'était formée au bout de la Rue, devant le cottage de Miss Seeton. Delphick et Foxon avaient pris le centre, soutenus par les gens du village. Potter et le sergent Ranger étaient sur les flancs. La ligne progressait pas à pas. Lentement, à quelques-uns, ils repoussaient les assaillants.

Inconsciente de ce qui se passait autour d'elle et toute à sa mission, Miss Seeton courut dans la Rue. La première personne qu'elle vit était l'agent Potter.

— Oh, Mr. Potter, je vous en prie, venez tout de suite, il vient d'y avoir un accident ! s'exclama-t-elle.

Potter tourna la tête. Une pierre vint le frapper et il s'effondra à ses pieds. Amputé de l'un de leurs ailiers, les gens du village vacillèrent et la ligne des policiers se disloqua. Miss Seeton regarda autour d'elle d'un air consterné. Les lumières des maisons au loin éclairaient faiblement une foule qui s'empoignait en poussant des jurons. Mais Mr. Potter... On risquait de le piétiner. Elle s'agenouilla et posa sa tête sur ses genoux. Les cailloux pleuvaient. C'en était trop ! Ne se rendaient-ils pas compte qu'ils pouvaient blesser quelqu'un ? Miss Seeton ouvrit son parapluie.

Soudain, deux projecteurs illuminèrent la scène,

dans le dos des villageois, ouvrant une brèche dans la mêlée et éblouissant les assaillants. Il y eut un coup de feu. Un autre. Puis un claquement de mitraillette. L'équipe locale rompit les rangs pour laisser le passage à leur commandant en chef, le moteur de l'énorme voiture vrombissant en première, sir George tenant le volant de la main gauche et de la droite tirant des cartouches à blanc par la vitre, tandis que lady Colveden, assise à ses côtés, agitait une crécelle en bois.

Le gang des Casseurs d'Ashford fut complètement déconcerté. C'est amusant de se bagarrer incognito dans la nuit avec des armes et le nombre pour soi. Mais ça ne l'est plus du tout et c'est même hors jeu de le faire en pleine lumière et de s'apercevoir que l'adversaire a appelé des renforts totalement inattendus et équipés de meilleures armes. Les couteaux, les coups-de-poing américains, les matraques et autres, c'est acceptable. Mais que l'autre camp se défende avec des armes, ce n'était plus du jeu !

Certains hésitèrent, et cédèrent du terrain. D'autres rallièrent leurs motos. L'envolée se transforma en déroute, puis en consternation, lorsqu'ils s'aperçurent que leur retraite était coupée. Cinq voitures de police surgirent en bas de la Rue, bien déployées, l'une en tête, les autres de front deux par deux. Les hommes se précipitèrent et bloquèrent toutes les issues. Le comportement des assaillants changea. Ils attendaient immobiles, maussades et silencieux. Ils allaient laisser comme d'habitude à leur avocat le soin d'expliquer leur situation au juge : à quel point ils étaient mal compris et qu'on les cherchait toujours. Qu'ils n'avaient jamais rien fait. Qu'ils s'étaient seulement défendus et qu'ils avaient essayé d'éviter la bagarre quand les autres leur avaient sauté dessus sans raison.

Un seul incident gâcha l'arrivée de la Loi.

Miss Wicks, qui avait aperçu l'arrivée des voitures en provenance d'Ashford et n'avait remarqué que trop tard les gyrophares, les braqua allégrement. Aveuglé par l'eau qui se déversait sur son pare-brise, le conducteur de la voiture de tête était rentré dans celle de sir George. Brinton sortit de la voiture de police, furieux.

Avec Delphick, il organisa le nettoyage. Une ambulance arrivait, ainsi que le fourgon pour prendre soin de la « fournée ». Les blessés du village furent envoyés à la clinique du Dr. Knight pour y être soignés. Avec sir George, tels trois généraux à la fin d'une campagne, Delphick et Brinton arpentèrent le champ de bataille et évaluèrent les dégâts.

Une pluie fine se mit à tomber. Lady Colveden leva les yeux, fronça les sourcils et regarda autour d'elle. Puis elle sortit de la voiture et traversa la Rue, prit le tuyau d'arrosage des mains de Miss Wicks, qui n'opposa aucune résistance, ferma le robinet et lui rendit le tuyau. La bruine s'arrêta net.

Foxon vint faire son rapport à Brinton.

— J'ai localisé le petit Quint, monsieur. Il est dans le jardin de Miss Seeton derrière chez elle. Elle lui a balancé son rouleau de jardin dessus pour qu'il bouge pas de là. Il a l'air mal en point. Je crois qu'il a une jambe foutue.

— Bon, on va aller le cueillir, alors.

Brinton examina son subordonné : il avait la moitié d'une jambe de pantalon arrachée, l'autre déchirée, et sur son torse nu il arborait un collier de lambeaux de cuir, de bouts de soie violette et de tissu rose.

— Qui vous a donné le droit de vous balader nu comme un ver dans la Rue ? grogna-t-il.

Foxon ouvrit la bouche. Il avait perdu une dent.

— Bon, ça va.

Il appela une voiture de police et, montrant Foxon, dit au conducteur :

— Emmenez-moi le gosse en pièces détachées à l'hôpital et voyez s'ils peuvent recoller les morceaux. Foxon ! lui lança-t-il alors que l'autre s'éloignait. Vous allez avoir besoin de nouveaux vêtements. Je vois pas d'inconvénient à ce que vous achetiez des frusques excentriques, mais me les montrez surtout pas si vous voulez que je signe la note !

Un large sourire aux lèvres, la bouche ouverte sur sa dent manquante, Foxon monta en voiture. Brinton se sentait vindicatif. Il s'était trompé pour les Casseurs, mais ils avaient fini par se montrer. Et leur petite excursion qui tombait pile avec la dernière tentative de cambriolage des Quint. La coïncidence était trop grosse à avaler. Il essaierait même pas, d'ailleurs. Il allait pas les lâcher, les Quint non plus, jusqu'à ce qu'il puisse prouver qu'il y avait un lien entre les deux. Et alors là, pour une fois, les Casseurs se retrouveraient avec une inculpation à laquelle ils pourraient pas échapper. Malgré leur bavard, le juge serait bien obligé de faire avec et de les renvoyer devant les assises. Comme ça, la police pourrait envisager quelques mois de répit. Brinton se tourna vers Delphick et remarqua son entaille qui saignait.

— Il faut que tu te fasses recoudre, dit-il.

— Je vais aller me faire faire des points de suture chez le Dr. Knight, maintenant que tout est bouclé, fit Delphick en riant. On a l'assassin, les cambrioleurs, et toi, tu as ton caissier. Et Miss Seeton a mis le grappin sur tout ce petit monde-là.

— Les suspects sont partout les mêmes, dans le monde entier, ils se feront toujours avoir. Il y a quatre choses auxquelles on peut pas échapper dans la vie. La première, c'est le destin, et ta Miss Seeton, c'est les trois autres !

Daily Negative, 1er avril

La paix de la campagne anglaise

par notre correspondante sur le front

Acte 4. La bataille de Plummergen

Au cœur de ce petit coin serein, calme et paisible de la vieille Angleterre, la somnolence monotone de nos vies campagnardes s'écoule à un rythme insouciant...

... que c'était un break, mais j'étais là et je ne peux le décrire que tel qu'il m'est apparu sur le moment : un tank monstrueux, un cuirassé, un véritable navire de combat monté sur roues, et les fusils crachaient des flammes à chaque hublot. Sir George Colveden à la barre, sa vaillante épouse au canon, ils venaient à la rescousse de la population assiégée.

Mais bien que nous ayons courageusement combattu durant la bataille de Plummergen — plusieurs d'entre nous tombèrent et d'autres furent blessés —, bien que l'ennemi ait été mis en déroute puis emmené par la police, l'aboutissement de notre lutte fut décidé dans un jardin calme à l'arrière d'un vieux cottage. Là, dans les ténèbres de la pelouse, à la lueur d'une lampe de poche, une petite dame âgée se retrouva face à face avec le jeune de dix-sept ans qui a terrorisé la région tout entière et qui se trouve maintenant entre les mains de la police, inculpé du meurtre de six enfants. Elle l'affronta courageusement, inébranlable, mais pas seule. Alors qu'il passait à l'attaque, son intrépide pébroc vola à sa défense et mit des bâtons dans les roues du jeune tueur avec l'aide du rouleau de jardin. En un éclair, le pébroc lui fit un croc-en-jambe pour le faire tomber et son fidèle rouleau de jardin, avec une coordination parfaite, lui donna le coup de grâce en le clouant au sol.

Ce petit village a ainsi donné l'exemple à la nation tout entière. Car qui peut dire maintenant que ce pays est fini ? Cette île, notre Angleterre, où règne un tel courage, où les rouleaux de jardin veillent sans faillir et où les parapluies sont légion ?

Amelita Forby
Clinique du Dr. Knight,
route de Brettenden, Plummergen, Kent

P.-S. : Merci de ne pas envoyer de fleurs, c'est un peu surpeuplé ici pour l'instant.

Achevé d'imprimer par Elsnerdruck
à Berlin

Dépôt légal : janvier 1997
N° d'édition : 2727
Nouveau tirage : décembre 1997
Imprimé en Allemagne